月又重升，日又重落。风过芦苇，苇絮纷飞。

行迹与记忆

TRACE AND MEMORY

自牧 著

江苏凤凰文艺出版社
JIANGSU PHOENIX LITERATURE AND ART PUBLISHING

图书在版编目（CIP）数据

行迹与记忆 / 自牧著. —南京：江苏凤凰文艺出版社，2021.6 （2022.1 重印）

ISBN 978-7-5594-5664-9

Ⅰ. ①行… Ⅱ. ①自… Ⅲ. ①散文集—中国—当代

Ⅳ. ①I267

中国版本图书馆 CIP 数据核字(2021)第 020295 号

行迹与记忆

自 牧 著

责任编辑 朱雨芯
策划编辑 张恩东
装帧设计 王 平
责任印制 刘 巍
出版发行 江苏凤凰文艺出版社
南京市中央路 165 号，邮编：210009
网 址 http://www.jswenyi.com
印 刷 三河市燕春印务有限公司
开 本 880 毫米×1230 毫米 1/32
印 张 8.75
字 数 188 千字
版 次 2021 年 6 月第 1 版
印 次 2022 年 1 月第 2 次印刷
书 号 ISBN 978-7-5594-5664-9
定 价 42.00 元

目 录

风中的芦苇

月又重升，日又重落。风过芦苇，苇絮纷飞。芦苇的生命在斗转星移间不止一次地重生，不止一次地消亡，在风中一次次地枯荣轮回。在岁月的长河边上，芦苇不仅是植物和风景，还是生命的象征和诗歌的意象。它以“蒹葭”之名从远古款款走来，走进文人骚客的文字里，走进诗人的酒杯里，走进情人的书信里，走进百姓人家的生活里。从《诗经》一路走来，走了数千年。

我认识芦苇是生命中的必然注定，所以一生都在用心关注芦苇的形态和生机。记忆中，成片而洁白的芦苇是在梦中出现，好像日落之前的荒野里，在风的吹拂下弯腰低头，起伏如浪，我不知道那种残酷的景象是出自电影里还是小时候孤单行走在河边所看到的芦苇的真实回放。不，想起来了，是一次去省城昆明时看到的，那时火车疾驰在城市之外的大地上。正好是月夜，芦苇生长在铁路边，像火车一样悠长，在风中摇荡放歌。我坐在车窗旁，凝望被夜风拂动的苇花，如梦如幻，心绪不自觉地跟许多不切实际的梦想牵扯在一起。那时候年轻气盛，容易浮想联翩，思绪如银波的芦苇无限地延伸而去，在难以捉摸的想象上无休止地漫游。青春的想象常常弄伤成长的自己，逼自己往孤独和寂寥的深洞里游走，自以为那是诗兴大发，我一直不明白那些神秘的感想是如何列队走进我的脑海，又跟芦苇有何关系？

我认识几种芦苇，花之色彩各异，高矮不一，叶片和茎秆有粗细长短，都以各自的方式诗意地生长于阳光风雨中。迫于生活，我小时候常去河边或水沟边砍芦苇，成捆地扛回家做篱笆，或插在地里做豆架，算是劳动成果。也偶尔砍一根用于赶牛赶鸭，那时候不可能用审美的眼光去看一种植物，手握一根又粗又长的芦苇在伙伴们中间炫耀，除此，很少用芦苇做什么，对芦苇的认识也就这么简单。家乡坐落于大山间，范围不算广，芦苇的种类也不多，三五种而已，常开的花也不是洁白的。记得我对芦苇用审美的眼光欣赏，是始于在外求学的那段年月，那时在别人的故乡看到很多种芦苇，包括洁白的芦苇花也在那时才进入我的视野。所以我认为，人对美丑的认识跟年龄和阅历有关联，芦苇之美也始于我年轻气盛的岁月。后来对芦苇的认识逐渐增长，发现芦苇喜欢群体性生长，也偶有单丛的勃发，形态千万，但要说景象，那肯定是群体性生长得更美更热烈。

之后，我不断去关注芦苇，关注它的形态和习性，也常在高速路边的山坡上看到漫山的芦苇在风中摇摆，它们喜欢逆风生长。每一次都在不经意间看到，而每一次都有相同的感想，似乎芦苇会在我生命的每一个时刻里突然出现。时间长了就知道芦苇有细小的，也有粗壮的，有高大的，也有矮小的，它们按生存习惯长在不同环境里。我喜欢洁白的芦苇花，喜欢它们高洁的品质，白花与绿色的叶子体现出单纯的生命形态，或与蓝天和绿水映衬，或与白色的沙滩和绿丛相配，呈现它们天生的淳朴与自然。在我眼中，芦苇之美以生长在水边的白花为最，细细的茎秆撑着无数天鹅般的羽毛，给人的视觉是上层为白云，下层为绿波，一阵清风吹来，轻柔地倒伏，然后又轻柔地扬起，仿佛一层薄云浮动，全然为天上景物。

芦苇作为一种植物的方式生长，却殊于一般植物，清纯而高洁，一片片，一丛丛，融融泄泄，美意飞天。清纯常以花的通透晶亮来显示，它的形态娇媚，又似轻雪经不起阳光的照射。芦苇被风吹拂晃动的诱人场面，常使人引向空远，激发无限的生命情感。我想在很多古代诗歌里出现也缘于此，唐代诗人黄滔说：鸟带夕阳投远树，人冲腊雪往边沙。梦魂空系潇湘岸，烟水茫茫芦苇花。见否，芦苇之慑人魅力？诗人内心的悲凉与孤寂泼洒在芦苇身上，这类诗歌在中国古代诗词大道上散落一地，芦苇以娇美高洁的姿态受到诗人们的推崇。

想起多年前一个仲春，我在中越边境的河堤上漫步，看到前所未有的芦苇丛在河滩上扬花，与风交融，与水对歌。我领略了芦苇在日光下的蓬勃，也欣赏到了它在月光下的羞怯。那里的芦苇善于选择生长之地，只要是流水不急的地方，或找一块湿地，或在一块巨石边，簇拥着快乐地生长，有时列队在水边的沙地里，为一条河创造了生机。一河洁白，欣欣荣荣地从中国河一直延伸到越南河里去，让你看不到尽头。

大山脚下的河谷异常幽静，静到飞鸟振动翅膀也能听到声响，望着远离人烟的河流与芦苇，使人感到自然在那里无忧无虑地存在。身处秘境，一些忽远忽近的梦想可以寄托在整个远离浮尘的世界里，独自与芦苇对话，与清流对话，与风对话。一阵清风拂过，芦苇扬动的细细响声从河面传来，你就明白风过芦苇的深度含意。不是吗？风过芦苇本是生命的律动，它在人的内心产生着两种和谐的生命共鸣。还有它们如波的流动，如水如烟，我直接认为，这个世界上没有它们会缺少诗意。生命缺少来自芦苇的幻想，人也孤独。我曾经对着远岸的芦苇吟诵过这样的独白：

阳光下
芦苇是一群眨眼的星星
风来时
飞逝于悠远的山谷

当春天在山间流窜的时候，芦苇扬花的时节也来到人的身边。

尤其让你迷幻的，当数某个冬日，一片薄雪落在芦苇上，你已看不到芦苇的原样，而在某个早上晨光的照射下，雪无声无息地变化形态，慢慢地，悄悄地，变得单薄，变成晶莹的水珠，一滴一滴地往地上掉落，或顺着芦苇茎往下滚动。最后，薄雪消逝了，回归它生命的最初形态，芦苇又抬起头来，重展英姿，迎接和风丽日。很多次，我在河边看到芦苇扬动，无数苇絮落到水面上，顺水流逝，就想起风是从哪儿来的，要吹向何处去，它们在演什么戏。特别是一个傍晚时分，看到一只倦鸟停在芦苇花上梳理羽毛，就想起它从哪里来，又准备到哪里去，它跟芦苇和河水有什么约定，它飞走了，会不会有另一只飞鸟又来。我还想，那里是否有一片人间空地，大自然为什么要给芦苇、鸟、河水、鱼虾等生灵一片幽静的谧境？这样好，还芦苇和生灵一片清静的地方，没人去惊扰，让上帝的子民们日复一日地惬意生存，一万年，十万年不变。

记得一次山坳间的单独行走，我看到小湖边的芦苇被时节催醒，欣荣灿烂，像一盏盏风灯闪亮，那就是风中的芦苇，湖面的苇絮仿佛在被暖阳烤热后在升腾的水气中跳荡，星星点点，你不得不承认生命的形式就是如此之奇妙。天然的景色直教人想用一生去亲近，去拥抱，用温润的眼睛去崇敬它生命的高贵和神秘。

风中芦苇，乃生之迹象，生之方式。世间一切生命都在行走，在行走中完成一生，这是上帝对任何生物所赐予的使命，此过程，无时不在上演生命的奥秘之美。只是人类对自己利益的过度关心而缺少对身边事物的关注和敬畏，过多的欲望堵住了心灵走向自然的通道，没时间去思考别处生命的优美。假如有一天你身处芦苇边，你会在芦苇身上得到一些感悟：生命的旧一段旅途已经结束，又开始新一段旅程，直到燃尽一生的能量转换为另一种生命。

是的，自然每天都在人之外展现本真，展现大美，却被人一次次地忽视，人们丢失了那份淳朴、单纯和谦卑。我时常听到有人说活得很累，生活没有意义，这是因为人已经远离了自然中的大美，远离了本真。活着需要物质，但过多的追求会折磨自己，伤害心灵，迷失了方向。那为何不多让自己交给自然中的诸多生命找回真实的幸福呢？停住匆匆脚步，拖住一点时间，从风与芦苇中找到可以安慰人的灵丹妙法，找到人生命的最初形态，找到生命本该拥有的东西，去寻找人来时的路，看看来时路上蓬勃高歌的一丛丛芦苇是怎样的姿态存在。

小河的冬天

小河是南方山谷里一条中越两国的边界河，很少被外界知晓，不是什么名河。流淌在热带峡谷的小河，冬天芦苇扬花、水花激荡，清悠悠地流向越南。我离开小河多年，在城里为生活不停地奔波忙碌，可不时想起小河那些与我一段难忘岁月相关的景象。

小河名叫藤条河，五年前初识小河是因一次调研，那时我一个人带着研究中越口岸边贸发展状况的任务跑到金水河镇，一路采访，感受了不少当地风土人情。我还穿梭在街市的人群里了解边境贸易，努力与两国的边民交流，了解两地边民的经济状况，搜集我所需的数字。一次，徒步走去海关的沿途中，突然发现一条小河流经金水河口岸，在芦苇丛中拐个弯便流进越南去。小河的两岸就是中越两国的疆土，两地边民来来往往，生计繁忙。我当时满脑都是一大堆与研究相关的数字，对小河没作太多的留意，印象中就是一条普通的边界河而已。

很巧的是，第二年早春，攀枝花燃烧河谷的时节，我被分配到金水河镇当新农村工作指导员，展开了为期一年的基层生活和工作，除了走村串寨外，常去亲近小河。在那里工作的一年时光里，小河几乎成了我天天晚饭后调适心情的风景，只要时间允许，只要太阳落山后那一阵凉风吹动，我都往小河方向走步。所以看过小河春夏秋冬的模样，每一个季节的景象各异，清悠、湍急、深情、平缓。除此，河岸的一花一草一木都受小河的润泽，一岁一枯荣，小河的美与它们有着亲密的关系。

小河的冬天不寂寞，她清悠而不平静，深情而不张扬，清丽而不妖娆。冬季的形象是别致的，保守的，朴素得像一位乡村的淑女。进入深秋后，夏天的模样早已远去，小河的水变成了碧绿，也清瘦了许多。但小河边上热闹起来了，越来越多的人奔向小河，戏水的、捉鱼的、游泳的、闲步的，都被小河吸引而去。趁着冬天，一些修理河坝的机器轰隆隆地从越南内地相继驶来，准备在小河边上繁忙一冬。越南人很珍视国土，也擅长修理河坝，特别是河水拐弯处，砌起高高的石墙，以防国土流失，把河水引向中国方向，小河只好按人的意图流走。我不知道小河上游和下游的模样如何，也不知道小河的流域多长，只知道从元阳县地域里缓缓进入金平境内来，然后在芦苇葳蕤的拐角转身流进越南去。

小河的冬天水不深，尤其河床宽阔的地方很浅，只淹到人的膝盖处，不汹不急，人们喜欢她的这个特性。每到金水河镇的街天，背着山货前来中国赶街的越南边民就蹚过小河到金水河街上进行简单的贸易。越南边地贫民很多，他们为节约二三十块的出境证费，常常涉小河来赶街，这样来来回回。如果不是特殊时期，河岸两边管得不是很严，贫民们有了一点点生活的自由和便捷，他们的交易近乎于以物易物，虽说偷渡，其实没什么影响，他们都是些朴实的山民，太阳还没落山就回去了。我曾看到一个奇怪的现象，三个偷渡的越南边民老远就看见越南官方的巡查人员在河边车道上巡逻，就迅速找个稍微隐蔽的地方过河，靠岸后，钻进冬天的枯草堆里藏身，不断探出头去探望巡逻人员。最后等巡逻人员骑摩托车走后，才敢爬出草堆赶路回家。

小河的冬天不寂寞，连接着中越两国的友谊桥横跨小河而过，每天早上有络绎不绝的人车经过，稀奇古怪的越南土特产一车又一车地运到中国来。两地的边民拿着薄薄的通行证往返于桥的两头，进行探亲访友；水性良好的傣家男女常到小河里游泳，他们在小河里找到了轻松和幸福，把一天的劳累全部交给小河，他们与小河结下了特殊的感情，劳动一天后来小河里游泳，是他们的一种生活方式；有时会看到，一群操着外地口音的人带着小孩来到小河边，一阵叽叽喳喳，然后跑到河滩上捡鹅卵石，在水边的芦苇丛里照相留念，不留意间，不知什么时候又走开了。另一拨人又来了，来了又走；有时，三五个背着捉鱼器光着膀子的男人从河湾处出来，拿着渔网吃力地走在水里，把长长的渔网伸进水深处网住被电触昏的小鱼；早上的河面鸟很多，有白色的，有黑色的，也有彩色的，它们顺着河面忽高忽低地飘飞，然后在无人活动的地方停下觅食或梳理羽毛。

我习惯在晚饭后到小河边上散步或看书，寻找一份安静，尽量使自己放松，在小河边上读完了《霍乱时期的爱情》《欲望与幸福》和《我的丁一之旅》等名著。小河的宁静使我在书本中找到人与世界的本真，与作者产生了似是而非的共鸣。一个人在河边静坐，胡思乱想，小河好像一道哲学答案，让我突然明白一些事理，也让我想象着为什么人们总是为生活中的纷纷扰扰走向困惑，走向迷茫，走向失望。想想自己不也曾被这种生活困住过吗？再看看眼前小河上的景象，一只小鸟能在河面上或河岸两地自由地飞来飞去，芦苇能在两岸自由生长，河里的小鱼能自由游动，能从中国游到越南，也能从越南游到中国来。而人呢，为什么一定要分国界，为什么不能像动植物一样自由地生长或来去？其实小河不是什么国界，而是人与人之间心灵的鸿沟，这条鸿沟是多么的难以逾越或消除。

小河安静却发散出你所想要的东西，看着河面一些魔幻的漩涡发呆，或自语，或哼歌，或被水边的一条水草引发了不切实际的思考；有时找到一块心仪的鹅卵石，放在衣包里带走，放在床头边上赏玩；有时拎着相机去拍照，拍一簇簇的芦苇花，拍那只飞倦了的停息在从水里伸出来的树枝上梳理羽毛的小鸟。风是拍不下来的，但可在水边感受风的清凉和细柔的声音。夜晚的景象就不必拍了，用心和眼去感受就足矣。芦苇花最美的时候是月夜，那时的河面只是一条略有微光的水线，草丛幽暗模糊，只有洁白的芦苇花在风中晃动，在月色中簇拥着发出生命的气息。如是遇到河边肥沃的湿地，芦苇就成片地铺展开去，顺风向倒朝一边，风在花中流窜，传来一些细腻的风与花的呢喃。最吸引人的要数独枝的芦苇，像一根巨大的白色羽毛，吸收了足够月光，变为一盏优美的荧光灯熠熠生辉，独自照亮小河前行，给人以无限的遐想。

小河的冬夜，虫鸣声突然少了，很多小虫回到大自然的怀抱里沉睡了，只有山腰上传来几声猫头鹰低沉的叫声，还有几声其他夜行动物的嘀咕，与小河的“哗哗”混成冬夜里特有的微妙天籁。时常，为了得到小河的一份宁静，等到太阳落山，等到月亮爬出山头，等到芭蕉林在夜风中欢歌的时候，我才与小河密切交流，聆听她的低声细语。还是月夜，河面清悠发亮，水面上泛起的一道道清波仿若浮动的微光，闪闪烁烁，整个天地出奇地安静了下来，小河早已落入山脚，落到一个遥远的谷底。人在小河边上遥望巨人般的山脉，四周都被它们围住，月亮薄得令人难过，月光却前所未有的多起来，虚幻的空间成了难以猜透的世界。邈远空阔的星空里，繁星点点，星月之光无声地落在小河的水面上，一时水天难辨。在幽静的夜色中，在热带河谷特有的晚风里，除了虫鸣，还回荡着小河的低吟，变成远近飘来的小小夜曲。听着小夜曲离开小河，走上回归的路，突然有种从梦幻走向现实的感觉，全身被小河的仙气所浸染。

眼下，冬天又到了，我不知道小河今天是否变了模样，河滩上那一丛丛芦苇扬花了没有？是不是还像当年那样很多人去小河里寻找轻松和欢乐？几年来，我对小河的怀想随时光流逝日愈递增，我相信有一天这种怀想会变为一股力量把我带到小河的身边去，到时不知会是怎样的心情。

风雨花

从春节回老家过年返城不到两个月，觉得在城里封闭了很久，烦闷得很，天气也日渐转暖起来，加之工作节奏越来越快。所以想走到郊外去透透风，看看春天景象的念头也产生过很多次。

时值清明，朋友者罕、石建芬夫妇要回个旧保和乡老家祭祖坟，我们一家人被他们盛情邀约，便爽快地答应了，不假思索地抬脚走出城市。带着欣喜扑向山野，敞开胸怀，活动筋骨，也算是踏青了。毕竟是仲春，春节后才一个多月时间，各个山头和峡谷都成片地绿了，各种植物你追我赶地来到春天的舞台，趁着春光开花发芽，一道道山冈被浸染得发绿。我认为，季节的表情从来没这么美过。

果真是“一年之计在于春”，从冬天里走出来的人们忙开了，栽种作物的土地被轰轰烈烈地掀翻，没有一块土地闲得住，缕缕青烟从这头那头飘向天空，到处是挥锄劳作的身影。看来不只是城里人的工作节奏加快了，整个春天都忙了起来。就在这样一派春景里，一路清爽的风，草色悦目，蓝天和阳光干净而亲切，直叫人打开五官去感受新的气息，只差我这颗轻松愉快的心没像一只小鸟飞出去彻底融入春天！

几经拐弯后到了朋友家，和早已熟悉的朋友家人拉一阵家常后，者罕说要到寨子附近的山沟里找刺五加，他说小时候他上学的路边有很多刺五加，去摘一些来做佳肴。我爱吃刺五加，那是小时候形成的习惯，所以立马动身，我俩就一前一后地出发，顺着脚巴掌一样宽的小毛路爬高上低地走了一番，听他讲哪里又有什么药材或珍贵植物，但都是讲些当年的往事，现在可找不到什么名贵的药材了。又翻过了一个小山坡，突然没有了人烟，从没见过的一些小山岭出现在眼前，满山是绿油油的植被，只是缺少苍天古树。我们最后走进一个谷底，顺着他当年走过的小路去找刺五加，可根本就找不到一个刺五加的影子，倒是见到了难得一见的大片菜花，蜂蝶飞舞，这是我小时候的亲密景象，心情难以抑制。

我们俩指着青菜花白菜花一番品头论足后，爬坡顺原路回去，又经过一块菜地。奇迹出现了，我直瞪了眼，传说中的几丛风雨花开在干燥的菜地上，有一丛直接在石缝里长了出来，看不到什么土，所以站在远处看就是从石头里生长出来。那时没有风，阳光垂直地射下来，没有叶片衬托的风雨花悄然地开放，笔直地齐刷刷地接受阳光，水绿的花茎撑着轻盈的花朵，粉红而水灵。哦，还有几只蜜蜂在花瓣上起起落落，在没有人烟的山坡上，它们的世界是何等地静谧，何等地自在。它们就是自然，它们的生命是如此不加修饰的美。那些风雨花大多生长在薄薄的土层里，且被菜地主人当作杂草抛弃，但作为一种生命，正以一种精彩的姿态自然地迎接它们的节日，在蓝天下与阳光和空气作无声的交流，体现春天的主要形式——绽放。绽放是自然的，不加以修饰，不必用“怒放”“漫山遍野”“热烈”“花海”或“绚烂”的词句来形容。我认为只要它们自然地开放，只要不被人为地改动基因，嫁接或造型，三五朵就够了，甚至一朵也是春天，不是有诗人曾经说过吗：一朵花比一百朵花更能吸引人的注意？

风雨花，顾名思义似乎跟风和雨有着密切的联系，仿佛只有风和雨才能使它们开放，而事实是跟风雨无关。无风无雨，却开得那样真实自然，开得那样地使劲，开放出生命的本意。如果有风有雨，反而糟蹋了它们，那不是它们名字的本意，它们是山里的生命形象，小鸟在它们的身边飞过，蜜蜂在它们身上采蜜，白云在它们头顶飘逝，天空照样在它们的头顶蔚蓝，年年岁岁。

它们生命的顽强是令人惊奇的，地边还有一堆被菜地主人丢弃的风雨花卵形鳞茎，还没有抽出花茎和细长的叶子，在等候时机集体性爆发。我决定带走它们，打算栽在我的房前屋后，便用塑料袋装了起来拎走。我如获至宝，其实我拎走了一部分山野的春天，带走了一片希望，我要让它们点缀我的居所，让它们在城市的小区里表达春意。然后，我可在某个慵懒的午后，坐在它们身边，品茗和阅读，找回工作之外的美好心情。我认为，这种打算并不为过，这也是对待春天的最好方式和态度。

风雨花，我多年前就见过了，只是近年来才知道它的名字。风雨花是韭菜莲的别名，韭菜莲还有很多别名呢，如赛番红花、旱水仙、空心韭菜、菖蒲莲、红玉帘、红菖蒲莲。看看，每个别名都是那么朴素而淡雅，我却更偏好于“风雨花”这个昵称。几年前我就看见我生活的城市马路边，栽满了一片片的风雨花，每到春天，数以千万的花朵齐刷刷绽放，远远望去，宛如粉红的彩霞飘落在地面。我承认我曾经叫错了它的名字，而且一直误认为是水仙花，博识的同事告诉我才知道它的本名，然后在网络上搜寻它的相关知识，才知道它还有那么多的名称。

风雨花有很强的生命力，它首先是耐旱，不需多少水，它卵形的主体具有保存水分的良好功能，只要下场雨，它就会充分吸收水分，从这个角度讲，叫它旱水仙是名副其实的。花开时几乎没有叶子，等花开败才慢慢抽出叶子来，叶子和花茎的高度大约相当，一朵花的寿命一般只有二至三天，但一片风雨花，不是所有的花同时开放，略有先后。所以，看上去整片风雨花的花期通常是两周以上，甚至更长。风雨花开花时怕雨水，只要被豪雨淋了，花连同花茎低垂起来，无精打采。大风也不行，容易吹倒，无风无雨的晴天是最好的，也是赏风雨花的最佳时间。

我从山野把风雨花带回来后，及时栽在后花园，把卵形鳞茎一颗一颗地按进松土里，然后盖上一层薄土。不出两周时间，花茎陆续地从土层里冒出来，然后慢慢的静静的打开，越来越多，它不苛刻生存环境，无需施肥，无需喷药，只要给它落土的机会，偶尔洒一点水就知足了，跟山坡上那些开放的程度完全一致。当风雨花正式登上春天的舞台，我后花园的植物群里增添了另一道色彩，蜜蜂采蜜，春意盎然。

一两周后，第一拨花季已过，仅剩一两朵花在迎接阳光。但再过几天，第二拨花又出来了，这一拨过后，只有零零星星地开出几朵，独显春天的姿色。大多都已经长出了叶片，一株三五片叶子，歪倒的歪倒，挺直的挺直。此时，整体看去，从惹眼的粉红变为深沉的浓绿，你就知道风雨花的生命彻底转换了形态。

时已入夏，我不时浇浇水，松松土，等待着它们来年春天的静美。

别让心灵迷路

也许你会在某一天身处一个孤独的城市角落，突然发现你的生活被现实碾压成支离破碎，你也可能会感觉到生活像坐过山车，一切不由自主。还会发现你寄身的城市在高速地运转，形成一个巨大的令人眩晕的漩涡，人群如蚂蚁被带进无底的漩涡里去。这个漩涡又像个巨大的黑洞，把遥远的村庄里的人流吸引到它的身旁，男男女女，无一幸免。社会学家会告诉你，这是社会转型时期和社会发展进程中经济发达的表现。就在这滚滚时代潮流中，因为追求经济和物质，无数村庄的人口疾速向城市流动，乡村传统的人文突然沦陷。一系列与神灵对话的祭祀仪式戛然停止，神灵消失，人没有了可敬畏的对象，人心涣散，心灵飘向空虚。

想起小时候，村寨上方的森林是神灵的居所，在神灵的照拂下，村落安宁，男女老少遵循古规；人心纯朴，安分守己，男人和女人都自觉维护形象和名声；没有听过哪家的女人突然地跑了，没有听过哪家的儿子吸食什么有毒的东西，村里的人不知道麻将为何物，更没听过拐卖人口等骇人听闻的事件。那时候人与人之间互为榜样，守纪崇德，在那传统的熟人社会里，视名声和作风为生命。

人与人、人与自然之间的良好秩序都来自个人和群体的自律。村旁到处是被神化的水潭、古树、河流或巨石，连走过一座陌生的木桥也要先在桥边磕头才敢通行。那个时代人心与神灵是相通的，在那些重大节日祭祀上，老老少少聚拢在一起聆听祭司与神灵对话，并按祭司的嘱托纷纷祭拜神灵。然后，心满意足地过上一个幸福、欢乐、和谐而有滋有味的节日。人心的淳朴与自然环境的秀丽相一致，村庄附近的小河清澈、鱼群游动、稻田完整、蜂蝶飞舞、彩虹绚丽。现在的环境已随人心全变了样，过去鲜花遍地的山野已然消逝，一个个聚拢有序的传统村落，现今却毫无规则地散布在公路沿线，耕田和林地惨遭破坏。这一切环境的伤痛无不是人类盲目追求经济和一己之利导致的结果，是人心丧失准则和欲望膨胀的证明。

作为生活在社会夹缝中的一员，目睹时代的激烈变化，目睹一切现实，我不免忧虑个人的生活和命运将会是怎样的结局。

新世纪的人类生活，迎来了高科技的迅猛发展进而促进了经济高速发长，人们在享受物质的同时，也遭遇了新的生存危机——环境污染、人心冷漠、拜物主义与拜金主义盛行。精致主义者和利己主义者滋生，公共利益和人际关怀被漠视，可谓“世道浇漓，人心日下”，每个人是否拥有一颗纯朴而敬畏之心需要重新审视。因金钱至上而使一些好人好事、见义勇为不仅得不到赞赏，反遭讹诈而让人心寒。人际间缺乏温暖和沟通，缺乏信任和互助，唯利是图而导致集体性的精神没落。人没有了信仰和敬畏，就没有了自我约束，为了利益可以忽视社会规则和基本的道德，一切以利己为目的，最后走向孤独和自私。生命需要走一条幸福的道路，必须凭良知去开辟充满阳光的大道，良知不是来自知识和科学，而是来自内心的感悟和深厚的修养，来自对生命的深刻认识。

缺乏人文的科学技术和物质产品，难以使心灵得到温暖，人不能只追求物质利益，还应当丰富心灵的空间，应当有人类普遍的善美和价值水准。现实生活中经常发生的事实是，一次不合理的利益分配、一次婚姻的崩裂都会使人失去理智而惊恐万分，在痛苦中你争我夺，反目成仇。事实上，所有的不安和痛苦都是心灵无家可归的公开表露，这是当下社会生存状况的普遍表现。人类需要科学，但迷信科学主义容易使人朝相反的方向走去，偏离了人生的航标。同样，物质主义泛滥，一味追求利益，使人失去理智而造成群体内心秩序的混乱，出现价值观念的扭曲导致人格的畸形乃至道德的沦丧和心灵的崩塌。失去了理性和情怀，内心世界只有物质，不顾及精神家园的创建，生活如同白纸一般单薄。再富丽堂皇的房屋，假如没有亲人的相伴，没有人际的真诚与温暖，没有朋友的分享和祝福，不过是一个冰冷的空间。人类需要的物质和精神的拥有是平衡的，得与失随时处于一个平衡状态，这一头得到多少，必然在另一头失去多少。现在的我，因生活过于碎片、速度过快而时常恐慌，恐慌于我来不及静下心来捧读书架上的许多经典；恐慌于无法实现享受美好阅读时光与窗外朝春天伸开的绿叶和鸟语花香同步；恐慌于怀疑我的心灵会否搭上驶向荒漠一去不复的列车。

较之于传统村落，城市不会使人发自内心的眷恋，走进哪座城市都一样，它充其量是人们暂时凑合在一起赚钱谋利的场所。人生活在城市，过于紧张和零碎，缺少人际的温暖和鼓励，孤单而落没。人除了对物质的追求，还需要精神上的富足和灵魂上的丰富，而城市的喧嚣不能给人以心灵的安定和精神的丰足。今天为什么越来越来越多的人去教堂或寺庙寻找精神的抚慰？越来越多的人养宠物乃至抱着宠物度过漫漫长夜？因他们的世界缺少人文关怀，精神没有依靠。而在传统村落，人们过着恬淡的生活，朴素和本分使人们恪守德律，他们时常祭祀神灵，每一次节日都要举行严肃的祭祀仪式。他们有生活和精神上的信仰，相信万物有灵，无时不对神灵怀以敬畏之心。对一座雪山、一条深谷、一潭深水、一棵巨树都心怀敬畏。在他们眼中，哪怕一朵盛开在石崖上的小白花同样有灵气，而在现代人的科学主义眼里，一朵小花不会有什么灵气，只有简单的植物学知识。太阳有什么好祭祀的？用牛顿三棱镜就搞清了它的七色光，它只是一颗宇宙中的恒星，源源不断地在其轨道上释放能量，在银河系中不停地运转；一座令人敬畏的原始森林，在科学主义者和实用主义者眼中不过是一片取用材料和野味的场地；那些遥远的星星也不再感到神秘，同样不过是些数亿光年之外的行星而已。如此，人类失去了教化心灵的美好机会和引发心中原始力量的神话。月亮是嫦娥的家园，是多么的有趣而神秘，它使人类产生无限的遐思。只有牛郎织女美妙神话的存在，头顶的星空才会如此震撼人心，千百年来激发了无数人的生命情感。我曾经在富士山下仰视白雪皑皑的山顶，除壮观之外，没有心灵的震撼，不像遥望梅里雪山时使我肃然起敬，因为我不知道富士山有什么能震撼心灵的故事。而梅里雪山群中最高峰卡瓦格博的神话就深深地触动我心，还有每年无数虔诚转山的教徒，在山神的保佑和召唤下，哪怕风餐露宿也要完成对神山的崇敬使命。同梅里雪山一样，包括菩萨在内的祭拜物，只有人敬畏它，赋予它神力，神性才会从人心飞到所敬畏的对象上，然后神才会反观人的心灵。试想，当人仰视雅典娜神像的那一刻，心灵会被她代表智慧、处女、纯洁的神圣感所吸引和震撼，而不会去思考她是由大理石还是黏土做成。无论对自然神还是神话之神的崇敬，都来自人的敬畏、虔诚和谦卑。菩萨本是一堆材料构成，但被人神化后成了神，然后越来越多的人去崇拜，越来越能消解人的烦恼。人在自然界中生存，心灵需要神灵的护佑，如果寺庙和教堂没有人为赋予的神性和可信仰的塑像或祭台，同样成为冰冷的建筑物，无法给予人信仰的力量和内心的坚强。假如把神从人心认定的特定空间里驱赶出去，教堂和祭台可以任意践踏，世间没有了令人膜拜的神祇，人的精神失去了避难所，心灵无处安放，那生活还能指望什么？人活着还有什么意义？

科学与经济一路高歌猛进的时代，人类为什么依然逃脱不了海啸、地震、飓风、瘟疫等自然灾害的困扰？大多都是人的欲望无度所致。事实证明，大自然面前，人类玩弄手中的科学也仅是“班门弄斧”式的炫技。科学不等于智慧，智慧是使人过上幸福生活和生命得到安全的生存法宝，智慧能与信仰微妙地结合，它们是孪生同胞。可是，科学主义者扛着孤傲的旗帜大行其道，认为无所不能，用科学把房子用钢筋水泥垒起来，越筑越高，地震一来，生命无处可藏。现代人在古籍中无法查到被地震夺走了数以万千性命的记录，古人的房屋是顺应自然的，能住多少盖多少。在科学的幌子下，现代人类常常失去理智，动辄就把婴儿从被剖开的母腹里取出，本该经受自然的选择和考验的新生命失去了一次珍贵的考验。还造试管婴儿或进行人工流产，认为人不外乎是卵子和精子的结合物，丧失了对生命的敬畏。所以人类被科学带向无边，像一群流浪的孩子离真正的心灵家园越走越远，走向精神的荒野。征服自然更是无知的说法，人的生命本是自然界极小的一部分，无时不受自然的影响和支配，出生和死亡都是自然的属性。人类要想得到自然的恩典，完全取决于人类自身对自然的态度，取决于自我的认识。生命在自然界中，在生和死的问题上，和一片树叶、一滴水珠、一只昆虫毫无区别，不断出现不断消失。

自然给人以生命，也赋予了美，生命的美，是大自然美中的一部分，人类看到了美而产生心理的愉悦和幸福，那是神灵之美在人的身上发挥作用。科学的源地和尽头是无限神秘的自然神力，人类用宗教来代表其说话，或直接把自然界神秘力量称之为"神"。爱因斯坦坦言："我们认识到有某种无法参透的东西存在着，感受到只能以最原始的形式为我们的心灵所把握的最深奥的理性和最灿烂的美——正是这种认识和这种情感构成了真正的宗教性；在这个意义上，我才是一个笃信宗教的人。"爱因斯坦接着指出，那个"某种无法参透的东西"是指自然之神。他说："我无法想象神会对自己的造物主加以赏罚，也无法想象他会有我们亲身体验到的那样一种意志……我满足于生命永恒的奥秘，满足于知晓和窥探现有世界的神奇结构，能以诚挚的努力去领悟显示于自然之中的那个理性的一部分，哪怕只是极小一部分，我也就心满意足了。"可见，一代科学巨人在自然神力面前也感觉到非常之渺小。科学昌盛的今天，人的思想及社会诸多问题只有通过哲学来梳理，哲学和宗教像两只眼睛，可以审视人类的生活方式，洞察人类的内心深处。

不必给“神”下僵硬的定义，正如没必要定义生命是什么，生命到底是时间的长度，还是生物体在空间下的存在形式？假如用生物学给生命下定义，必定失去了生命的尊严。人类精神不灭是建立在信仰的基础上、自然的敬畏上、道德律上，是建立在心灵和良知上的活着。不可回避的是，没有神灵和信仰的地方是一片悲凉的荒漠，人类的精神家园将变成没有安全的孤岛。假如一味迷信科学，内心必然失去该有的信仰和敬畏，心灵飘零而空洞，人类拥有再多的科学知识也仅是地球这个日夜旋转的星球上流浪的孩子。在经济主义和科学主义的挤压下，生命显得愈加脆弱，灵魂愈加得不到洗礼。让神灵回到原始的居所，让信仰回到人的心中，生命和生活才有希望，阳光才能射进心灵的窗户。

世界纷扰，浮躁的时代培植出浮躁的人心，越来越多的人没有时间关注感化心灵的艺术；没有时间静下来倾听一次祭司的祷告；没时间参与一次祭拜山神、水神、瘟神、祖先神的仪式；没耐心为自己的所作所为独自忏悔；无法从一件中世纪绘画作品中找到生命的力量和希望，得到心灵的教化和智慧的启发。捧读老子、庄子、苏格拉底、柏拉图、康德，于很多年轻人是多么地难以接受，觉得那些东西跟现实毫无关系，甚至觉得落伍或是另类。他们沉醉在花花世界里，习惯快餐式的娱乐，在零碎的信息中猎奇，只图眼前的刺激和狂欢。在低俗趣味中寻找生活的快感，拿庸俗的东西过度娱乐，偶像不断树立，不断丢弃，今天的偶像也许是明天反感至极的俗人，就在一次次疯狂的大众娱乐中迷失了审美和应有的判断，迷失了志向。物质的攀比和利益的最大化追求，无暇顾及一部经典的书，无法静心去倾听一曲古典音乐，就更遑论读哲学经典了。

手机和网络是现代无数人的精神鸦片，网络的魔鬼之手遮挡了人们抬头仰望星空，阻止了心灵通向茫茫宇宙道路，遏制了人们去回望那些人类历史上充满人性光辉的事迹。信奉实用主义的人们，前方只有一个光孔，那里摆着名和利，他们永远不会满足，也永远得不到心灵的安宁，在遇到重大的人生问题时，是非难选，理智失控。功利心的使然，直接导致了人们对真理的漠然，即使与神灵对话，也是抱着升官发财的心理祈祷，或子女高考得高分，甚至很多向菩萨烧香磕头的人是出于找到一个有钱的男人或相貌姣好的女人，功利主义者不会对自己的错误和不端行为反省。这些现象都是现代人类面临的共同问题，要使内心强大和给心灵打开一条通向神灵的道路，使人心获得真正幸福和美满，只有凭借对自然的敬畏和先哲的崇敬，用先哲们从自然宇宙里体悟出来的智慧去感知，也只有这样才能找到心灵的曙光。

今天，人类掠夺自然资源的程度超过历史上任何时期，打通山脉，建筑水坝，开发矿藏，开荒建设，地球表面满目疮痍。提倡一次性消费和制造原本不属于自然的东西而使江河污浊、森林毁坏、空气变质，导致各种疾病侵袭人类的健康。所谓的辉煌，不过是靠无度的索取堆积起来。遥想人类历史，曾出现过多少辉煌的国家和朝代，古代波斯帝国、亚历山大帝国、古罗马帝国、奥斯曼帝国等曾经辉煌一世的帝国纷纷在历史的长河转瞬即逝。人类文明的自毁，根源是什么？无不与人的贪婪和国家、宗教、党派之间为权力和资源的争夺有着密切的关联。人类因资源的争夺和权力的占有引起的战争直到今天依然上演，一个国家的兴盛往往意味着另一个国家的衰落。数千年前那些繁华鼎盛、车水马龙的城邦或国度，一旦遭遇战争、瘟疫、动乱和资源的枯竭，瞬间淡出了人类的视野；又在另一个地方出现类似曾经的强盛，然后又颓败消失，反反复复，都逃不过繁荣与消亡的规律。

如何看待这些人类现象，朝代命运如此，国家命运如此，何况区区个人。一个人，无法改变整个世界，无法改变所处的时代和社会的顽症，尤其在残酷的斗争和灾难面前，显得如此之渺小，就像一只爬行的蚂蚁。人生之路如何走过？如何不让心灵受到伤害？心灵的存在状态成为关键，而心灵的存在状态直接来自内心的安定与否。只有心怀谦虚和虔诚，才能掌握人类先辈传下来的文化结晶或生存智慧。智慧、文化、逻辑搭建了一个人的生存空间，在心灵无恙的条件下找到了生存的支点——精神和道德力量。天下纷纷扰扰，生命无常，人最难安排的事莫非就是生死的问题，这个问题靠科学知识是无法解决的。用信仰拯救自己，遏制贪婪和邪恶，才能找到安放心灵的家园。现代科学影响的人类生活，在数万年的人类生存史中相当于“瞬间”一般短暂，即使仰仗着“发达的科技”和“繁荣的经济”，依然看不清前方道路尽头有什么在等待着人类。人类应当承认，科学无法触及的地方都有神灵在活动，都有神灵的座位，人类应当心怀诚意倾听宗教和哲学如何阐释科学无能为力的问题。

今天，物质生活实现了前所未有地丰富，很多人腰缠万贯，而人生活的城市如挂在一根细小的钢丝上，极不可靠，一旦断水断电什么都做不了。一次交通事故，一次拥堵，都可以阻断无数人归家的路。人们有车有房有金钱，同样走在钢丝上生活，夫妻和子女都被繁重的工作和学习压得喘不过气，因为生存成本在无度提高，终日身心疲惫，失去了悠闲和宁静。心灵是飘零的，即使睡在金钱铺就的床上，也感觉不到幸福和安全，幸福无法抵达阳光照射的真实世界。回溯人类历史，多少次通货膨胀不也证明了金钱物质的脆弱？古人的生活物质虽然远不如现代人，但他们不像现代人加班加到凌晨两三点，疲惫中无度地往上攀升，更不像现代人容易患上抑郁症。他们不必为高昂的医疗费、高昂的教育费、高昂的房价和房租苦恼。当下的我正是这样，生活被一堆令人苦恼的数字束缚，我不得不随时考虑电费、水费、煤气费、网络费等等，还得应付烦琐的工作和复杂的社会，思考日渐老去的生命。这些碎片化的数字像无数爬虫钻进我的肉身，啃食我的肌体，无时不告诉我：这就是你要的生活。我和妻子儿子，一家三人各处天涯，家人团圆的天伦之美是多么的短暂和稀少，这是一个时代的悖谬。为了公事或谋生，我随时有可能飞到天上，在那个令人提心吊胆的飞机上生命没有个定数；有可能跑到茫茫大海里行船；有可能在深邃的隧洞里行车，在飞奔的高铁上不着边际地行驶。这是当下城市人的生活图景，无暇顾及怎样才能给心灵一个安静的空间。我哪有时间静坐在一片明媚的阳光下或一棵开花的小树下慢慢翻阅王守仁的《传习录》？哪有时间端一杯淡茶聆听莫扎特的交响乐？哪有时间去享受大自然清晨或傍晚神灵赋予的美轮美奂的景色？没有，本应诗意的生活全被现实利益撕裂成碎片。

所以我向往古人的生活，向往他们有足够的休闲时间，他们在日月星辰下休息劳作，享受亲手栽种的谷物和果蔬。他们白天能大汗淋漓地劳动，夜晚能酣畅淋漓地入睡，等生命结束时也能得到上帝的照拂而永久地安然长眠。他们简单拥有，坦然面对生死，他们用土地一般朴素的生活态度践行了哲学家用一生思考出来的理论：只有伟大的心灵才能死得其所。他们的生活世界充满阳光而通透，不必随时担心被人诈骗，他们通过物物交换来进行原始的贸易，不必怀疑对方使用的是假币或对方手中的物品是否真假。他们不会无聊地说“这是自家养的鸡”“自家种的菜”“这是本地蛋”“这菜没有打农药”。更不会问这孩子是剖腹产的还是自然产的。因为在那个朴实自然的时代，诚实的人们心中没有“本地蛋”或“农药”的概念，人们能看见彼此的心。回想我小时候的家乡，没电没车也能毫无影响地正常生活，缺水更是不可能的事，因为人们就居住在水边，村落的上方有神灵守护的森林作为天然水库。一家人其乐融融，和牛马猪狗鸡鸭鹅构成了一个和谐幸福的家庭，形成一个完整的生活世界。而反观当下的家庭，除睡觉的黑夜，一家人在同一屋下的时间极少，孩子要上学，父母要上班，整天在两点间奔波，家人谈论的更多是工资多少或学习成绩。今天的俗务还没了结，明天的杂事已缠身。无暇顾及如何去享受生活，无暇去思考怎样珍惜肉体与灵魂的健康。

鼓吹物质主义、个人主义和科学主义的人们应当深知，物欲是一个阴森的无底洞，它凭魔力不断把人拉进没有阳光的世界里，没有回头之日。如要生命幸福和安全，不让心灵迷失方向，只有深刻反思人类经历了数万年的生存史，是怎么过来的。如果人类的制造和索取超过自然的承受力，如果人丧失了普遍的伦理精神，丧失了信仰和敬畏，今天人类通过违背自然规律或不择手段得来的一切终将变成虚无。

绿灯下的“马蹄莲”

东京的傍晚因一场薄雨提前进入夜的边缘，水汽弥漫，春寒的气息使人感到阵阵萧瑟与透凉。行道上人影渐少，迷蒙灯火中的车水马龙仿佛是都市一天的最后一波高峰了。

此景，愈加冻杀我对东方名都人文的热望与好奇，漫步街头的欲念就此无奈打消，我能做的就是回酒店把自己关起来安静一下，走了一天的路，需要独处休息。倦意中倒床阅读从酒店迎宾处取来的《朝日新闻》，报载关于中国近日的新闻，以及铺天盖地的旅游和美食的消息。考虑着手里的报纸怎么会是日本的三大报纸之一，也是全球较有影响的传统媒体，办报人是怎么做到的呢？

天全黑了，随团的几个男女和我同住一层，有住我对面的，有住我楼下的，他们吃了料理回来，叽叽喳喳地谈笑，十分地满足。几日来，除了大采购外，他们一直闹着要吃餐日本料理，否则枉来一场日本。

翻完报，雨渐渐变小，我从二十一层的窗口向外瞭望，欣赏异国都市的夜景，东京的夜色确实梦幻，薄雨中的每一盏灯都是那样地似曾相识，想着跟自己生活的城市有何不同，我没有在高楼上俯瞰过自己的城市。在二十几层高楼里看一座城市的夜景还是第一次，我说的是透过雨帘观望一座城市的夜景。早闻东京湾的夜景特别美丽，可今晚怎么也看不到了。远方，雨汽沉沉，迷蒙一片，只期望明日去一睹她阳光下的芳容了。

肚子有些饿，不能胡思乱想了，还是去找点东西填填肚子，我用长焦镜头拉近路边的店铺广告牌，搜寻哪里卖拉面，慢慢移动，一家挨着一家地搜寻。终于发现离一个红绿灯口不远处有家卖拉面和面包的食店。于是钻进电梯直降一楼，撑开伞往门外的斑马路方向走去。食店就在酒店斜对面，不算远，可得绕到斑马线那边才能过去。

我一脚踏上斑马线上，记不清当时是哪只脚先踏出去的，只听见一声急促的刹车声从我的右耳边响起，我本能地收回腿转头侧望，看见一辆白色的丰田轿车安稳地停在离我四米远的地方。驾驶车辆的是一位清瘦的姑娘，汽车的方向盘在右边，而我们相互看得很清楚，她亲和的目光连同笑容朝我飘来，她知道我在让她，她却按下车窗，扬起纤细的手，轻柔地说，“お先にどうぞ”，叫我先过去。我看到她那只手上还戴着一圈黑色褶皱的饰品，手轻轻落在方向盘上的那一刻，像一枝素雅的马蹄莲在风中摆动，划出优美的弧线和强烈的语言感。我作为一个异乡人，在姑娘的礼貌中，客气瞬间成为应有的绅士风度，也摆手示意让她先走。她又说起轻柔的话，再次扬起马蹄莲一样的手，划出同样优美的弧线，要我先走。我才突然想起这个国度里车让行人的交通习惯，最后用微笑感谢了她，径直走了过去。

记得她是从右前方驶来的，与我刚好在斑马线上相遇，按他们的交通规则，从右道上“逆行”而来，她可继续行驶，反而停下来向我扬手示意叫我先过。她那轻扬的手，扬出了她优雅的气质，扬出了对生命的敬畏和对秩序的尊重，令我心生敬意。我不是故意放大她的行为，只是我生活的世界太需要如此优雅的行为习惯了。日本的车看见行人过马路时，在较远的地方就减速停下，主动让行人先走，这是他们细小的习惯在交通秩序上体现的文明。

想着想着，突然感到有什么东西侵袭了我的内心，本来过马路才是关键，她的手势怎么瞬间成了打动我的行为呢？每次轻扬落到方向盘上的那份优美，更显冷风中一只手的温度，而那份温度照亮了我心底的每个角落，照亮了前方街道上灯光无法射到的地方。

我走完斑马线，苦恼袭来，我不想过马路，只想站在路边再看一眼绿灯下飞扬的“马蹄莲”，哪怕是三分之一秒。但一切都太匆匆，等我站在行道上回望她的车时，只见两只红色的尾灯远远地消失在迷蒙灯火中，跑去我永远猜想不到的地方。我又看看红绿灯下的斑马路，空空荡荡，只有从天而降的雨丝无声地落在湿冷冷的地上，无尽的飘落。她那亲和的笑脸又浮现于我的眼前，还有那枝洁白的“马蹄莲”朝我飞扬，飞扬……

泸江河上的见龙桥

如果一座历史文化名城是由诸多古街古巷、古宅、古井、古树、古寺、古建筑和一系列非物质文化遗产构成，那么，古桥也不应被忽视。就如建水古城，城外有很多古民居、古寺、古桥等名胜古迹，这些文化瑰宝珍珠般散落在郊区田野，耀眼夺目，它们从外围直接或间接撑起了古城的文化天空。泸江河上的古桥就是其中之一，是建水古城文化不可或缺的重要元素。据说泸江河上共有十余座古桥，规模不一，在不足十公里的河段上出现如此密集的古桥群，实为罕见，可见当年官府的实力和远见，经济和人文的发达程度。古桥中名声远播的算十七孔桥，凭借它的磅礴气势和巧夺天工的技艺蜚声世界，每天不分早晚，吸引着四方游客围着它拍照留念，包括无以计数的考古学者、文化学者、文人骚客蜂拥来到这里抒写和取景。这是我在 2015 年元月末随建水籍的朋友去团山古民居村旅游时所认知的，那天在十七孔桥上参观十几分钟后，沿泸江河往团山村行驶。尽管泸江河两边栽种了各类景观树木花草，但春色来得慢，只有樱花枝头上的骨朵在爆开红点，冬天田野的景色总体是灰白的，包括古桥和村庄在内，所以除了古迹外再没什么能吸引眼球的了。古桥不断隐藏在树枝下，从十七孔桥行至马家营村路段的泸江河上，有座破败的石拱桥吸引了我，悲凉而庄严地横卧在河上，它叫见龙桥。

我们就在桥头外停下，路边一棵榕树下有条弯曲的石板小径直铺向桥身，我们顺着光滑的石径走上见龙桥，感受桥的沧桑与古朴。抚摸桥栏，东拍西照，品头论足，突感走进古老的年代。冬日的凉风不断从桥上刮过，站在七米多高桥面上，可眺望远近村庄和田野，脚下的桥面如同坚实的大地，给人产生安稳和踏实感。桥面不同形状的青石板在枯黄的野草间，发出锃亮的光，折射出复杂的历史。桥栏不高，约一米，但用厚实的长方形石块垒砌而成，偶有缺口，明显是有些石块掉落或被人搬走了。桥栏上两边蹲着两尊小石象，左侧那一尊的象鼻被打掉，更显苍凉。桥中段两侧是厚砖墙顶起的瓦片风雨阁，很简易，瓦片掉落了一些，鱼骨似的木条暴露在蓝天下，久经风雨侵蚀的痕迹留在木头和砖墙上，苔色显目。砖墙内侧两边分别是神龛和刻着“见龙桥”的有裂缝的大理石，它们的身上留下了后期人为破坏的迹象，不知是战乱年代还是二十世纪六十年代遭遇的劫难。看屋瓦逐渐掉落的样子，风雨阁存续的岁月不会久远了，但主桥是岿然不动的。

三个桥孔边的石缝里长出很多瘦小的灌木来，一蓬蓬吊在石缝外边，有的干枯，有的在吃力地发绿，一丛正在开花的芦苇倒朝最北面桥孔，仿佛在避风。石块呈现出黄、黑、红等颜色，斑斑驳驳，沧桑感、历史感全曝露在阳光下，这一切，应该是岁月流动的迹象。走下桥看整座桥身，在衰草灌木间，横跨南北，像一头路行千里的干瘦骆驼在艰难而高傲地喘气，在漫漫路途中疲倦地沉思。

再仔细观察，从桥墩、桥孔、桥栏，再到风雨阁，组合得十分凄美，虽度过了漫长岁月，桥的本身却十分完整，无处不体现古代能工巧匠的精湛技艺。红河州政府立的碑文清晰可见，这座桥是 1796 年（清乾隆六十年）建造的，民国年间重修，二百二十年的历史文明活生生地展现在我的眼前，见龙桥经受了无数风雨和烈日的考验。其实何止是二百二十年，它可是古人千百年来生存智慧的绵延，还有数以百计劳工的血汗，乃至生命。

根据见龙桥的长度，可见泸江河的宽阔，河坝约高三米，有的地方更高，有的略矮，河床里的水细弱了，有些地方看不到水在流动。目睹苍凉的实景，让人想起一些桥之外的东西来，当然是与桥相关的历史和文化。高大的桥孔下是小到已经称不上细流的水在杂草间低吟，桥是雄健的，而与桥相配的河流已不在。想到这，让人哑然沉默——河水去哪儿了？有一次建水的朋友说，在她小的时候，泸江河水很大很深，才二十多年，不知河水到哪儿去了。桥是过去的生态环境与人类社会相融共生的文明结晶，因水而生，今天河水几近消失，只有桥孤独地存在，尴尬而落寞。导致这种景况，除自然因素外，人类生存的方式是破坏环境的主因，传统文明的橄榄枝已经在现代人的手中掉落，再也无法捡起，只有倾听古桥无尽地诉说岁月的沧桑与流变。

“见龙桥”名字的由来，当地民间有传说。建见龙桥的时候，有龙现身，所以才叫“见龙桥”，但没有说龙现身是在河里还是附近的湖水或泽地里，可以想象，当年泸江河和附近一带到处是水，沃野茫茫，村庄零星，泸江河所处的是坝地，而远处周围的山头应该是繁茂的森林，尤其雨季，那该是怎样的一番景象。今天见龙桥的处境让人产生无尽的猜想，猜想它两个多世纪经历的一切，它的历史是真实的，已经成为一部厚重的书，供多少代人细细翻阅。年代越久，内容越丰富，越具传奇色彩，这一切都超出了桥本身的意义。

古桥，这种古老的交通方式演变成今天各类数千米长数百米高的现代桥梁，而这些又高又大的桥梁能否经得住百年风雨和烈日的考验？单凭建筑模式和风格，见龙桥可算是现代桥梁的祖先级别了。我行走过无数条路，踏过无数大小桥梁，也见过无数不同形态的中外桥梁，而能让我静下来沉思良久并想用笔倾诉的，泸江河上的见龙桥是第一次，它让我想起生命中最初的桥的形象来。我对桥的特殊感觉，来自小时候母亲的影响。那时，我像一只听话的小狗，跟随母亲走遍田野和树林，每当遇到一座小桥，不论竹桥、木桥，还是石桥，凡是第一次要走过的桥，母亲都会在桥头严肃地跪下向桥磕头，并喃喃自语，我也跟着母亲下跪，磕头后再过桥。后来母亲说，磕头是希望桥神保佑人过桥平安；另一层意思是感谢搭桥的人，母亲当年的原始教育方式使我对桥留下了极其深刻的印象。我的故乡沟壑遍野，小时候见到的和走过的大多是竹桥和独木桥，没有固定的围栏和拉绳之类的防护，而且都架在急流或深潭之上，桥下潭水漩涡回转，令人眩目头晕、心惊胆战。尤其风雨大作时，绝不敢过桥，暴雨和洪流是故乡最大的安全隐患，没有桥是无法生存的。

桥的概念，已然溶在我的血液里，它关乎人的生存、生命，只是之前从未以风景、文化、历史的角度去看一座桥，故乡的桥与见龙桥是两种不同的形态，但它们的原始意义和身份是相同的。我在见龙桥面前沉思，想到的很多很多。生存环境的不同，导致生存文化的不同，小时候没见过像见龙桥这样宽大而坚实的石桥，这不得不说是地理、经济和人文的差距。我还听说，在建水，见龙桥只是普通的一座桥，比它高大壮美的多得多，我只知道十七孔桥比它气势恢宏，但见龙桥已经足够说明了当地的历史和文化是多么的深厚。

两百年风雨春秋，当年建造桥梁的土司、工人和无数桥上往来的人流早已被时间带走，湍流也一去不复返，还有多少故事和生命如同风沙在见龙桥边流逝，只有见龙桥与阳光风雨同存，年复一年。

读书

有件事，令人神思飞扬，可以自我沉醉、自我濡化、自我修养、自我重建；能使一个人、一个家、一个民族、一个国家产生翻天覆地变化的动力，那就是读书。人们常说的儒雅、文明、知书达理等描述一个人修养或举止的都与读书有关；说一个国家富裕、先进、发达，同样无不与每个国民的读书有着深度关联。

人类最原始的读书方式是前辈传授后辈的生存技能和做人之道，它是一种传递知识和学习技能的基本过程。后来说的读书，同样作为人类一项古老的生存活动，它不仅指传递知识，还传递思想，还包含提升人素质的过程，这一人类活动具体何时开始没人能说得准，但可以肯定的是人类为了更好地生存和发展，发明了读书。早先人类的咒语和祭词是用来面对艰难复杂的生存环境，代表族群或部落的祭司或巫医掌握与神秘自然对话的祭词、咒语和仪式，目的是让族群团结在首领周围，消除恐惧、消除迷惘、治疗人心。再后来的古调和经文传承了古老祭词或咒语的精髓并得到延伸和丰富，形成系统的知识后慢慢流进宗教场所，在教堂、祭台或特定场所念咒语或读经诵文，教化人心，感化心灵。但依然是极少部分人的权力，只有与宗教领袖或皇族有关的祭司才有那样的资格传承。

人的生命和能力很有限，加之战乱、瘟疫或其他天灾常使人类早期的文明成果无意间消失，因此需要某样东西能承载先人的智慧和技能。最后把代表知识或经验的符号刻在木板、竹片、石块、骨物、布匹、石壁等物体上面，这些东西成了原始的书。这是一个从脑文本到物质文本转换的过程，此过程也是十分复杂而悠久的，所谓“脑文本”是指只能口耳相传的知识，出现了甲骨文之类的承载知识符号的古籍后，才出现了高效的印刷术和近现代印刷术，最后到今天的电子文本。因为“书”承载着先人的经验和智慧，不断被后人改进，学习、模仿和传承，最后演化为统治者用来教化思想和提高自身素质的强硬途径，同时用来作为统治和愚化底层群体的有力工具。古人说的读书也就是我们常说的教育了，那时的读书和教育不分，以读文代教。可见，读书作为教育的主要途径，曾在数千年漫长的历史长河里仅是宗教上层和达官贵人的特权。底层社会与读书无缘，像仰望遥远神秘的夜空星月，抱着饥渴、向往、羡慕的心态仰望了数千年，始终望尘莫及。时间以世纪为单元流逝，人类社会迅速发展，普通百姓逐渐发现了被书浸泡过的从皇室或教会里走出来的人跟底层人群有着不同的思想和气质、风度和举止。他们有着广博的学识和宽广的视野，还有丰富的生存经验。知道了为什么会这样，因为他们接受了读书教育。

进步是人类发展的必然，而发展不能只靠少数人的教育，读书应当成为所有人的活动，读书作为人类高级活动不能仅停留在社会最高层，它必须延伸到社会各个领域，这是历史的必然选择。最后，贵族的非凡魅力来自读书（教育）的事实或真相被平民百姓逐渐发现和认识。随着社会的进步，数千年后，底层社会极少人最终得以靠近读书这一高贵的活动。于是，书作为知识的一种载体和改变命运的工具，被一些平民百姓捧在手中学习，慢慢拥有，感受读书强大的力量。这样，极少数底层平民子弟通过读书走向社会高层，成为社会的部分精英和时代的栋梁。再后来，接受书本教育的人越来越多。这时候，读书不仅是贵族的专有，它逐渐成为底层社会坊间或私塾的日常活动，稍有财力的人家子女就被送进私塾或学堂读书。渐渐地，广大底层社会不同程度地尝到了读书那蜜汁一般的滋味，通过接受教育的寒门子弟纷纷走进上层社会，拿上盛有皇粮的铁碗，摆脱了被压抑的底层命运，个体生命的质量和地位得到了提升，思想得到了解放，身份得以改变。读书是平民改变命运的唯一通道，寒门纷纷效仿，读书这项闪光的活动以前所未有的态势走进平民家庭。于是，靠读书可以掌握知识和技能，丰富思想和智慧的常识被大众广泛接受和认同。官方提倡的“学而优则仕”是鼓励人去读好书改变命运的法则。所以，读好书成了贫寒子弟们为光宗耀祖而实现人生目标的重要途径，从此无力可阻，它不因拿到文凭而戛然终止。喜欢读书的人们从未停止亲近书本的活动，于他们而言，不仅是为衣食住行和光宗耀祖的需求，更是创造人生的光辉，是认知世界里春暖花香般的精神享受。

我不赞同“万般皆下品，唯有读书高”的说法，在人类发展的过程中，出于责任或善爱的举动不计其数，比读书本身高级得多。但在完成了个人的基本责任和实现生存条件后，读书又浮现在人类生活的最上层来，以高贵的形式指导人生的思想和行为。社会是由上、中、下的不同层次构成，这往往是由接受教育的程度来决定，古今中外概莫能外。不读书照样可以生活，我们很多平民的祖辈不就是这样过来的吗？但因社会是不断进步的，是竞争激烈的，它是由无数人的真实生活组成，读书的人和不读书的人的生活质量、人生高度及精神层次都大不相同。过去，从未接近读书的人群，他们被人为地划分成下等阶层，受人统治，被人愚化、奴化。只有那些真正称得上贵族或社会精英的人群始终与书为伴，甚至他们的仆人也能嗅到一丝书香味，从而显示他们的身份和生活环境。记得小时候的村庄，偶有一些被劳改的人服刑期满后回乡，他们是有一定文化有先进劳动技能的人，突然成为村里有名望的人，因为他识字懂“文化”。他们获得的先进劳动技能不仅是通过系统的技能培训，还有书本的教育，在那个村庄里，他的讲话、姿态、思想都跟村里没有出过门的人完全不一样。一个曾经被劳改的人还会受到村民们如此热烈的追捧，能显示出他的“高贵”和不凡，不外乎就是在“外面的世界”接受过一些书本知识和专业训练。

当然读书不是万能的，知识不是技能和智慧，更不是创新，只有具备智慧和创新能力，才能产生力量，一个有知识却缺乏技能和智慧的人可能是一个手无缚鸡之力的人。知识，往往只是对世界事物的一种假设，一种解释，它不一定是真理，而且知识因不同的时间或环境而改变。所以很多时候，有知识的人在困难面前束手无策，尤其在危及生命的时候，智谋才是救命的稻草。“一克智慧重于一千吨知识”说的就是这个道理，因为智慧是由天赋、知识、思想长期共同形成的结晶。书也不完全是知识、更不能说是智慧，但它承载先人的思想和经验，可在不同空间时间内转移，被后人吸收、模仿和借鉴。因此，读书不仅要思考，还要知道该读什么样的书，没有思考的阅读是在吸收垃圾。读书过程除思考外，还要学习文化，学习知识携带的文化，用文化来感悟人生，启迪智慧，所以读书不仅仅是翻书本和被人说教。读书的最高境界是沐浴春雨或阳光般的精神享受、与作者共鸣、受到鼓舞、了悟世事。

骨物、木简、竹简、贝叶、锦帛等承载文字符号的载体早期作为书本被少部分人使用，习读、记录和传播文化知识。通过古老的学习方式，人类得到了一点一滴的进步，这是人类发明了书后形成的动力。今天，科学技术突飞猛进，书本的形式不断变化，阅读的方式也随之改变。互联网对我们的祖先来说是一个怪物，时空在它面前彻底变了形，它比飞机还快无数倍，只要你想要，似乎什么东西都可在短时间内来到你身边。这个时代里，曾经苦苦读书的群体，也转移了视线，从书本转向纷乱迷离的浮华网络世界，陷进手机微信、网戏、购物等网络世界中，严重的甚至不可自拔。这些人视读书仅为学校教育的事，与真正的读书渐行渐远。

手机有时是一个废物，中国人人年均阅读量一直不容乐观，手机阅读时间却疾速攀升。据相关数据显示，2018 年中国人日均翻阅手机时间为 85 分钟，这个数字一直在升高。手机是人类文明的科技成果，我们应当用好它，遗憾的是人们成了手机的奴隶，成了手机的附庸，无度地点击手机，殊不知是在伤害自己，我称这个群体为“机奴”或“网奴”。网络世界里隐藏着一只看不见的魔手，它在无声地操控网奴们，无限地满足网奴的需求。时间长了，点击手机成了一种瘾，有人叫“手机综合征”。整天不停地翻看零碎的信息对大脑和眼睛也是一种伤害，无度的涉猎不分优劣的东西，信息再多，过五分钟后就忘了，今天看过的东西明天就忘了。人的大脑和眼睛需要休息，大脑需要重点记住那些对人有用的东西，但很多人忽视了这个常识。不否认仍有一拨人通过网络来读书学习，自觉地走进那浩瀚无边的书海世界，这群人实际上从未远离传统的书本阅读，他们在网络和纸质书本之间完成自我修炼、自我濡化、自我重建。

不能对读书寄予突发大财或当上大官的梦想，更不能妄想读一万卷书或做一辈子书虫就可成为贵族。有人严重误解了读书的功用，他们想通过读几本发财的、成功学的、当官的、世道的、圆滑的书后一夜成为富翁、大官或社会成功人士。当下，大有这样的人，这种人其实在误导自己，浪费自己的宝贵时间。今天的教育给极大多数的人以读书的机会，读书和接受教育的方式手段层出不穷，不能再以单一的方式学得知识、技能和文化。最根本的原因在于全民都有接受教育的权利和义务，文化知识以便捷、公平、及时的方式在社会中流通，任何勤奋的人都可自我修炼，可得到丰富的文化信息及知识技能。但我们的社会刚好遇到以赚钱的多少来论英雄的时代，用明星光环的大小来论英雄的年代。很多人认为只要口袋里有钱就是人生的成功，不再去靠近读书这一优雅的活动，不再去羡慕读书博学的人。这是社会的一种表象，也是一种通病，实际却恰恰相反，社会的发展还得靠那些当不了老板却在为社会担当公共责任、受过系统教育的群体。虽然他们拥有的物质不多，但用思想和意识默默梳理着社会前进的方向。他们能成为社会的管理者，是因为接受了更多的教育，他们掌握着运转社会的决策权和话语权。这里不是无限放大读书的功能，因为当今时代，读书不能全部代表教育，读书只是教育的一部分，但可以说是最好的接受教育途径之一。一些人读书的目的不只是追求知识和增长智慧，他们可能在娱乐，可能在消遣，也可能在修身养性。

我认为，读书是自己给自己建造一所大学，自己给自己建造一座图书馆。读书能让人拥有一个精彩的世界，能使人懂史、悟世、明理、养性，激发志向，增长才智，陶冶情操。不能说读书的人就是精英或贵族，但他们所生活的地方往往是先进的，他们的国家或民族往往是文明的。众所周知的以色列、美国、俄罗斯、日本、芬兰、冰岛等国家，人均阅读量很大，他们视读书为一种人生追求。事实证明，读书群体庞大的国家没一个不发达不先进。据新华网调查，中国的上海在国内所有城市中人年均阅读量排在最前，同样说明了这个现象。据相关机构调查显示：以色列人年均读书数量为 68 本，俄罗斯 55 本，美国 50 本，日本 44 本，韩国 15 本，法国 24 本，我们国家却不到 5 本，直到 2018 年也只是 4.67 本。日本的企业家一年读 50 本，而中国的企业家一年仅读 0.5 本，相差 100 倍！可见我们跟别人的差距，我们不得不相信，公民素质与阅读量的正比关系。

“读书是门槛最低的高贵”，读书是最好的家风，读书提升一个人的精神层次和人生高度，它影响一个人的全方位。就如前文所言，能陶冶心智、净化心灵、充实大脑。古代先贤倡导“读万卷书，行万里路”，“立身以立学为先，立学以读书为本”，立家立国同样如此。事实一直在证明，读书对人类演进的重大意义从未减弱，迄今为止，人类还没有发现一种比读书更能改进人口素质的途径和方法。因此，一个人、一个家、一座城市的进步应当以阅读先行，以教育为重。然而，现实中人们远离了读书这项活动，就以我生活的城市来看，居住着六百多万人口，是省级政治、经济和文化中心，它代表着全省四千多万人口的先进与文明。但书店和图书馆少得可怜，报刊亭和阅读场所变成可望不可及的珍稀圣地，繁忙的人们依然繁忙——忙生活、玩微信、打麻将、唱卡拉、喝茶、网戏、桑拿，以及名目繁多的赚钱洗脑会，可见这座城市的单薄程度。我们的城市，高楼林立，车水马龙，娱乐消遣场所无数，而健脑的场地建设进展缓慢，越来越多的人远离了阅读，这是时代的遗憾！就物质而言，我们已经摆脱了物资匮乏的年代，不缺少多建几个书店或报刊亭的财力物力，可就看不到几个像样的书店呢。鲁宾斯坦说："评价一座城市，是看它拥有多少书店。"读书风气不仅反映出一座城市的良好风气，同时反映出市民的精神状态，创造更多更好的读书环境让更多的百姓去读书成为当下迫切努力的民生工程。中国古人长久以来追求"耕读传家""晴耕雨读""忠厚传家久，诗书继世长"的理想生活，视读书与行路为人生的必修之课。我们不应忘记古人"书犹药也，善读之可以医愚""积财千万，无过读书"的良训，人生大道上应以好书为伴。

当然，读书的好处不只这些。前面讲了一大堆道理，好不自在。对书和读书，人们各有各的看法，各有各的认识。其实读书也可以是一种自娱自乐，轻松的自娱自乐，能读到经典的书是幸福的。买书也一样，去书店里或旧书摊上，找到一本自己一直梦寐以求的书，或偶然碰到一本称心的，随便翻几页后带回家。放在书架上同类书里，莫急莫慌，慢慢来，等合适的时日再细读，就如冰箱里的菜，衣柜里的衣服，不一定及时吃完及时穿上。等手头要紧的事务做完了，一定要做完，否则会影响读书。泡上一杯茶，浓淡皆可，有一片阳光是最好的。从书架上抽出一本以前没来得及细读的，跟当时的心情能吻合的，慢慢翻、慢慢勾画、慢慢品，一边读一边慢悠悠地拿起茶杯进入一个新精神世界。茶香缭绕，阳光、时间、文字里的诗情画意全在你身上散发，令你彻底进入属于自己的时光，幸福和惬意自不在话下了。彻底进入了字里行间，有时发笑、有时难过、有时默念、有时朗读、有时勾画、有时受启发，这时你与书共鸣，与作者共鸣了。另外，约三五知己，炒上几道可口的菜，整上两杯"生活"，漫谈大家喜好的书，古今文人、古今文史、古今典故什么的，各抒己见，争得面红耳赤也不在意。这是读书人的活法，读书人的风采，读书人的自信。

有人说："你读过的书，经历的事，等时间长了，那些细枝末节你都忘了，剩下来的，就成了你的素质。读书多了，内心才不会决堤，读书多了，容颜自然改变。"我赞同。读书是一件很美的事，如饮甘泉，应当人人读书，生活中不拒绝追求物质，更不应拒绝读书。读书不求学以致用，拒绝急功近利的读书方式。相信读书产生的力量和价值会在一个人的身上慢慢产生。

母校的梨花

二十几年，犹如一本发黄的书哗哗地翻了过去，却留下了一大堆回忆，我在母校元阳一中读书时的诸多校园生活情景时常进入我悠长的梦夜，有些模糊了，有些清晰起来。高中各个学科的知识深浅不一，密密麻麻勾画的课本堆成了书山，关爱我的老师，灯火通明的教室和错落高低的校园，以及让我健壮的操场，常常在我毫无防备之中如春风扑来。梦萦的还有饥饿中向往的食堂和拥挤灰暗的宿舍，它们似乎等待着我去轻脚踏入。

激发我志向和催促我学习的是寒假结束后开放的梨花，那时校园的梨花像远天飘浮的白云，十分夺目。天气一转暖，校园开始披上盛装，那也是春天从另外的山岭全面涌入校园的象征，在我们投入学习和考试的时候悄悄催醒花草树木。梨花通常在三月初渐次开放，你追我赶，那棵校办门口的梨花不甘寂寞了，厕所旁的梨花跃跃欲试，食堂上方的梨花骨朵噼噼啪啪地爆响，实验楼前的梨花魔术般张扬，操场边的梨花如燕高歌。每树梨花的盛开，仿似远边飘来的白云落进校园，使校园悄然间变成白花之国，人的心情难以抑制，幻想开始蔓延。

校园的梨树虽是前人所栽，但全属自然地生长，没经人为修枝，所以长得粗壮繁茂，树枝伸得特别高特别长，一树梨花就能遮盖一大片地面。若是晴天，加上阵阵春风，梨花更是使劲地爆开，一棵争着一棵地斗妍。这时候，你要是想亲近梨花，不必走近梨树，只消用心等待两个星期，无数花瓣会扑向你，随风向飞进校园的每个地方，时东时西，时南时北，轻舞飞扬。飘落的花瓣飞进学生的碗里，飞到书本上，飞在人头上，飞进水沟里，满地都是花的“脂肪”，师生们也一时间被春天赶进花的世界。

多情的春天啊！那醉人的花飞花谢！怎不叫人兴奋和失落？怎不叫人憧憬而又惆怅？你会看到穿着红裙的女生走在梨树下读书、碎步，飞花中仰望天空的姿态，场面美得炫目！弄得我青春的幻想难以控制。

纵使繁重的学习和灰暗的生活困扰，梨花在阳光下与春天交汇之际，人的心绪会随之飞扬起来，梦想会愈加明朗，学习的力量倍增，步伐更加轻快，自信心被莫名地催生。那时，我们做作业或看书累了，邀约三五个男女生走出教室，走进梨树下，欣赏校园的春色，用梨花来调节身心。如果站在校园的某个地方看望一树树梨花的形态，突感校园的亲切和温和，你就会认定自己没有来错，这里肯定是人生的最佳出发点。一番暗自鼓励后，感觉英语单词记得迅速，篮球投得轻松，教室变得宽敞，窗外的每一道风景会空前的明亮起来。我不知道梨花跟我当时的年龄是怎样的一种关系，只知道它们抚慰着我的心灵，让我愉快、幸福、隐忧。

春天就这样使人心产生微妙的变化，加上梨花的鼓动和煽情，那时的心里确实有一番特别的感慨，感慨人生为什么不能像梨花那样精彩自由，感慨生活的境况为什么如此灰暗。其实那三年，是我无法表述青春是何物的岁月，学习压力不小，家里生活困难，弟妹们还在不同级别的学校里读书，家里却吃力地供养我们读书。尤其遇到考试失意，青春的心理像窗外的雨丝飘忽不定，老师们的教诲令我时而欣喜，时而奋进，时而模糊。更晦涩的是临近毕业的学期，我内心充满失落和迷惘。我像爬一座山，艰难地前行，独自踽踽走向高考。好在老师和同学的诚恳帮助，使我度过了步步难关，我和在读初中的三弟坚守诚信，以诚信回馈老师和同学的帮助。有几位老师不得不提及，普正兴老师偶尔借给我饭票以解我燃眉之急，还有李志军老师，在我没饭票的时候，我不时去他宿舍里拉开抽屉拿饭票，吃几餐的饭票他是不会让我还的。实在难以熬过的时候才向他借钱，等家里寄来后及时还他，老师的心胸和亦师亦友般的关系成了我们相互往来的基础。我还要感谢的是曾隆泽和付勇两位老师，他们对我的关心是终生难忘的，我为能有这样宽容和帮助学生的老师而感到庆幸，我毕业走入社会后没为他们做什么，只是偶尔问候而已，我知道我的老师不图什么，他们只希望自己的学生在各行各业中混得更好。

高二那年，就是一九九一年的冬天，梨花骨朵还在尚未解冻的冬天里沉睡，学生们已然全心投入到繁忙的学习状态之中，我却心事重重。因家里生活的困难，考虑到让弟妹们顺利读书，我偷偷回乡去武装部报名参军。结果报名成功了，和十一个被筛选出来的青年在寒风中同坐一辆东风牌货车到县城，一路自豪又惆怅。县第一人民医院的一切检查都顺利，体格身高全部合格。我向班主任曾隆泽老师讲了我的苦衷，他却不让我去当兵，叫我稳定心情好好念书，考个大学，他还说要打电话给县武装部阻止我远行。但我的决心已定，我又跑回家里等通知，县武装部已通知乡武装部去我家给父母做思想工作。当时我在家里等通知，武装部人员的鼓励和安慰一大堆，意思是叫我的父母不要担心和顾虑什么，好好让儿子当兵去。当时我的朋友李永福和李永发还在身边陪我，还送我到公路上，一边流泪一边鼓励我去西藏后好好练就本领。等我回到学校后，县武装部却通知我不能去参军了，我感到几分沮丧和失望。他们在最后政审过程中发现我是在校学生，当时在校高中生是不准参军的。我很后悔，填表时填了在校学生的实际情况。上晚自习时，我抱着失落的心情向曾老师说明了具体情况，他带着微笑对我说："我就说了，你不能去，你要努力坚持一年，考个大学。"曾老师温和的劝告使我产生感激和鼓励，他当时是我的班主任，也是学校副校长，他决定给我每月十块钱的生活补贴，我记得那是当时贫困学生中最高金额的生活补贴了，我们班其他贫困生只拿五块钱的补助。

转眼间，高考结束，我进入蒙自师范高等专科学校（今红河学院前身）读外语。青春随母校的梨花飞逝，而学生时代的一切美好和艰苦还像梨花在心中闪烁未泯，一切苦与甜在我的人生中变成不可或缺的生命元素。这种生命元素变成我对照生活的镜像，在往后的人生道路上形成了精神动力。

几年后，我从一所中学调到母校工作，物事已非，当年的校园模样变了不少。那时我身份已变，成为一名教师，能在母校的讲台上为学生们授课，我深感自豪，那应该是我回馈当年老师们的最好方式了。今天，母校的硬件软件设施日趋完好，学弟学妹们能在舒适的环境里学习，而当年的梨树因校园的改建所剩无几。没有梨花飞舞，梨树下朗朗书声和朴素的校园不复存在，梨花淡香的诗意景象已然飘逝。令我无限感慨，年轻的岁月头也不回地随梨花飞逝了，消逝得无影无踪。

2003年春天，正值梨花漫天飞舞的时候，我离开了母校，前往个旧市工作。之后，一站又一站地调换单位，不断追求新的生活环境，离母校的梨花越走越远。转眼二十几年，在忙碌的生计中，时有“梦回人远许多愁，只在梨花风雨处”的漂泊感。我一路前行，远离了母校，远离梨花般的青葱岁月，可我时常回望母校，看到母校的梨花依然绽放、洁白、飞扬……

诗里诗外的艾吉

我相信，人们认识艾吉这位来自哈尼山村的诗人是通过他的诗歌和散文，除此他没有能让人记住的，他和一个打工者或奔走在街头巷尾卖苦力的人毫无两样，一身土气。当然他身上同时具备坦诚质朴、沉稳热情和喝酒豪爽的特点，而这些特点是要通过交往后才能感受，不像刊物或报纸上的名字能使遥远的人知道“艾吉”其名。

我早想对艾吉兄其人其诗说点自己的感想，毕竟是多年的深交，不说出来，心中隐痒。我几乎读完了他全部的诗歌和散文，而且我们时常彻夜不眠地在一起边喝酒边交谈，分享各时代的名诗名作，各抒己见，故我对艾吉兄了解甚深。用专业的诗评来论他的诗，我胜任不了，只能浅显地从自己的视角谈点所思所想。艾吉兄是一位哈尼族乡土作家，最先以诗歌出名，凭借他的土气和澄净的作品一步步踏上文学殿堂，走向宽广的文学旷野，获得了作为一名作家应有的成就和声望。我认识艾吉兄较晚，他的诗集《沾着青草味的乡情》，在我读大学时候就有所听闻，记不清在报纸上还是别人说的，由于没有亲自捧读，也就没有特别的印象。时间过了十年后，我毕业后到乡下中学教书，再从乡下一步步靠近城市。有天，终于从元阳调到个旧市教书，家和单位就在同一条路上，两点间距离不到三百米。那条路被工作生活在附近的文化人叫为“野鸡坡”，当时红河电视台和红河人民广播电台都在那条路上，我认为“野鸡坡”就是那拨新闻工作者们叫出来的。

时间翻过两年，我认识了几个电台的人，混成朋友，常去他们单位球场打篮球，或蹭饭喝酒。就在那些茶余饭后的时间里，不时听到“艾吉”这个名字，知道了他是一位诗人、作家，更重要的是一位哈尼同胞。朋友白居舟正是工作在电台的一位哈尼同胞，我俩很要好，跟他说过几次能否把艾吉请出来给我认识一下。因为艾吉常被朋友们描述得豪情洒脱，自由浪漫，我想认识他，想感受诗人的魅力和风采。认识他之前，也在电台工作的朋友高自学拿了本《沾着青草味的乡情》给我，我一时如获至宝，一夜就全部细读。之后，我在朋友圈中常说一句话，也是我对《沾着青草味的乡情》的最初评价：读艾吉的诗就像回家过年。我的话很快被各界朋友传开，一度成为佳话。更重要的是，这句话被白居舟传到艾吉的耳朵里去，还把我想认识他的愿望讲给了他听。就这么着，我们于2005年某个夏天的晚上，在酒席上认识并谈得不可开交。粗略印象，艾吉矮小壮实，短发，不留胡子，喜欢讲母语与同胞们交流。他和我一样带着哈尼大山的土气，豪爽、耿直，一股文人的气质显露在人的面前，话语腔调里随时流露出生活与文学混合而成的锐气，十分健谈，妙语连珠，我实在被他感动。除了谈吐，喝酒的风格也是令我震惊，举杯总是说“qiq pav”，喝半杯的意思。我当时酒量很小，不胜酒力，一听到他说“qiq pav”就感到胆战，抖脚抖手，但还得照他的要求喝，直到昏头昏脑。

往后，我们频繁交往，深刻感受到艾吉兄是一个相当有学养的人，我们相聚时的话题依然是弟兄情谊、文学、母族和酒。在个旧时，我家住在他曾经工作的电台旁一所医院里，地理位置是小城的东北部，而他家住在南部，徒步要走四十分钟，我们相互来往靠公交车。朋友间来往不在于距离，重要的是那股兄弟间的热情、互信和共同的兴趣，我们常以兄弟相称。艾吉兄二十年前就混入城市，早已是城市"江湖"，我们认识的时候，他的女儿已快小学毕业，嫂子在州民政局谋事，他们早已是城市居民。房子宽敞，生活有模有样，让我倾慕不已。我进入城市才两三年，刚结束与妻子两地分居的困境，供五弟和老幺妹读书，还要养育半岁大的儿子，无力购买大的房子。每月千块钱的工资，家庭经济捉襟见肘。住房十分简易，四十多平米空间，也没有卫生间，好在医院厕所离家仅几步路。厨房吊在走廊上，用薄木板钉成，像蜂窝挂在高空。艾吉兄和妻女第一次来我家吃饭，房子的小令他们印象极深，他常调侃："永臻家住的房子小得让人想掉眼泪。"那只是玩笑，我们都认为，空间的狭小阻止不了我们的思考和热爱生活。我们经常谈论书本、谈论历史、谈论文学、谈论时事、谈论生活和工作，相聚时酒一杯又一杯。在交流间，他不时流露出他读过的国内外名书，演讲得很是生动，这让我接触了大量的好书，我的写作也是从那时开始的，艾吉兄影响我甚大。

我曾经在元阳一中教书，写过几篇论文，不成样子，写过几篇散文，也不成样子，所以一直没有公开发表。在校读书时在校报上发过两首小诗和几则通讯，仅此而已。但阅读一直没有停止，包括在山区教书时照样坚持，而且不时写点随感或读书笔记。直到认识艾吉兄，写作才有了突破，终于在他编的刊物上发了一篇叫《身在梯田》的散文。这给我了些鼓励，准确地说是激发了我的写作兴趣。我的阅读在面上已有了更大的拓展，书架上文学方面的书越来越多。我从元阳调到个旧，教学之外就阅读和写时评。我的时评常被《红河日报》登载，写的动力就越来越足，量也越来越多。一边是艾吉兄的启发和鼓动，一边是写时评，双管齐下。我写散文发表，也是先从他的刊物开始，再投向《红河日报》，或州内外其他刊物。我的第一部散文集《在时光里行走》的出版与艾吉兄密不可分，而且他帮我写的序。这一切都与艾吉兄对我的关爱和帮助以及我对他的尊重与信任分不开，他给了我重要启发，如果没有他长期的肯定和激情鼓动，我可能还在做文学梦。

听他说他是在二十世纪八十年代在乡下教书时爱上文学的，那时他是一位乡村小学老师，在那个封闭的年代，物质和交通极端落后的乡下，整天望着大山发呆，思考人生和个人前程。有天他写了一则有关乡政府组织机关人员植树造林的报道，投给县广播站，拿到五角钱的稿费。在一个偏远落后的山区，五角钱激发出一位诗人来，这是中国文坛上可以书写的故事了。潜在的文学力量被诱发出来，开始朝文学迈步前行。因为会写文章被越级调到团州委工作，在团州委工作了一些年月后又调到州广播电台当记者，最后又去红河州群艺馆（现在的红河州文化馆）当《红河文化》编辑。这段岁月是他在文学上突飞猛进的时期，也是他开始冲向个人文学高峰的重要时刻，一路走来，产生了沉甸甸的硕果。《沾着青草味的乡情》《清音》《散步红河》《笛声送别》《山上》《吉祥寨神》及很多国家级省级州级刊物上发表的无数诗歌和散文，一系列沾满泥土味的文学成果仿如从地里拔出来的果实，丰收地展现在众人面前。他的文学成果反映出他对乡土的质朴与执着的追求和热爱，以及他踏踏实实的勤苦耕耘。

艾吉兄是我认识的知名作家中最为诚恳和朴实的，土里土气，他从来不会身着漂亮整洁的衣服，高高在上地说冠冕堂皇的话，也没故意装作潇洒和一副文艺范。他曾经闹了一个笑话，因为土，再加上年轻时头发胡子的凌乱，就在个旧市州委大院里上班的他被门卫看作社会无业人员而拒之于门外，不让他进去，门卫不相信他的说明。最后，经过朋友的一番解释后才让他进入。他有两个外号，被红河文化界和文学界的朋友们广泛接受，大家都叫他“艾老”或“老人家”，甚至年纪比他大的朋友都称他为“艾老”。事实上他不是想当什么“老”，被大家叫开了后才默默接受，只有那些不太熟的比他大的人叫“艾老”时他才认真纠正。艾老的出生地红河县石头寨乡哈批村我去过两次，每次去都仿佛故地重游，和我的出生地一模一样，爬大山才能回家。经过河流、梯田、树林，经过一个个村庄后才到达他的村子。同样是哈尼族传统村落，村子被象征哈尼族的植物棕树和竹子严实包围，寨子上方是茂密的森林，寨子下方的层层梯田延伸到河谷去。我多次想过，为什么我们的村子这么相似？我们的相识是不是缘于一种古老的安排？艾老也去过我家三次，每次去不是跟我母亲谈心交流就是跟我家兄姐夫等一帮哈尼弟兄们干酒，不分日夜。甚至他和我母亲合影的照片发在中国作家协会主办的《民族文学》上，还有一首写我母亲的诗《致永臻的母亲》，诗写得土，写得实，写得令我眼眶湿润。图片和诗都是他在北京鲁迅文学院读书时发表的，可见他的用心。我想重读一遍这首诗，再次感受他诗歌的格调。

她早就在路边等了
等着她的儿子回家
光着脚板背一个娃娃
从她的血管里流出的儿子
跟她一模一样
她一边跟儿子说话
一边把我们领回家

儿女们一个个翅膀硬了
飞向各自的窝
她像她住的家老了
房子可以重建
她不可能再年轻
儿女们就算有金山银山
她的头发却一股股白完
没有不吃过的苦
没有不受过的冷
身影挂在山坡上
越来越薄的哈尼母亲

我喊她大妈

向她问好
她听不清我的话
她的儿子一句句解释
我抚摸着她的手
感受着母亲的分量
多重的石头
顶不上她的一滴泪水
看一看母亲脸上的皱纹
我们走过千山万水
怎么敢说
跌倒过多少次

从他诗歌的意境判断，他在我的故土上找到了与他出生的村庄完全相同的生存感觉。他在我的家里看到了他心里所装的同胞、文化和风土人情。同时，也可从这首短诗中看出诗人诗歌的基本格调，没半点刻意，自然地表达他的感受，他始终通过那些直达人心的现象和话语搭建他的诗歌，拒绝华丽的词语或有意制造的磅礴气势。这就是我所说的艾吉诗歌的土味。

既然他的祖先把他生在大山里，他认识社会和外界肯定也是从大山开始的，他的诗歌从大山里流淌出来，带有大山的泥土味、清泉味、山风味。他只能接受大山安排的命运，带着自己的诗歌按大山的方式走出去。他认真读书、认真创作，认真交友，在生活的层面上做人和写作，他没有看不起的人，任何底层的人都可成为他喝酒谈心的朋友。他一辈子最有感觉的就是和农民兄弟们喝酒谈心，社会底层的是他讲话喝酒的人生高地，他常常从那些生活在底层群体中找到做人的真理和文学养分。与打工者们交往也从不以国家工作人员自居，更不会以一个作家的身份摆谱，他从底层中寻找能让心灵安静的元素。这是他从内而外土得掉渣的表现，土得掉渣是活着的实在和自信，他的人是什么样，文学就是什么样。他在诗歌里说：我埋怨过/为什么我的亲人/比老皇历还古董/在高贵与文明的世界/我路过一颗颗心/森严的门/站立拒绝的姿态。(《沾着青草味的乡情》)这是他从内心里发出的对现实社会的感慨和自身的定位，他心里明白他是从哪里来的，明白该怎么说话。他是一位始终与农民和亲人们站在一起并为身边的人以文学的方式说话，这是他生在大山里带来的土气，最终形成的他的文学生命特征。所以在城市，他是孤独行走的，独自思考城市与乡村的区别，思考尘世的纷扰与大山深处的宁静。没有寄托的时候/养育我的乡土/可以思念/没有爱情的时候/养育我的乡土/可以拥抱。(《山上》)乡村生活是他内心里永远存在的世界，没有乡情，他会孤独自闭，他需要来自大山的气息和生活的灵感。他不会装模作样是他能认清自己的立场和身份，他不是高高在上远离地气的诗人，他的话语腔调和衣着行为都与泥土保持一致。

诗人不必受更多的约束，也不必虚情假意地做表面文章，喝酒也要喝出真诚，写作也要写出情感，功力用在创作上。他一如既往的坚持告诉我，他小心对待做人和写作，从不以文学诗歌卖弄，标榜自己的特殊和非凡。我认为，不管人或诗歌，失去土味就不是艾吉了，失去土味的诗歌就不是艾吉的诗歌，土味就是大山的味道，乡情的味道，山风的味道。抓一把他的诗歌和散文，也捏得出大山泥土的汁液来，这自然是艾吉文学的生命之水。土气是艾吉诗歌的内外特征，散发着土地的芳香和质朴的味道，他用自己的诗歌告诉人们：质朴即真理，而他更愿意拥抱来自乡土中的善美和真理。他带着土气在繁华的城市孤独行走，行走在城市与乡村之间的道路上，因为路的两头都有他的至亲。城市文化势如洪水，他无时不在人海中寻找来时的路，那条路就是通向他的衣胞之地。他认为，一个人心中没有故乡，就只有在别人的夹缝里生存。活在城市，在现实与理想斗争激烈的处境之中，越是优越地生活，越发感到母族的弱小落后。他生活在城市，不是逃离乡土和亲人，城市是他选择的现实，只有生活在现实中才能够发出应有的声音，才能够看清乡土与城市的文化差距。事实上他的诗歌是乡土的守望和代表，他穿梭在城市中才能看清乡土的全貌，故需要站在现实中呐喊，他内心的痛苦来自这种深层的认识，他在《我是哈尼人》中如是感叹：

城市的深夜
我的面孔是放映忧伤的屏幕
一种声音
一种催人泪下的声音
在我的意识里回荡
我是哈尼人
……
因为我是哈尼人
在我民族生生息息的哀牢山

抓一把红土
也捏得出一串苦难。

可以看出,诗人当时比较年轻气盛,生活在两种文化中间的那股敏锐与自尊全然显露,为母族前途的忧思,为母族的贫弱忧虑,这种品质是高贵的,反映出一位年轻诗人的责任和担当。也许,他还没来得及读懂现实社会的深层问题,诗歌处于青春期,无法充分反映出诗人内心的所思所量。你们每个人/都是一道补疤的坡/坡上的汗水/像荞子金黄/命运的味/从来就很苦/这样的背景/无论我怎样造型/身价低于别人。(《沾着青草味的乡情》)同样处于青春期的诗歌,承载着诗人的纯真情感与道德责任,这是对亲人和底层群体的真情流露,用宽广的胸怀对弱势群体抱以同情。他隐形的责任导致他内心的幸福和隐痛,甚至是忧伤,可从他对哈尼同胞敞开心扉至真至诚的表露略见。我穿黑棉布衣服/我唱土里土气的山歌/是因为太爱自己的民族/要是我叫你喝酒/请你不要拒绝/我伤害过你的事/在酒中唱散/要是我醉倒说胡话/你千万别在意/在别人的城市/哈尼兄弟/你是我可以托付命的亲人,(《笛声送别》)我一直认为,诗人一直没有走出他的同胞世界,没有走出养育他的大山,始终与他血肉相连的群体相依为命。没有丝毫做作的爱,因为对诗歌和故土的真诚,他的情感和诗歌就像从酒锅里流淌出来的酒,有声有色,甘醇弥香。

从诗歌的风格来看,诗人早期的诗歌模式已经形成,语言、风格、意境、象征都没有变化,像一阵阵山风,拂动人心,像一股股清泉,清澈见底,读之沁人心脾。他的诗歌简洁而干练,没有多余的话，这是他步入文学境地不久的综合体现，思想与诗歌同样透明单纯。当他一步步走向更高境界，诗歌和散文已然成熟，豪气、忧伤和情绪化的话语逐渐变少，只是那股大山的土味还始终弥漫于诗人作品里的每个角落。他活在他的诗歌里，依然以自己独特的方式存在，在诗路上且歌且行，洒脱生活。大多诗人刚出道时，往往出现三种情况：一种意志消沉，尽说些灰暗的话语，怨声载道，让人感到阴凉；一种是激情四射，豪言壮语，指点江山，巴不得立马充当救世主；一种是甜言蜜语，词藻华丽，胭脂蝴蝶，女子味十足。艾吉的诗歌都不属于这些，似乎在一种不悲不喜中沉稳走来，这与他的人格相称，不张扬也不过于低调，不消极也不锋芒毕露。

《笛声送别》之后，诗人的思想更加成熟起来，诗与风格和中年的他一样老练沉稳，他写作的视野比过去宽广得多，力度和深度也非昔日，却依旧"乡巴佬"式地工作、交友、喝酒、写作、阅读和思考。他托付在诗歌上的母族的忧伤和隐痛逐渐减少了，语言精练而沉稳，把诗还原到诗的本身，这是诗人走向更高境界的标志。我在他的阅读方式和散文中也看到他目前的写作状态，因为他面前的阅读和写作是深远而严肃的，当作他生命的一项使命去对待。

博尔赫斯曾经说过："我写作，不是为了名声，也不是为了特定的读者，我写作是为了光阴流逝使我心安。"我在这句话中找到了现在的艾吉兄，找到了他做人做事和写作风格，虽然他一直笔耕不辍，还是小心下笔的，他的阅读多于写作，把阅读和思考放在首位。他不是以几篇文章几场会议而沽名钓誉的人，相反他经常回避各种会议，那些表面高大上的场面，他避而远之，他认为一切表面热闹的东西跟他的创作毫无关系。他不会为各种名誉和特定的人写作，只为自己的生命而写作。他曾跟我说过，写作是一项很严肃的事，我们要认真对待。记得有人说过，有些人面向文坛，有些人面向文学。艾吉显然是面向文学的人，他只会在真正的文学里找到生活的动力和人生的方向。但不可否认的是，艾吉相信文学是面向现实生活的，面向那些真诚劳动的社会底层群体，面向故土故乡。他用最土的语言和方式表达自己的思想；用最土的语言说出生活的真谛，说出人生中简朴的哲理。他冷静地说："自从不知天高地厚地混进写作的人群，故乡在我的文字中频繁出现，却又被我搞得面目全非，而于心难安。多年来一直狂想，该为故乡写本不含杂质的书，告慰死去的先辈，温暖尘世中受苦的生者——这块土地不产黄金，但比产黄金的土地珍贵千倍万倍。"（《吉祥寨神》）虽然作品不少，但他始终认为没有写好，没有拿出对得起先辈的作品来。这是诗人对自我和作品的清醒认识，也是对一名诗人的现实责任的清醒认识。

思想的朴实化来诗歌的清纯与明亮，他的很多诗读了让人心生美感和力量，他早已从纯粹写作而写作中走了出来，具备了诗眼观看事物的局部到全局的能力。他清醒地认识自己的身份和使命，仿佛一位背着双手的智者面朝大海，思考诗歌与人生的本质关系。现在他不在创作上高歌猛进的时期，而处在冷静思考的人生岁月。他写道："身陷知识分子圈子，我对知识阶层渐渐丧失信任感，我甚至不愿意把自己当作知识分子。我理解的知识分子不该是凭学历、单位等等来界定。美与丑，善与恶，爱与恨，对这些界线的分辨并坚守与抗拒，是做人的良知。但现在的文坛，越来越少的是血性，越来越多的是媚骨，不去静心写作，热衷于抛头露面、追逐名利。”(《清音》)诗人已经跳出圈子从外境观看目前的文坛乱象，这不是文人相轻或愤世嫉俗的话语，是对文坛的精辟论断，也是自我的清醒认识，他随时为他的写作提出新的思考。

故乡是诗人写作的圣地，是他心灵的牧场。城市是一面镜子，他在镜子里看到尘世的纷扰和文坛的迷乱，他将在城市与故乡之间找到生活和写作的平衡点。土味是朴实之味，是善美之味，是生命和诗歌的本真，我相信作为诗人的艾吉兄将带着他独特的土味走向诗路的最前方。

愁 乡

岁月是一条河
故乡是河上的一叶孤舟
行走异乡
自己就是故乡

随时光流逝，童年像一尾鱼离我越游越远，故乡随之远走，与我离别，远到只有梦中常现。近些年，旅居城市街巷中的我，生命似乎无限飘荡起来，没有故乡所产生的心理隐痛逐年递增。

我是有家乡而没有故乡的人，故乡已被浮华时代排挤，现已消失得无踪影，现在的家乡无法聊慰我绵长的乡愁。所以，常常走进梦中与故乡相遇，常常在脑中搜索故乡的原貌。三十年前的故乡，犹如一张优美的画卷：人心朴素、食物甜美、梯田肥沃、河流清澈、鸟语花香、牛马遍地、森林茂盛。村外月下的芦苇丛被风吹斜，河下就是欢腾的鱼群；寨子脚的梯田，各色的浮萍严实地覆盖着清水和肥实的泥土，那里有光滑的泥鳅、黄鳝、田螺、虾巴虫……为农耕繁忙的乡亲们从寨子走散到田野，再从田野汇聚到寨子，除休耕期间，天天如此，谁也离不开村子。

春天，栽秧前的水田被大人们修整得亮堂堂，一级级梯田像无数反光的镜子从山腰一直排列到河谷。野外苞谷地里到处是青烟飘荡，挥锄的身影在忙碌，到处是春天的生动景象。每到栽秧前一段时间，孩子们也忙了，天气转暖，孩子们去寨子边的树林里砍辣鼻子树叶，带到泥鳅最多的那块水田里。在田埂最细处用树枝挖开一个洞，洞越大越好，水和浮萍从洞里往外流，水放干后，再找一坨稍硬的泥块把洞堵住，不漏水。然后跑到上一级田埂的出水口处插一块扁扁的石头，摘下辣鼻子树叶，在小石板上使力地搓碎，连同水往下一级放干的田里流淌。搓上二十几分钟，被放干的下级田里水越来越多，等水全部淹过泥土，不出三十分钟，开始飞起细小的水花，钻进浅层泥里的泥鳅因中毒开始跳动了，它们被药弄得昏昏沉沉，有的跳到浮萍上来，你可以轻易伸手去捡。如果要更痛快的捡，得把水放干，拔些细草放在出水口处，以免泥鳅被水冲走。黄鳝是出不来的，它们钻入泥里很深，要等第二天早上，趁放鸭的时候去捡，僵硬的黄鳝一条条躺在泥巴表面上，任你轻松地捡。拿回家后放在火炭上烧烤，把肚里的肠子取掉，再抹些盐，用细细的竹枝串起来，吊在火塘上方，随时可取下享用。

我童年的伙伴们像故乡的猫和狗一样单纯自由，他们没有过多的作业和考试，他们跑在乡间田野，在故乡的蓝天下自由地玩耍，快乐地长大。

支鸟、摘野果、捞鱼、狩猎、砍柴、放牛、游泳、野餐、偷苞谷、偷李子……故乡是童年的天堂，是人间最美的地方。故乡不仅是儿童的天堂，也是蝴蝶、蜻蜓、萤火虫等各种昆虫的乐园，它们随季节如约来到寨子里，游到寨子边上的菜地里。我曾经对萤火虫肚子的发光深感疑惑，当时想，人的肚子也会发光就好了，那就用不着手电筒。夏天的晚上，我们去隔壁村子看电影，买不起手电筒的我们，回来时捉些萤火虫装进玻璃瓶里照亮脚下的路。现在讲给出生在城市的儿子听，他觉得我在撒谎，小小动物怎会发光。二十年不见萤火虫了，过节回家，夜晚刻意去找那些发着蓝光神秘的昆虫，一直没有找到，它们生存的环境受到严重的破坏。它们对飘浮在空气里的杂质特别敏感，一旦空气和水受到污染，就会逃离跑到适合它们生存的地方去。寨子边上的菜地少了，各种蝴蝶也很难见到。冬天的冰块也不见了，那时我们上学前光着脚赶着鸭子到田里，梯田水全被冰块封住，鸭子们一时无法下水觅食，一只只滑倒在冰块上，我们拿着一大块像玻璃一样的冰，一边啃吃一边上学，出工的大人们见到就呵呵地笑个不停。

那时候，在我的故乡，人与人之间是通透的，明朗的，和睦的，他们不陌生，互帮互助，他们面对着共同的生存命题——养儿育女，挖田地。一家到另一家的路虽不宽阔，但人和猪鸡牛羊一样可放心行走，各家各户的门随意地敞开，那把被摸得锃亮的铁锁大多是象征性的，白天不必锁上，晚上把两扇木门关拢就是，最多就是把木闩插上。不提防谁，过节就在一起热闹，遇到人一定要说一声“来我家吃饭”。遇到生死离别的事，大家聚在一起伤心、难过和安慰。挑石块、架桥、修路、抬死人，不必开会安排任务，大家都会自觉参加。遇到丧事，每家都自觉带上米、豆、蔬菜等东西前往，表达各自的心意。“昂玛突”节（祭寨神树）到了，所有男性带着祭品，穿着深黑色的服装，赶着肥猪前往寨神林，杀猪杀鸡祭祀，整齐地向神树磕头，他们共同遵守祖传的规则。目的仅仅是村庄平安、人畜兴旺、五谷丰登。

而今的家乡，父老乡亲们紧紧跟上时代的步伐，他们纷纷走在城市的边缘挣钱，在城乡的夹缝里生存。偶有回家，也成为形式化，待不了几天就要离开，为的是外出挣钱。人与故乡之间的情感早已淡化，来去匆匆，即便在家乡干活也得付费才能出工出力，几乎任何事、任何东西都通过钱来核定。现在帮人干活，少了钱就免谈，以前那种相互帮忙的乡土社会彻底消失。寨子和田野发生了巨大的变化，很多田地杂草丛生，水田干裂，主人们离开了曾经依靠的食物根本。田野的人气虚弱，小路已失修多年，村子边水沟里倒是不时出现很多生活垃圾。当时水沟里生长着很多野菜，绿油油的，螃蟹在那里打洞，不时有龙潭水汩汩流淌。现在白色污染从村庄扩散到四周，新农村建设使凌乱的村庄让人顿感陌生，道路宽了，房屋坚实了，可较之于过去的蘑菇房少了些温暖，有些路修得太滑，牛马不适，无法行走。当年家家户户门前的柴垛不见了，爬在李子树上的黄瓜藤也不见了，黄蝴蝶飞来飞去坠满瓜果的瓜架不见了，还有那些从牛粪塘边长出来的开花的芭蕉芋也不见了。现在到处是小卖部，门前摆的是麻将桌，摩托车和拖拉机。

节日的饭桌上，祝福歌没人唱了，回想当年，酒席上一桌人静静地聆听一个酒歌高手唱悠扬的祝福歌，唱到一定内容的时候，一桌人齐唱“梭嗯，梭啊，噫~梭~梭”来配合主唱，以表幸福和欢乐。那一阵阵令人陶醉的祝福声再也听不到了，曾经在山坡上被传唱得无人不知晓的情歌也没人唱了，那种最能表达爱情的对唱方式消失在山野里，再也无人问津。

"回来啊,快快回来"的叫魂已随莫批(祭师)爷爷的离世,不再以神秘的仪式在村口大树下出现,很多与天、地、神、祖先对话的方式逐渐消失在村子的每个角落。村里少了质朴俏丽的姑娘,她们长大后一个个飞向城里,过年时妖艳地回一次家,带着操东西南北腔的男人在村子里汇拢,形式化地完成过年探家的义务。讲赚钱、讲打工、讲如何追赶时尚,她们的回来,给村庄增添了不少稀奇。过去缀满银饰的自缝自染的传统服装不见了,姑娘们穿的是露肩露胸露腿透明的奇装异服。她们的"出走",使村庄空荡了不少,不会远出打工的男人被定义为无能,他们没有对象可找,沦为光棍,他们没有资本谈人生,变成沉默寡言的人。只有那些赚了些钱染发的小伙子们用摩托车带着三四个姑娘,闪电般在村子边的公路上开来开去,还有刺耳的尖叫声。

这是我当下家乡的景象。

长期生活在城里,有时是孤独的,选个有月光的夜晚,趁城市睡着的时候,爬到房顶,望着月亮遐想,我时常错把月亮当故乡遥望,望见月亮就想起故乡的炊烟、故乡的节日、故乡小河上的木桥,以及成群结队回村的牛群。年少的我,一个寂静的月夜,起床走到瓜架下小便,抬头望见高高的月亮就会突然想起寨子头那个干活十分勤快的姑娘来。那些美妙的夜晚早已不复存在,连梦中也难再现了。一闪就三十几年,恍若隔世,离家时间一久,故乡的人、故乡的景、故乡的味道、故乡的事、故乡的气色都令人魂牵梦萦,所有的都只有怀想了。很多人像我一样,他们也没有故乡,大家都回不到故乡去了,回得去的只是家乡。人是奇怪的动物,主动逃离自己出生的地方到远方谋生,在陌生的地方做窝,巩固自己搭建的家。

到一定的时间又拼命地怀想过去，怀想他的童年，怀想他故乡的一切。想念他青春期遇到的姑娘，虽然没有拉过手，还是不由自主地想念，当年的她现在已经老了不少，而他想的不是老了的她。对故乡的种种怀想构成了一个人的乡愁，乡愁是对出生地和成长地产生的一种心理情感反应，在这样的情感反应中，远逝的东西随时光流走，越来越清晰，越来越美好。人走离故乡很远很久的时候，曾经的苦难经历，一旦跟故乡牵扯在一起，也会美好起来。

故乡已不再是过去那副清丽的样子，我是没有故乡而愁乡。回不到过去了，但对故乡的想念无法阻止，生活在城市的我，心中随时交织着愁乡和乡愁的思绪。人在变，环境在变，时间在流动，人随时都“活在别处”。无论愁乡还是乡愁，都是岁月和生活留给人的无奈。

春早速写

冬天，若站在海拔两千米以上的山冈俯瞰山底，你可看到整个峡谷被乳色的云雾严实地覆盖，里面是我几乎与世隔绝的故乡尼枯补。在我的故乡，很多关于季节的事像在你想象不到的情况下发生，无论高山、天气、峡谷还是村庄，所表现的是不一般的冬去春来。

正月完了，二月来。浓浓的云雾出现了微妙的松动，缭绕山腰的那层薄雾最先变得稀稀拉拉，往山脚缩退，渐渐地消逝。然后，一股暖风不知从哪儿跑来，跑进古老的村庄，跑进拿柴火烧饭的人家里，跑到人们的笑脸上，跑进一年伊始的繁忙里。此时，村子里的讲话声、牛马、猪狗、鸡鸭的叫声渐渐嘈杂起来。

接下来的某一天，云开雾散，久违的蓝天在还没彻底脱下冬装的村庄上空再现，微暖的风在吼叫，摇晃寨子周围的树林，摇掉了去年秋天没有落尽的最后一拨叶子，同时吹醒了枝头上比红豆还小的绿点，那是春天的第一批天使。当然，在花香四溢的早晨，给一个寨子送来歌声的是刚从南部飞来的一对燕子夫妻，它们停在高候爷爷家房顶的竹竿上，边唱边看这个村庄。虽然它们的语言比外语还难懂还混乱，但引起了水井边打水的阿孃的注意。她说："热天来了，燕子都叫了么，要得撒谷子栽苞谷了，不能在火塘边烤火过日子了。"

燕子之后出来热闹的是麻雀，它们先在土墙洞里和茅草屋檐下吵闹，不过几分钟就叽叽喳喳地落到地面，它们是一群不讲规则的村民，飞飞落落，叫声杂乱，它们爱在晒谷场旁狂欢，闹得比地上玩耍的孩子们还要屁臭。村子的生机和季节的活力，不能少了它们的狂欢。

涂脂抹粉的太阳和去年早春一样照常从小马槽山的顶上探出头来，看看它照耀下的春天是啥模样。最先得到它关照的当然是我们的村子，红红的阳光把鸡鸭、猪狗、牛马，把老人小孩们全部召唤出来，集体来到寨子的空地上享受早春的暖意，他们知道刚过完一冬后阳光的舒服感。牛马走出村庄走进田野，公鸡母鸡们谈新年的第一拨恋爱；"春江水暖鸭先知"，"先知"们跑进从寨神林里流淌出来的冲沟里，把头插进浅浅的水塘里，吃着孩子们从田里捞回来的浮萍；公狗母狗们在大树脚下手忙脚乱，培植它们的子孙后代；握着拐杖的老人嘴里叼着烟锅巴坐在路边的石板上闲聊，舍不得脱掉身上沾满多年火灰的棉衣，个个像存放于煤窑的千年古董；女人们忙开了，晒农家肥的、捂豆芽的、筛谷种的、扫地做饭的、喂猪的、挑水的、砍柴的，她们像一台机器里的部件高速运转，永不停息，一个寨子缺少了她们好像过不成日子。

太阳使天气日渐干燥，地上的尘土失去了冬天的水气，被风吹得烟雾似的一团一团地起飞，在风中旋转的还有从村子周围的林子里飞来的不知名的花絮。这种开春时节特有的气息让懂得农忙的村庄心慌忙乱，忙得像准备打仗。

低头修理锄具的香举跟正在出工吆着母牛的嘎达搭话：“克挖哪块田？秧田给整好了？”

“瞧都没有克瞧一眼，水都还没放呢。走！”荷锄的嘎达边答话边吆喝着牛走出村子去。

背着一袋农肥的克惹勾腰偏头跟编撮箕的皮则说：“嗬！帮女人背点肥料克晒下，你明天跟我出一天工噶，把水沟头的几块大石头搬开一下，我一个人搬不动。”

皮则笑道：“哈哈，等我爹回来后再跟你说了，我家多依树田都还没犁呢。还要去别处借点小黑则读书的生活费，这几天忙死了。”

对门山汉族寨子小马槽的公鸡在叫，狗在叫，也偶尔听到几声炮仗的碎响，不知有何喜事或搞什么祭祀活动。小马槽村子和我们的村子在两座山的同一高度上，被尼枯补河一刀深深劈开，两个村子躺在V字形的两对面。几乎一开门就可看见对方，光看距离仅隔一公里，但实际走路却得花两个小时，先下坡到河底再上坡。所以两个村子的人们处于“鸡犬相闻而老死不相往来”的状态。春早就在两个“对门山”的寨子里、山坡上和树林里热闹起来。

天气晴好，站在寨子脚或寨子头，抑或站在寨子边的某个山包上远眺，天地似乎突然间明朗和开阔起来，你可以目及几里外山村里飘到天上去的缕缕炊烟。野樱花在远近的山坡上噼噼啪啪地炸响，桃花李花梨花锣鼓喧天，青菜花白菜花油菜花开出无数个蜂蝶的家园来。所有花的绽放，把整个山野闹得一塌糊涂，闹得村庄不得安宁，闹得怀春的姑娘们心焦难受。花开得一片稀烂，红色白色粉色紫色的碎片作为春天的信使在风中乱舞，使山野的村庄在花的王国里沉醉。

更让你倾倒的，当数绕着林子悠扬飘飞的老鹰，只有它们配称为滑翔大师，先在低矮的田野上空盘旋，再慢慢盘升，自由自在，格外潇洒，它们在寻找什么？它们是春天的使者，是上帝的子民兼山里的保护神。有时它们是讨厌的，不可调教的，从山顶的大树上魔幻地俯冲下去，吓得村庄附近的鸭群鸡群惊恐万分，闹得鸡飞狗跳。这景象倒是不能给寨子头的阿叔斗则看到，他是无人不知的神奇猎手，以打飞枪著名。老鹰似乎听得懂放鸭老人的叫骂："死老鹰，滚远点！"老鹰被老人的泥巴坨给吓唬走了，做了个假动作就飞到放鸭老人看不到的地方去。喜鹊就讨人喜欢了，不仅叫声好听，还会利落地停到牛背上翻牛虱子，停到田埂上打瞌睡，原因是没有人会伤害作为吉祥鸟的它们。

春早的田野，把一座村庄的注意力完全吸引到它的身上。你会看到大人小人男人女人都在田里干活，耕夫与老牛在低头掀翻泥土，女人们在挖地；孩童捉泥鳅拿黄鳝；一群群鸭子在水田里穿梭，有的歇在田埂上"叭叭"地扇翅膀；小牛犊在泥水塘里打滚嚎叫，坦克一样昂着头的公牛不得了，在母牛周围撒野摆英俊。田埂上那些像针头细小的草尖儿唰唰地冒出来，无处不在，把田野染成一层薄薄的青色，是它们定义了梯田的春早，它们是梯田的主色调。再过些时日，等草尖长长的时候，身材高大的鹅群列队行走在田埂上，伸长脖子吃草尖。鹅群走过，留下的是又粗又嫩的别色菜(鱼腥草)羞怯地展露鲜美,拿竹片的孩子们就爬在地面使劲的刨开泥土,小心地把别色菜从土里拉出来,捆成把带回家作美味。

春早的故乡,即使乍暖还寒,我想,如果你变成一条蚯蚓躲在松软的田埂泥土里开挖隧道,也会感受到故乡春早的那份惬意与自豪。

正当你为发青的山冈烦恼之际,会有一次两次的天空突然湿了下来,风雨如纱,娇媚得桃花带雨。那些原本与雨相安无事的李花梨花也被打落无数,没等落地就被风吹得远远的,吹出村子,吹到坡上,吹到田野里。一时间,流水把一层一层的花瓣冲到任何一个角落。等风雨息住,景象就大不一样了,枝头花间冒出许多绿点来,有的甚至撑出细嫩的叶儿,植物们也和人一样开始忙了。雨后,向远处眺望,山冈和田野的草色又加浓了一层。

还是喜鹊唤醒了做春梦的寨民。到田里干活的人们一天天地出工收工,梯田里最肥的那片水田被主人整理得光亮,光亮到连一条泥鳅在水底晃荡也能看清。那是秧田,主人把谷种撒进里面,等冒芽的时候再关起水,继续让秧苗抽高。等上个把月,青青的秧苗变成梯田的绿装,村庄一年的希望诞生,丰收的神话便从那里慢慢传说开来。遍野的旱地,升腾着缕缕青烟,人们把头年的苞谷秆和枯草堆在一起放火,做上等肥料,而家里的种籽随时准备着投进大地的怀抱。“一年之计在于春”,没有人闲在家里做白日梦。远近的旷野里,无数锄头在掀起,一块又一块的旱地此起彼伏地变成黄色、褐色。故乡的农忙季节就这样开始,繁忙的景象谱成一曲振奋人心的交响乐,生产生活的旋律是多么的催人奋进,这就是春天的中心思想!

在故乡的春早,我想一头扎进养育我的衣胞之地所创造的人间幸福中,成为某一花树的一片花瓣绚烂地腐化在温暖的泥土里,成为梯田里一只为春天而来的勤奋土狗,成为一株无名的小草与春天一同生机万象。

匆匆又一年

时间过得实在太快，再过几天后又是一年了。

觉得时间过得匆匆不是因为干了多大的事，也不是取得了多大的成果，只是年初元旦或春节一开始就觉得日子过得特快，转眼又一天，转眼又一月。记得从人生的三十岁开始，这种感觉尤加突出，心中隐慌，不知这种感觉跟特定的年龄有何关联。

依照晚年的惯例，日子一进入冬季，单位办公室催写年终总结了，一到这个时候会突然感到时间过得飞快，一年似乎在糊里糊涂中结束。能在总结上反映工作情况的也只有寥寥几项，真不知忙了些什么，为什么觉得过得如此匆忙，心里总想着一事无成，所以免不了自我发问：这一年，我是怎样过的？做了些什么？别人的生活又会是怎样？

时常听见身边的人感叹：唉，时间过得真快，一年又要结束了。看来人们都有一种共同的心理感受。我想，这种感受跟工作、生活、生命的感悟有着深层的联系。不管怎么生存，人是按自己的身份或条件忙生活的，忙的方式迥异又相同，追求理想也是忙生活的表现，也是在花费时间。从天数来讲，除了睡觉外，上班的人一半以上的时间是在单位上度过，在那特定的空间里像只虫子做单位忙不完的事，参加各种会议，整理材料、出差调研、教学、为职称的晋升忙碌。单位之外的时间里做的杂事就烦琐得多了，除吃饭睡觉外，你得料理难以细数的小事。投入时间最多的该说是衣食住行方面，这些事永远解决不完，柴米油盐、生儿育女、读书旅游、洗衣做饭、生病求医、买车买房、投资理财，甚至工资的增减，你都得操心或关注，没有一事你可随意绕开或忽视。

生活如一团乱麻，为解开乱麻而整天忙碌就是人的生活方式。人的社会属性决定了俗务缠身的必然，就如人情交往，有时亲戚朋友的事就是你的事，小孩求学、找工求人，你都得当作自己的事去力所能及地办好。除此，有些人的大量时间花在打牌、打麻将、网络游戏、摸手机玩微信，以及吃喝玩乐上，没有一样不是生活。还有买房要装修、买车要保养、生病要打针、礼尚要往来……你就被这些杂事弄得东奔西跑，陀螺般旋转不停，时间就在琐碎的事务中像细沙一点一点地被风刮走。常常，一件小事没办完，一天就完了，第二天得接着忙。人，就是活得这般琐碎！在琐碎中不停地奔走，为了心中的事，有时叹气，有时得意，有时迷茫……

从心理上讲，人觉得时间匆匆和一事无成，大多是因为对生命产生了隐忧和事业的过高追求，以及不切实际的幻想，这样的结果还将导致孤独或失落，惆怅或伤感。其实仔细想一想，挺过来就算不错了，不管过的是什么日子，应当好好珍惜自己。遗憾的是，我们不懂得放慢速度享受生活，不懂得放慢速度欣赏身外风景，不懂得放慢速度思考和领悟，最为关键的是不懂得知足。

最后，蓦然回首间感叹：转眼又一年了，人又老了一岁！

匆匆又一年，得与失，成与败，一切皆成烟云，来年还得照常生活和工作，照常被俗务缠身，照样和时间奔跑。时间是拖不住的，你只能跟随它不停地跑，跑向人生的终点。奔跑中，有的人还会中途倒下，不是吗？今年入冬后的第二个星期的一个下午，我听到一位同学因病离开人世的消息，恍惚间，我感到的不只是时间流逝的疾驰。在与时间奔跑的过程中，有些人在途中就消失了，像风沙、像落叶、像风声，而活着的人像尘埃一样被风吹得时东时西。

过好日子不容易，过好平凡的日子尤其不易。人生十有八九不如意。但得过，因为生活是生命的证明，你得这样，日子是属于自己的，别人不能替你过。常言道，痛苦也是一天，欢乐也是一天，那就选择欢乐吧。无论帝王将相，还是凡夫俗子，都共同拥有一样的白天黑夜，不可能太阳已经落山了，还有一束美丽的夕阳投射到帝王将相家的门窗上。费尔巴哈说过，住在皇宫里的人和住在茅屋里的人想的是不一样的。若说苦恼，他们也被很多不尽如人意的事困扰，甚至彻夜难眠，皇宫里的人想得更复杂。作为普通人，不应过度仰望别人的星空，否则会失去自我的存在感。人不可能一辈子失败，也不可能一辈子成功，努力了就行，少去想一些虚幻的东西套在自己的身上成为包袱。感知和品味当下才是过好日子的最佳方式，失去感知就失去了日子的味道和活着的意义。

旧年像一朵行云，将在蓝色的天空中飘逝，大地上的一切事物将去迎接来年春天的第一束阳光。失去的岁月，永不再来，拥抱生活，珍惜生命，这是活着的真理。

红　伞

时值下班高峰，蒙自的第一场春雨轰轰烈烈地到来，路边绿化带上的景观树被风吹得东倒西歪，我驱车行驶在红河大道上，强烈的雨滴朝我的车逆向打来，致使车窗外的世界灰蒙一片。疾风使雨滴变成气流，一股股吹向大街小巷，城市突然进入了一个魔幻的世界，车流和人潮如纷乱的蚂蚁，凌乱地穿梭于大街小道。马路两边的伞潮急速蠕动着，有些伞被风吹了变形，无数水花从地面腾飞到空中。我把车停靠在路边的榕树下躲雨，看车窗外行色匆匆的人流，看人流在雨中的形态，勾着腰，撑着各色雨伞寻找回家的路，向左走，向右走。

此时，车内收音机里传来两位声音清润的女播音员的节目，十分巧合，她俩正谈汪曾祺先生的《昆明的雨》，但东拉一句，西扯一句，没有讲述名篇的亮点，也没按我的口味讲述。至少没有提及“昆明的雨季是明亮的、丰满的，使人动情的。城春草木深，孟夏草木长。昆明的雨季，是浓绿的。草木的枝叶里的水分都到了饱和状态，显示出过分的、近于夸张的旺盛。”两位播音员闲谈一场远逝的雨，没讲出民国时候昆明的雨味来。可不要紧，在春雨中听自己熟悉的名篇，也算是难得的机遇与情趣了，尤其在这样的雨景下。我很喜欢汪老的《昆明的雨》，每次读它都仿佛在听一位熟悉的邻居老者讲他的回忆，讲旧时昆明特有的美味和雨的诗意，娓娓道来，很是亲切。我边听边看着车窗外的人流和雨伞，无数人被一场雨给打乱了行走的秩序。

突然，一把红伞忽地飘进了我的视界，红伞下是一位拖着沉重行李箱的姑娘，一副刚到公司供职的大学毕业生模样，恰好走到我的车头约十米处停下，撑着嫣红的伞孤独地面对忙乱的马路。清冷的风雨侵袭衣着薄凉的她，一眼看去，她柔情绰态，脸庞清纯，美目流盼，齐肩顺发受风飘动；短袖白 T 恤，修长而不失丰满的双腿使牛仔裤绷得很紧，青春的弹性及柔美完全表露了出来；红黑相间的凉鞋，裸露着白皙的脚趾，似乎经不起春寒的轻拂。我知道她在等车，眼睛专注行往的汽车，行李箱立在身边，在风雨中显得有点焦急，见的士就招手，不停地招，但没一辆的士为她停下。每次招手失望后，她左右环顾一遍，并轻轻转动一下红伞，雨水被离心力甩得纷飞，像她急切回家的心纷乱。她全神关注一辆又一辆疾驰而过的的士，好像在她的面前完全没有我的存在，没看我一眼。我不知道她从哪里来，怎么突然出现在我的车前呢？她不是蒙自人吧？她要到哪里去呢？

约十分钟过去，雨还在下，她依然站在路边等车，有些无奈，又伸出轻扬的手挥向行驶的的士，的士又疾驰而去，她又一次表现出失望的表情，反复不停地转动扛在肩上的红伞，继续张望马路上过往的的士。一辆疾驰而过的白色车"唰"地溜过，车轮下溅起的水花几乎打湿了她的双脚，她本能地往后退了两步。这次，她终于朝我的车看了一眼,我把雨刮器转动,使玻璃清晰透明,她发现我在车里看着她,然后像见到一个怪物似的疾速转移了视线。但之后,她每次招手失望后都斜视我一眼,应该是小姑娘看陌生男人的那种神态,我也不是无聊到死盯着她,我还有活计干——听收音机。只要我往车外看,她就在那里,我不看她看什么呢?她本来就离我很近,难道让我看远处那盏孤独的红灯不成,这不能说是我的故意。

出奇的是,在她招手之际,一阵风刮来,她的身子摇晃了一下,风雨打湿了她,轻飘的红伞被风刮到我的车头上来,又急速滚到人行道上,让我心跳一阵。她看看行李箱,又看我一眼,然后两只手遮住额头轻盈地跑到我的车头边来,弯下轻柔的身子捡了她的红伞。捡起红伞,带着微微的笑意看我一眼后便跑回原地,手拉着她的行李箱,恢复原先的姿势继续关注车流。她的笑是本能的,不是笑给我,她的眼光不时朝我投来,她知道我在看她,而她不知道我还在听收音机谈论《昆明的雨》。

雨水一股一股地顺着玻璃流下,车外的世界依然灰蒙,她成为影视中时而模糊时而清晰的身影,受收音机的渲染,我不自觉地把她想象成民国时候昆明老街上雨中的一名孤清的女子来,越想越迷幻。

"她要到哪里呢?如果不远,是不是我可以送她一程?"我暗想了两遍,只能暗想,没有付诸行动。我想这是不可能的,即使表达好意,人家也不敢坐一个陌生男人的车。别说是一个小姑娘,这个时代,陌生人之间是不会轻易信任的,我的好意会被她视为突来的冒犯和不端,我的一片好心会被她视为搞笑或无礼,我完全掉进自我的臆想中。

又十几分钟过去，雨没有半点停住的迹象，树下的雨丝一直坠落，人群和车流依然纷乱，马路两旁尽是移动的花伞，前方仍然灰蒙一片。约好的朋友还没来电，也不见他的车来到我的旁边，收音机里的节目已换成夸大其词的广告，我关掉收音机静静等候，看着雨中的红伞，看着被各色雨伞和车流填充的马路，看着无数跳荡的雨花。

红伞一直在我的前方，我的车和她成为两点一线上凝固的焦点，她的坚持打动了我，我多么希望在我离开之前她能拦住一辆能带她到目的地的的士。我已决定不去考虑是否送她一程，其实很大程度上这种好意是不可能实现的，无论我是怎样的心理猜想。我还可以同时想象，如果是前面等候的不是一位幽兰般清丽的姑娘，我的心态如何，我又如何考量自己，我内心会不会产生五彩缤纷的想法。这个答案是复杂的，我为什么不去关注移动的伞潮？偏偏去盯住一个姑娘，难道仅仅是她的青春和容色？

终于，风雨渐渐停息，雨丝慢慢变小，天空明亮起来。马路恢复了平时的秩序，人流渐渐收起了伞，从远山投来的一束红光射在高高的建筑物上，太阳快要落山了。雨后的傍晚变得清丽，令人心畅。

这时，朋友来了电话，告诉我他已经在附近的馆子里等候。我看了一眼红伞后，启动车出发。刚驶出几步，从后视镜里看到一辆摇摇晃晃的有顶篷的三轮车停在姑娘的面前，三轮车师傅偏头和姑娘说了什么。姑娘收起红伞，提着沉重的行李箱靠近三轮车，修长的双脚跨上摇晃的三轮车里去了。

一家三代人的民大情缘

从父亲1929年出生到他的孙子2002年出生，岁月的列车已驶过73个春秋。又在1957年到2018年的61个年头里，一家三代人与一所大学的深深情缘，是始于父亲1957年进入云南民族学院读书开始。

现今云南民族大学的前身为1951年建立的云南民族学院，是中华人民共和国最早在西南地区建立的重要民族高等院校之一。半个多世纪以来，她为祖国西南地区培养了无数优秀少数民族和非少数民族干部及各条战线人才。我知道这所肩负着祖国边疆安定繁荣重任的学校是在读小学五年级的时候，那时候绝不可能知道外面的世界是什么模样，只有从父亲的言谈中知道遥远的地方有那么一所学校，仅能在狭小的成长空间里作些幼稚的猜想。后来读大学时去昆明找云南大学的同学，在“一二一”大街上亲近过这所久仰大名的学校，载有“云南民族学院”字样的校大门以庄严的姿态正立于“一二一”大街旁。之后，我每次经过云南民族学院路段时都会行近乎于本能的注目礼，也曾多次站在大门前照相留念，努力使自己与这所大学多一些关系。其实我这样做，个中原由只有一个，家父曾经在这里读过书。也许是十年动荡扭曲了社会形态或家庭生活的艰辛，父亲一直没跟我们兄弟说过他在云南民族学院读书的详细过程，只偶尔提及当年在民院读书的事，若不是他在民院读书时的照片和诸多书报摆在眼前，无法促使我们知道更多相关父亲读书的事。

岁月如云，父亲求学的经历到我们成长后成家立业，一晃就是近半个世纪。半个世纪的艰难岁月间，历史的快车轰然前行，留下了深深的人间痕迹。社会变化翻天覆地，父亲的母校随同历史的变迁坎坷前行，渐渐地华丽转身为一所综合大学，无数陌生和熟悉的面孔从这所学校进进出出，其中有我一家三代人的面孔。

一家三代人如何与一所大学产生不解情缘，话题得从二十世纪五十年代初父亲经历的事讲起。新中国成立后二十世纪五十年代初期，祖国西南部分地区仍然处于土匪猖獗的时期，我的故乡难以幸免。那时我父亲刚好二十出头，他经历了边疆少数民族地区匪盗猖狂和民不聊生的社会。在社会落后的动荡岁月中，他选择了自己的人生方向，暗中参与地方武装和零星部队的剿匪活动，坚决与土匪和一切反革命行为斗争。这是他个人成长的时代背景，也是他人生发展的起步。一次，离我村子附近的峡谷里发生了一场规模不大的少数部队与土匪间的枪战，虽然双方人数不多，但枪战激烈。尖锐的枪声不断从对面石崖边传过来，又从另一头的深沟里响起，此起彼伏，枪声阻断了父亲前行的脚步。父亲这次不是和部队一起打土匪，而是去区里办事，途中刚好遇到军匪交战，在父亲停下脚步不能走动之际，他看到一位年轻的解放军战士钻出草窠呻吟，他双手捂着肚子，看似生命十分危急。父亲飞速跑过去扶住他，发现战士的肚皮被土匪的子弹撕裂了一大片。当双方还在激烈交战之际，父亲悄悄背起解放军战士一步步往逢春岭区政府方向行走，因为当时全区唯一的卫生所就在那里。这时，另一位战士持枪从树丛中爬出来，和父亲一起把受伤战士背走。战士的鲜血染红了父亲的背部和双手，他们走了歇，歇了又走。父亲和另一战士轮流背着受伤战士前行，当他们翻过山梁后，枪声已消失在山的背后。

三个小时后他们终于到达了区卫生所，解放军战士得到了救治。父亲见义勇为的行为感动了军政官员，引起了部队和政府的高度关注。父亲的名字被当时前来看望受伤战士的领导记下，并询问父亲的个人及家庭情况。不到两个星期，暂驻逢春岭的部队把父亲带到远在红河北部的军事重镇蒙自县城读书，开始了父亲奇迹般的人生历程。在蒙自读书期间，得到部队的悉心关照，让他静下心来好好学习。一年后，父亲又被推荐到远在昆明的云南民族学院读书学习，作为民族干部生培养。父亲在民族学院读了两年(期间还到过滇西瑞丽、畹町等少数民族地区做过民族工作)书。其实，当时父亲接受的不时什么国民教育，只相当于培养少数民族干部的速成班。两年后，父亲才离开民族学院被分派到元阳县人民政府民族工作队工作，开始了他的民族工作事业。父亲没有受过完整的小学和初中教育，就那样似乎不明不白地进入了高等学院，和他一起学习的民族干部学生大多都如此，国家急需为稳定边疆少数民族地方社会作贡献的民族干部。所以，他们一个个被派到十分重要的工作前线，发挥他们的才能。

这是父亲一段简短而富有传奇色彩的与云南民族学院的深深

情缘和人生故事。

多少年后，就在我和哥弟姐妹们逐渐成长的艰苦岁月里，我们看到了父亲和母亲房间里墙壁上贴满了《人民日报》和《云南日报》，还有木箱和柜子里的很多书。载有密密麻麻的文字和图片显目的报纸，被茅草房里的火烟熏得发黄，在我家那小小的土基房里变得有些神秘。那个年代，方圆几个村子里，我们没有见过谁家有那么多的报纸和书，可以证明父亲见过的世面和受过的教育。我还依稀记得，父亲在早上劈柴时喜欢哼歌，我和三弟四弟睡在耳房上，在睡眼惺忪中听父亲的歌声，他喜欢唱当时流行的革命歌曲或民歌。现在回想起来，是父亲在家里创造的特殊文化氛围影响了我们成长。当时我们不会思考什么，甚至把父亲的很多书被我们当作野果交易品交换给了村里的伙伴们，等我们读到初中认识到书本的重要性时，家里剩下的书已经寥寥无几。在我读小学四、五年级时，我还穿上父亲的一件米白色风衣，因为我个子还小，长长的风衣时常扫地，引起同学和老师们的发笑。父亲还有一条紫黑相间的围巾，那是我十分喜欢的围巾，冬天到时我经常围在脖子上去上学。在边远落后的乡村，父亲的风衣和围巾算是书香文化的象征了，但后来我大学毕业后发现风衣和围巾已不知去向，我一直想念陪伴过父亲的青春和我儿时喜欢的两样珍贵物件。现今，我只收存了一套《毛泽东选集》，这也是直到今天我们弟兄姊妹们唯一从父亲那里继承下来的书本。

另外，我还保留着父亲的两帧珍贵照片，一帧是父亲与十一个同学的合影照片，其中三个女同学，父亲和男同学戴着军帽，穿着中山服和黑亮的高筒皮鞋。照片上方还写着“云南民族学院三部二班二组全体同学合影”的字样。另一帧不知是和一同学或老师在校大门前的合影，照片上没有说明性的字迹。记忆中还有许多照片，现今不知去向。记得小时候我哥弟几个在煤油灯下看过无数次，欣赏父亲年轻时的光辉形象，想象父亲流逝的峥嵘岁月。从那时起，我的大脑中开始产生读好书的念头，并对外面产生了无限的向往，这种启蒙，我认为对一个出生在深山里的孩子而言可谓伟大。

时光已逝几十年，恍若隔世，照片上青春的父亲依然讲述着他的人生经历。这给我和兄弟们的心中留下不少的激励和鼓舞，鞭策我们积极地面对生活和人生的种种困难。

父亲已于2004年与世长辞，再也听不到他老人家讲述年轻时的精彩故事，生前他已看到了我们三弟兄顺利毕业工作，我和五弟成为人民教师，我在中学，五弟在小学，三弟在国营企业当技术人员。我想这已经给父亲足够的宽慰了，应该说全家人的努力实现了他的夙愿。父亲去世之前，我已从元阳调到个旧市一所学校教书，他和母亲一起到个旧我小小的家里住了一些时日。儿子出生三个多月，妻儿到元阳一中休养一段时间，父亲也到元阳一中看望他的孙子。亲自抱着孙子的感觉使父亲倍感欣慰，想起爷孙俩在我的宿舍门前的人间幸福景象，突感人间岁月流逝的疾速。我一直后悔没给爷孙俩留下一张合影照片，深深遗憾！今生无法忘却的是，父亲离开孙子回家时跟孙子说的话：“孙子好好的，爷爷以后再来看你。”一句简单的话语包含着多少内容，襁褓中的孙子不知爷爷说什么，没想到的是爷孙俩从此永别。两年后，享年七十五岁的父亲永远离开了我们。

三代人与民大的另一份情缘，是从我儿子开始，也许父亲在世时从未想过，他的儿孙辈还会有人到昆明他曾经读书学习的云南民族学院求学。他老人家没想到的事奇迹般发生，他的孙子黄一航考进了云南民族大学附中读高中，附中就在当时的云南民族学院校址。父亲那个年代留下的校大门永远向外敞开，依然矗立在“一二一”大街旁。我送儿子进校园的那天，走遍了整个校园，寻找过去的建筑痕迹，除学校大门外，父亲时代的建筑已全随岁月消失。我离开儿子时特别强调：“儿子，这是你爷爷六十年前读书的地方，你要努力，继承爷爷的精神遗产。”是的，我期望儿子能在这里学到应有的思想和知识，以及人生的启发，不枉此行。

世间机缘难料，人生之路无数，不知前方等待一个人的是什么景象，有的机缘永远是别人的，有些机缘只属于你，只要你默默努力，一切梦想过的都有可能实现。在我的教学和研究之途中，虽然只形成一些单薄的成果，我却始终勤恳地工作，努力追求前方。在我的一路摸爬中，我们家的第三份民大情缘开始慢慢产生。2014年，我被民大民族文化学院聘为哈尼语研习会民俗特别顾问，2017年初夏，我得到了到民大工作的面试机会；于 2018 年 6 月 10 日我拿到了云南省人力资源和社会保障厅调我到云南民族大学工作的人事调令。似乎一切都是命中注定，我们一家三代人的民大情缘就这样谱就，这对很多不太了解我的朋友和亲戚是无法理解的。他们认为不可能，另一原因是我在蒙自生活工作都十分不错，舒坦的日子不过，去什么大学教书。但我的选择是坚定的，脚下的路需要我从容地走下去。

拿到调令那天晚上，我独自行走蒙自南湖，心绪翻滚，浮想联翩，设想父亲年轻时在蒙自求学的景象，设想六十年前父亲在云南民族学院读书学习的点滴。想想我一路走来所经历的曲折和艰辛，终于触摸到了命运丰厚的果实，我不会忘记所有帮助过我的人。没有遗憾，我和儿子没有愧对远去追随祖先的父亲，可以告慰老人家在天之灵了。

今天，云南民族大学早已成为一所具有博士和硕士点、九十五个本科专业、师生近两万六千人的综合性大学。而我自豪地踏上了父亲母校的讲坛，跻身大学教师的行列，实现了父亲精神教导下的人生梦想。我和儿子将朝家父教导的人生方向继续追求，在民大宽广的胸怀中默默工作和学习，在民大丰厚的养分中蓄精积力，教好书，带好学生，与儿子一同进步。然后，继续谱写我与民大的一世情缘。

花草的乐趣

也许是我生于农村的缘故，对植物有些情结，喜欢侍弄花花草草，偶尔栽几棵果树。近年来，我栽花草是因近水楼台先得月，那就是家附近有条花鸟草药街，每周赶一次。一到周日，来自各地乡镇的人把他们带来的花草小树，还有山里头稀奇古怪的植物摆满了整条小街，我慢慢习惯逛这条有花草味有农村味的小街，看看那些喜欢栽种花草的人怎样选花草小树。起初，很多植物我从未见过，对它们抱以强烈的好奇，尤其看到稀奇的花草，就产生非把它们买回家不可的冲动。一段时间后，我开始了栽种花草的活计，第一是叫人把黄土背到房顶和露台，把土填进花坛里，第二是整平了小小的后花园，动手栽种我所喜欢的植物。一个街天买一两株回来，按我的方式栽进土里，有的栽下不到三四天就萎谢死掉，有的过了三五天奇迹般复活起来，侍弄一段时间花草后，才明白栽种花草需要很多学识和技术。

半年过去，房顶、露台、花园里栽满了各种植物，有苏铁、竹子、桃树、柠檬，有莲雾，有柚子，有火龙果，也有枣子和葡萄，花类好像要多一些，有玫瑰、月季、睡莲、飘香花、牵牛花、兰花、荷花，还有无刺玫瑰和炮仗花，还有双龙吐珠；蔬菜香料类有薄荷、芫荽、香柳和芹菜，以及小米辣等等。有些栽进花盆里，如果不是雨天，几乎每隔两天就得浇一次水，否则，很多植物就萎谢低垂下来，可怜巴巴的，样子十分难看。每次去花鸟街，看见一些好看的花草，手就痒，总是想买回来，妻子唠叨我只会买，不会管理，缺乏栽培管理知识。的确如此，别以为我栽的东西很多，我的家就一派繁花似锦，不，我是一个只管栽种，不会管理花草的人。所以，我所栽的植物总是瘦瘦的，甚至有的越来越小，越来越难看，有的干脆枯死。比如一棵像小树一样的小米辣就被我弄死了，把鸡粪直接埋进根部，没出两周就被辣死，这让我想起有人曾经说过，肥料一般不能直接埋在根部。火龙果的藤条越来越小，越来越短，才结出来的花果不到一周就谢了，最后脱落，我一直弄不明白原因何在，所以一直没有更好的办法让火龙果藤枝上结出硕果。妻子叫我去多看看有关书籍，学学人家的技术和各种植物的生长规律，但我没有工夫去看那些我不感兴趣的书，我栽的花草几乎顺其自然生长。朋友来家一次，帮我修理一次，他们说我栽的过于密集，植物们相互斗争，弱小的就被淘汰。

无论怎样，植物总是一天比一天繁茂。我一直认为，人在的地方，尤其是做家的地方，需要一些绿色的植物生长，一年四季，至少有一至两样植物花开或发绿，这样居家环境才有生机。另一方面，侍弄花草，是增加生活的趣味，让人增长知识，了解植物生长的情况。有些植物生长的方式跟我们平时所想象的不一样，它们需要特殊的料理方式，光靠浇水、施肥、除草不行，要掌握它们生长特性，我所栽种的西红柿，它需要树枝和竹竿才能往上爬，一边爬一边结果，越结越多，有时会爬到两米多高，所结的果只有龙眼般大，但味道鲜美。管理芋菜就用另一种方式了，它不太喜欢阳光，土要松软，施肥要到位，土不能太干。只要具备这些基本条件，它就会茁壮成长，叶子宽宽的，叶和秆绿而粗壮，蒙自的土是红土，一段时间不松动，会结成石块一般坚硬，所以，每隔一两个月就需要松一次土，植物的根须才会发达。懒人就不能用这种土质，但我有个朋友教了一招，红土会松软，那就是用一定比例的木糠（锯末）拌在土里，时间一长，土质就好得多。

管理花草，有很多名堂，不仅增长知识和技能，心里还会产生不小的成就感。看见有盆花开得旺了，我就把它弄到书房里来，或把长势喜人的滴水观音弄到电视柜旁，朋友来到家里，卖弄一下自己的成就。但殊不知，一周后就枯萎下来，我看着情况不妙，又搬到室外去，让它们透透风，一夜过后，奇迹般恢复了原样。植物不会说话，但很有生命的气息，它们和人一样需要阳光和水，还有氧气。在搬来搬去的过程中，掌握了一些管理花草的要领，所栽的花草比原来长得快，长得好。

今年夏天，露台上的连雾果子结得特别好，先不觉得树枝有什么异常，但随着果实的逐渐长大，树枝就慢慢被压弯了下来，我只好拿竹竿或绳子撑起，生怕风雨中断枝。连雾是特别的果树，听说从台湾引进的，红红的果子像结实的花朵，又像婴儿捏紧的小手，十分可爱。连雾果，刚成熟的时候吃了不算很甜，甚至有点儿涩味，一到八月初或中旬，果子红透了，涩味几乎消失。我最得意的就是这棵连雾，那些什么金丝蜜枣、黑葡萄、荷花等等都算不上我的杰作。所以，我不时向妻儿强调，少摘些连雾吃，留的时间越长越好，一来是观赏，二来是我想在朋友面前炫耀，从中满足我的一点虚荣心。

我还有个强烈的愿望是栽几棵藤类的植物在书房和电视背景上，让它们按我的意图生长，蔓延到足够长，到时，有人和自然和谐的相处的气象。首先，弄了一盆栽在电视背景旁，但长势不好，长的特慢，我想了很多办法去照料它，包括拿镜子把阳光投射到它的叶子上，或不时施肥和浇水，始终不如我意，原因可能是平时氧气和阳光不够，不然它会根据我的意图生长。

最气派的是牵牛花，藤蔓发达，从早春二月开始，到三月就有些花开放了，慢慢地，越开越多，一边伸长藤蔓一边开花，藤蔓不太喜欢往高处爬，一般朝横向或朝下蔓延，粗藤走主方向，细藤抓手，专门找它能抓得住的东西死死缠起来，像人为的铁丝一圈一圈地绕紧。牵牛花是成片地蔓延，所以开起花来，局面喜人，比飘香花热烈，有紫色的，有红色的，也有白色的，我栽的牵牛花主要是紫色的，花朵硕大。每天早上天一亮，喇叭形的牵牛花齐刷刷地打开，喇叭口朝太阳和太阳光方向，采蜜的蜂群像赶街，嗡嗡地飞飞落落，在喇叭形的牵牛花里出出进进。飘香花可以不分昼夜地开放，而牵牛花只开八个小时，从早上七点到下午四点，一到下午四点，花瓣收紧了，一直到第二天早上才开放。但另一种牵牛花就不一样，可以不分昼夜地开，这种牵牛花要小些，开得更精致、小巧。

人有不同的生活方式和性格，花草也是这样，它们的生长方式各异，所呈现的美也不尽相同的。人的生活是需要调节的，栽种花草是一种乐趣，多栽种花草，让花草美化环境，美化生活，美化人生。

欢醉在芭蕉树下

当城里人爆炸式地散乱，又像热锅上的蚂蚁东奔西跑的国庆长假，我和妻儿及一家朋友应邀到金水河镇纳窝村，去那里玩耍。从上次去纳窝到现在刚好一年了，我常把纳窝挂记于心，因为那里有我一班要好的傣族朋友。

自 2012 年我到金水河镇当新农村建设指导员后，每年都去一趟纳窝村。一直心想，认识那里的几个傣族兄弟是我当新农村指导员一年来的收获之一，是他们带我走进基层百姓的生活，使我了解不少当地不同民族的风俗。这次带着妻儿和一家朋友去，重访老地方、老朋友。踏访朋友的程序仍旧是先见老朋友，溜河边，闯橡胶地和芭蕉林、进村看人命果树、走铁索桥。一年了，老朋友之间的感情不变，各个景点的景色却以新的样子一一映入眼帘，不得不捏着相机东拍西拍。

除朋友外，纳窝村有很多东西是值得讲的。我喜欢傣家人的民俗和他们酸酸的美食，他们那开放、热情、勤劳的特点正好跟河谷地带的气候相吻合。纳窝身处偏远一隅，缓缓的勐拉河、深幽的山谷、浓密的芭蕉林和橡胶地，还有悠婉的山歌，这些别具一格的风俗风貌令我情牵梦萦。美丽纳窝，踏足其中，感受醉人的风土，质朴的民风以河谷特有的方式扑面而来。当然，较之于傣家人的情谊和酒，一切景色都可以次要。我时常梦回纳窝，几次都在跟傣家的阿哥阿妹们对歌对饮，拿着酒杯豪气冲天，不，应当说豪情万丈，但顶多能招架二三下，最先醉倒在芭蕉树下的是小酒量的我。

纳窝村拥有一棵传说树龄为四百多年的人命果树，七八个人方能围抱过来，枝叶繁茂，树上爬满了不知名的古藤，巨根上出现几堆高高隆起的蚂蚁窝，仿佛是某个神秘世界里的城堡。每年村里的一些祭祀活动在树脚下进行，而有关祭祀的具体内容年轻人没能说得清楚，我们只有在他们推测式的讲解中无尽的猜想。按村庄的布局来看，纳窝村就从这棵大树的右侧朝勐拉河边延伸，地势平缓，两百多间房屋镶嵌在芭蕉和橡胶林中。据说该村排在金平县最先富裕的行列之首，大部分都是钢筋水泥房，村貌显目。村脚是宽约五十几米的勐拉河，河对岸是当年中越战争中立下赫赫功劳的金勐国防路，一座铁索桥把小村落连接到外界，无数橡胶和香蕉通过这座桥源源不断地流向外地。勐拉河边密密的芦苇正绿得发亮，偶有几枝在扬花，其余大面积的在等待花潮。接近深秋的河水，不温不火，正逢揭下她神秘面纱的时节，但不是打鱼的最佳时期，冬季过后人们才敢亲近河水，照往日的习惯，到那时河里又是一片热腾的天地了。划着竹排炸鱼的、三五成群地游泳的和扛着香蕉过河的都在这个时节中上演，还有拿渔网的孩子这儿那儿的出没，一条河速写出傣家人生活的景象。大山、村庄、河流与古树，守护着傣家人的家园，守望着不泯故事，不从远处讲，光从勐拉土司时期开始，这里就有无数动人的故事，却有谁知道村旁的人命果树和勐拉河才是更多历史事件的见证者。

既然是走访老朋友，酒是免不了的。和往常一样，我们在朋友的种植基地里进行晚餐，罗荣凯、罗济南、王建华他们为我们备上一桌丰盛的佳肴，大多是他们亲手制作的本地野菜，以酸为主，我知道热带地方的傣家人喜欢酸食物。虽是晚餐，但五点钟就开始了，太阳火辣，大人小孩的T恤早已湿透。我们重在参与，在灼热的阳光下逐一完成"每人做一道拿手菜"的任务。煮铜锅饭和酸笋鱼的炊烟在阳光下朝芭蕉林的方向飘散，不断地飘散。野外久违的烟火一时让人回到童年，回到故乡。

真正的话题，是从酒席上的饮食谈起，谈每道菜的来历，怎么栽种，何时采摘，如何烹调，哪些野菜喜欢长在什么地方等等。朋友边举杯边不停地介绍傣家的菜，分明是为自己的手艺和家乡特有的食物自豪。的确，他们很多菜的做工是精细而复杂的，如不亲眼看见，你是不会相信的。接下来就聊聊一年来的大家关心的生产生活，割了多少橡胶，栽了几棵香蕉，收入是多少，举一杯；讲讲一年来村内外发生的大小事，感谢政府支持开通了环村路，又一杯；说今年的河水又抬走了两人，某天晚上的狂风刮倒了几百棵橡胶树，说明年的橡胶会更好些，又是一杯……

我以为酒可以随意地喝了，至少不必多喝。错了，虽是老朋友相见，主客是分明的，酒就按这个程序来了，人家主人要敬你，你定不能推辞，必须跟着主人们一一干杯。下一步就轮到你回敬，十来个主人，是分批敬还是一次性干完，这时可测量你的酒量和胆量。事实上早已由不得你说了，对方用酒歌鼓动你干杯。反复举杯，酒席似乎变成竞技场。朋友牛斌兵很看重傣家朋友们的情意，一杯又一杯地施展豪情，他的酒量和勇气足让在座的每个人叹服。当然，傣家汉子们的酒量不是好惹的。酒过几巡，开始了酒歌的比赛，输了就连整两杯，不给什么理由，赢了得继续唱。酒杯不断举过肩膀，碰出响亮的声音。最后是不分输赢，双方轮流唱，包里再也没什么酒歌可拿出来炫耀时，就唱起了山歌。酒是友情的酒，酒是歌舞的酒，席间轻快的歌舞，图的是开心和快乐。

席上的欢笑声不断掀起，又不断消失在芭蕉林里，比酒还多的话在继续。太阳早已落山，藤条河在芭蕉林边低沉缓慢地流动，月亮薄得很，飘到头顶来，河风带来阵阵凉意。光凭眼前不寻常的夜色，就足让你感到迷幻。醉意来得有些突然，看看月亮和星星也多了些令人眩晕的光芒，举杯祝福，傣族朋友用略带生疏的汉语祝福你："身体好在！"多实在啊！友情珍贵，不同的民族，不同的生活方式，而心灵是相通的。朋友间要是长期不来往，感情会生锈，人际会陌生。我来这里不是图个吃喝，我关心他们的生产生活，关心他们村里的幼儿园，关心他们的文娱活动，适当的时候为他们尽点自己的绵薄之力，他们来城里时偶尔为他们提供点方便，他们也不图我做什么，大家讲的是朋友间的那份情感。

干杯！小杯米酒又高举，祝福大家身体好在。在这深秋如春的醉人风土上，让我醉倒在朋友的诚意里，醉倒在果实沉甸的芭蕉树下。纳窝，纳窝的朋友，我还想和你们于明年在某处相见。

生为还乡

人的一生其实是一个简单的圆圈，从出生到尽头的生命直线其实在一个环形中完成，最终回到原点。而原点就是一个人的原乡，即他的生命诞生地，那里聚集着死去的先辈和活着的亲人。

非洲草原上无数野牛按自然的路径证明生命特有的奇迹，每头小牛从母体坠地后，它们立马学会了走路和奔跑。这一刻，就是它们漫长迁徙之路的起始点，并在它们注定要游走的范围之内演绎生命的所有形式。刚出生的婴儿正如脆弱的牛犊，生命才开始就要准备离开父母，准备离开自己的衣胞之地。离开的过程叫做成长或追求，有些人一辈子在出生的村庄打转，就如池塘里的小鱼在生存范围内完成生与老的过程。而很多人注定是要“出走”的，顾不上出生地的温暖和安全，他们把生命的美好寄托在遥远的他乡。其实，遥远的他乡是一种梦境，不是极乐世界，也非极苦地狱，没有人能到达，只是人以生命前赴后继。有多少生命出现，就有多少死亡降临，来来去去，无论走的是弯或直的人生路，最终所走的路是一个环形。

极乐世界是永远不可能达及的，有些生命没有达到中途就殆灭，有些生命中途倒下，有些生命一直在中途之外行走，在短暂的生命之旅中用悲情的方式描绘蓝图。人的蓝图各形奇异，没有相同的，相同的只有生命最终的结束，回到原点。生与死是上帝早已划定的哲学规律，无需去解释生死的原因，也无法解释两者的关系。那么，人的出发与行走是不是上帝早已决定的形式呢？每个人所要走完的路程是否是一个环形，没有明确的目的地？假定是如此，出发即回归，人在成长和追求的行路上，也就是他的还乡之路，实际上他始终没有走远，他一直在回家，回到直线的零点。

有些人一辈子在回忆中度过一生，有些人一辈子写他的回忆录，甚至有些人被一生的乡愁所困倒。人在生命垂危时，抑或临走之际，总会说“赶快带我回家”“我要回家去”“昨晚我梦见（死去的）某某了”等等。这些话语证明，他不是在走远，而是在回归，回到他的生命原点，即便客死他乡也逃不脱还乡的终极命运。林黛玉的“质本洁来还洁去”，不仅是一种境界，还包含着回乡的向往与必然。人走的再远也要回归，因为生命需要灵魂安放的地方，那个地方就是原乡。一个人的原乡是由他出生地的一切构成，人、土地、村庄等等，虽然表面上他一直奔跑，实际上他内心装着小时候的成长元素回归。诗人里尔克的“在时间的岁月里永远没有自己的故乡”，这只是物理学上的表象罢了，他没有说出生命依恋的本质体现在何处。古语“落叶归根”反映的是人生到死的还乡现象。

在我出生前的数千年里，我的母族迁徙万里，翻越野物哀嚎的原始深山，横渡湍流，东西南北地游走他乡，在血迹斑斑的求生路上，祖先的遗骨不断埋进陌生的土里，成为后人追忆的圣地。我和我的族群命运是相同的，使命是去追赶遥远的祖先们，向往遥远的祖先们生存的原乡——蓝天白云下牧歌般生存的圣地。母族的古歌诵唱了数千年，随时会在某个欢庆或忧伤的时刻响起，诵唱先辈的丰功伟绩和患难与共的迁徙遥途。为什么？祖先们回去了，我们活着的后辈早晚得回去，血液里有无数的生命在倒流，倒流到古老的年代，倒流到最先的出发地。

我已离开故土多年，无论离开的距离是一步之近还是十步之遥，我却一直重返故乡，我的一生与一身，我头发肤色、话语腔调、饮食爱好，以及对亲人的眷恋，故土成为胎盘以脐带连接我的生命。无论我追求什么，脚下的路多长，奔跑的速度多快，除回归我的原乡，无处可逃。我曾想过以一种特殊的方式寻找生活，为理想奔跑，可祭司的叫魂声向逃遁于求生路上的我发出召令：切莫偏离祖辈们的生命轨迹，他乡永远缺少温暖，并使我清楚地知道出征就是还乡。我不能走远的动因是还有我出生的村庄和那片厚实的土地，还有祖先们安息的山冈。我无时不在向祖先们祈祷，希望祖先神照拂我单薄的躯体和坎坷的命运。

这一切，都在证明我始终没有走出祭司描述的生命国度，祭司念了一千年的祭词和咒语，送走了多少代的祖先，依然在讲述生命环形上回乡之旅的一切经历。为了让自己行走时不迷失方向，我力求去听懂祭司的每句咒语和每一次虔诚的祝祷。

无论我要走多远的路，也无法抵达祭司所说的遥远之地，更无力走出祖先划定的还乡之旅。遥远的他乡我走过，带着灵魂游走他国，但我的肉身和心灵还要回来，并且离原点故土越来越近。

生命之旅本是还乡之路，追赶只是速回，还乡成为必然，生为还乡。

我的雾乡逢春岭

我的故乡逢春岭春色美，夏色也热烈，而美与热烈来自山高谷深的自然之灵气，以及一个个村庄的勤劳与纯朴。其实，她展现的风光与其他地方的春夏大致相仿，我认为不够特别。秋冬的景象却是另一番独特之气象了，她的独特恰是来自于雾，雾得毛雨瑟瑟，雾得丰润浓密。逢春岭的天气似乎以雾为主，既然是一种自然现象，那肯定是上帝安排的，人们只好对雾以无限的包容和认同，没有人因雾而嫌弃自己的衣胞之地。

也许你也会用绝美之词描绘出你和别人家乡的景色绝处，或春或冬、或夏或秋，谁不说自己的家乡好？光从美的角度而言，我想许多地方都有各自的美，有水美、山美、花美、树美或建筑美……这似乎算不上一个地方的特别。一个地方的特别在于它与其他地方的大不同，不管是人文或自然，一定是独特的，比如昆明春城，四季如春；西安以秦砖汉瓦等古迹闻名；西藏以雪山雄世；重庆是中国的雾都；伦敦是世界的雾都等等。家乡逢春岭的特别不在于春色的美与夏天的热烈，而在于秋冬的雾，知名度虽不能与重庆、伦敦相比，却有她特别之处。特别于两方面，一是时间来得久，跨度长达五个月之久，中间偶有或晴或雨的日子；二是可见度极低，最低时仅是四米左右，四米之外别人就看不清你是谁了。两者综合起来就是雾得绵长、雾得丰润、雾得浓密。所以啊，外地人一踏进逢春岭，生活一段时日，若遇上雾天，一雾就是十几天或上百天，他们会埋怨逢春岭太难在了，不好受。无法习惯大雾的天气，感觉难见天日，难见远近的山色，出入不方便，生活和工作都受到限制，心情受到压抑。就会强烈地想起自己的家乡，想起家乡那片明朗的天空。而本地人只会说“这久雾太大了”或“雾了好久，不见太阳差不多一个月了”之类的话，但说说就过了，若是外地人，不喜欢就可以抬脚走人，本地人怎么走呢？

我没有走过伦敦的雾天，不知那里雾的状况，重庆的雾未必有逢春岭的大、浓和久，只不过与一座城市的历史文化相联而闻名罢了，重庆是中国历史名城，知道的人多。逢春岭小得很，躺在大深山里的一个小乡镇，她没有名声远扬的历史文化，连出了家稿吾土司也只有极少人知道。只有她的雾特别，逢春岭的雾，飘浮在半山腰，浮在海拔一千米至一千五百米之间的山谷里，也就是说，海拔一千米以下和一千五百米以上是明亮或晴朗的，而本乡的绝大部分人口恰好生活在雾飘浮的地段上。如果你从山底往半山腰上爬，抬头就会看见一层厚重的云雾遮盖你的上空，雾腾腾，黑压压，仿佛影片里不可想象的魔幻气象。你若在山冈上俯瞰，你看到的是浓密的乳白色云海，云海填满了所有山谷，遮盖了绝大部分的村庄。

云海的美在于早晨，尤其是太阳刚从山顶冒出来那片刻，红色的光射在洁白的云海上，形成无限幻景，仿如天宫中神仙们出没的地方；或者一棵落光了叶的孤树，托着硕大鸟巢伸出云海的秘景；零散的冒着炊烟的村庄静静地躺在半山腰上。尽管这样，在有些人的眼中是美不起来的，他们认为那是在别的地方看到时才会产生审美闲情，一旦想起自己在那里生活，就不会以欣赏的心态去看待，缺少了诗意。有时你真的不想回到云海里去，但只能是想想而已，那里是你的衣胞之地，你的亲人在那里，除此你不能去其他地方。既然不能去其他地方，天生就要适应雾中的生存环境，这是你必须接受的现实。其实人类都有这种适应性，否则会自我毁灭，冷的、热的、平的、陡的地方都有人生存，"一方水土养一方人"说的无非也是这个道理。

雾乡里有雾村，也就有雾民，他们怎么生活呢？雾里的日子，事实上和其他季节的日子总要一样地延续，照样得生产劳动，该干什么得干什么，照常生活。比如挖田地，养牛养马，生儿育女，样样得正常进行。家乡的人们都知道八月十五过后就要进入一年的多雾日子，严重的直到春节才完，因此有坚强的心理去面对多雾的日子。所以一个个村寨照样正常运转，虽然无法从远处看见雾中的实况，村里村外都有人在干活，有牛马在奔跑，不会因雾停止活动。年少时，我们去读书、支鸟，放牛、砍柴、挖地，一样不能少，和晴天同样为生活忙碌。披着蓑衣的老人肩扛锄头，前面走着一头牛，突然出现在你面前，牛毛上挂满水滴，老人的头发和眉毛一样被小水珠缀满。当然你的头发和眉毛跟老人一样，雾会赐予每个人同样的模样，雾中的一切都被雾打湿，村里村外的小路变得稀巴烂泥，你得深一脚浅一脚地行走。雾大到哪种程度呢？离你不远的地方有讲话声，你却不知道她是李妈还是王婶，只有真走到面对面才能认准是谁。雾天打鸟是不现实的事,看不到你春夏时看到的飞飞落落的小鸟们,有时你在田埂上行走,突然在你脚边“吱”或“扑棱”一声飞走时,方才知道鸟原来在你的脚边。

雾天最怕的事就是看牛,秋收后,田野的粮食已归仓,牛群可以任意地游动,圈里的牛一头接一头地被赶到寨子外的田地里,一放就是数月,但得不时去找找看看,在哪里吃草和睡觉。不能让它们走得太远,否则会丢失。去找找看看,当地人叫做“看牛”,这是哈尼语直译过来的叫法。看牛最怕有雾,看不见牛在哪里,但你得到处走走,从一块地到另一块地,从一块田到另一块田,从河的这头到河的那头,从这个田棚到那个田棚。冬天,牛还会睡在大树、竹林、石崖下等一些避风雨而温暖的地方,你都得走到每个地方找找。第一天找不到,第二天得继续找,直到见到牛为止。有时很无奈,牛就在离你不到二三十米远的地方躺着,你就是看不见它,偏偏走到另一地方去找,找了一天还找不到,回家还要挨父母批评。第二天,包着晌午饭再找,找不到,第三天叫个伴去分两路找,第四天,动用能动用的亲戚朋友分几路去找。如果再找不到牛,大家就会心急如焚,集体商量对策,最后有一个办法可以做——去占卜师那里求助。村里的占卜师可以为你家打卦预测,有时只给你一个大体的方向牛在东边还是西边,有时他直接告诉你牛就在哪一块地里,你按他的方向或地点去找就见到牛了。有时奇迹出现,果真找到了牛!回来告诉占卜师找到牛的好消息,他表面上不在乎,心里却十分得意,自豪地说:“我一算就晓得。”有时候,占卜师的算卦是不准确的,应该说大多时候是不准确的,但占卜师的意义不可忽视,人在没有出路或办法的时候,找个心理上的安慰会踏实得多。

其实很多时候，找不到牛的原因就是雾太大。

冬天，雾越来越大，生活会遇到更大的麻烦，路会更加泥泞，寒气加重，这是一年中最难熬的时候。太多的人聚拢在火塘边度日子，人会变得有些慵懒，但不等于人们不去劳动，不去做生意，埋怨也没任何意义，只有照常面对现实。就说赶街吧，我说的是年少时的赶街，来自四方远近村寨的人流汇集到小镇上狭小的街道里，散发出水果糖味、煤油味和其他诸多怪味的街道形成新奇的人间世界。披着蓑衣的、塑料布的、裹着毛巾的、戴着笠帽的、穿着烂凉鞋的、提火盆的、披烂被单的，等等，不计其数的人流构成乡村冬天的集市景象。小小街道，人拥挤得水泄不通，脚下几乎是流动的脏泥，所有人的裤脚变成泥裤，但不会影响人们的交易，鼻子冻得通红，嘴唇冷得发紫，也要完成赶街这件事务。即便是一位抱着一只母鸡冷得发抖的老人，他也要把鸡卖出去换来一点家用的油盐。有雾的街天，没有通信设备的年代，找个亲戚捎个口信也是极难的事，所以你得东游西逛，不得不想你的亲戚今天会不会来赶街，会不会在他那个寨子的人常集中的地方，找不到了你还得在下一个街天再去找。那个时代，街天的汤锅狗肉、牛肉、马肉令无数没钱的人淌口水，奇怪的是，吃汤锅肉是件不太光彩的事，食客躲躲闪闪，因为汤锅肉与死牛烂马之事相关。很多时候，冬天冻死和滚坡死的，舍不得在家里吃，叫上几个亲戚背着大铁锅和肉到街上，在街口或街尾支起锅，煮成汤锅肉卖。所以，好几口酒的，口袋里略有几文钱的人就戴着篾帽低头坐在汤锅肉边，故意让人看不清。雾天就好了，不必担心谁会看见谁在吃汤锅肉，穿着赶马鞋（一种粗制的塑料凉鞋）的脚伸进烂泥里，捏一碗苞谷酒，悄悄享受香气袭人的汤锅肉。然后，等酒上头，带着满足感边打嗝边歪歪偏偏地顺泥路走回家。

今天，时代已变，人们的生存环境已然有了大的改变，那条稀巴烂泥的狭小街道已一去不复，路面已硬化，已有相对规范的集市。雾里找人也不再困难，每个人都有部手机，人与人之间可随时联络。当年的汤锅肉也不见了，人们不再为几嘴肉咽口水。但雾还会覆盖山间，只要季节到，它会如期光临，没有人阻挡得了。其实长期多雾，有利于农作物的生长，它能保持土地湿润，保证谷物的丰收。人们完全没必要回避它的存在，雾中的生命形式和动植物的生长规律，依然持续不变，八月十五后的月雀还会在雾中飞来；牛马还要在雾中跑到宽广的田野；来自遥远地方的汉人背着炸玉米花的机器如期来到村子，到时，村里的男女老少围着欣赏胡子拉碴满脸黑灰的"能人"展现他那稀奇的绝活；人们的一切生存活动还得在雾里进行。

哦，家乡的雾还有另一种特点。偶有夜晚，尤其是冬夜，雾突然之间往下降落，落到寨子下边，接近梯田，形成薄薄的一层。久违的星星和月亮在晴空里闪烁，人的心情会加倍地舒畅起来，天地突然间宽广了不少。这时，你可以长长地呼口气，伸伸懒腰，抬头仰望星空，让心情随视线飞往远方，对门山的灯火和鸡鸣狗叫都为你而存在。可不要高兴得太早，晴空不一定能长久，等天快亮的时候，雾又慢慢浮上来，到早上八九点钟，淹过大部分的村庄，直到雾把一切包裹起来。夜晚，要是刮大风，浓雾会散开，如果是暖风，好日子即将到来了。可要记住，那段时间里，天气变幻无常，不到两天，雾随时都有可能从河谷上空浮上来。这种奇怪的天气现象，直到现在没人能说得清楚是怎么回事,怎么会有那么大的雾从半山腰上生出来。

曾经,我有过刻骨的体会,放寒假回家,在雾里待了近两个月,日子确实有些难熬,和同学闲逛公路时,突然感觉到不知哪里飘来一股暖风轻拂过脸颊,暖到心底里去。这一气息使我明白春天马上就要来临,心情就不由自主地舒畅开来。直至今日,那种寒冬后突来的温暖感觉犹在脑中。等待一秋一冬后迎来的欣喜是幸福的,你会想象出美好的生活图景来,还有一些令人奋进的梦想。你要相信,无数生命的奇迹将发生。冬去春来,野樱花已经准备在山头爆开红点,桃花、李花、菜花也将纷纷登上春天的舞台,所有被雾包裹的生命和事物都将在春天里得到解放。在期望中等待,不过多日,云雾果真被暖风融解,慢慢往山谷降落,缩小、稀疏,直到彻底消失。最后露出清晰熟悉的大山世界,村庄、小河、树林、梯田和山丘彼此照应,你会看到寨子边树林里的五眼果树上,去年没落尽的果子终于被疾风吹落了,鸟群的声音突然欢快起来,一座座山脉慢慢苏醒。牛马开始欢腾嚎叫,喜鹊飞到高高的树梢上唱歌,远近的山村冒着青烟,公狗母狗们的叫声此起彼落。雾,暂时告别了一座座山村。事实上,早春的气息已经漫过整个山谷了,大自然将呈现全新的气象和生命的精彩,人们将以热爱生命的方式投入到亲近土地的繁忙中去。

吾土吾乡,血之脉,情之根,雾是生命里的雾,雾是宝,是上苍赐予家乡逢春岭的礼物。多少年来,雾乡依旧,却离我忽近忽远,回乡匆匆,似乎只属一种短暂的体验。我可以不像家兄和乡亲们那样在密雾里劳作生活,而牵连我年少时的记忆却使我想起无数难以忘却的日子，以及很多沉重而温馨的点点滴滴。在我回望过去的时光与审视当下的生存之际，内心难免产生莫名的隐痛和欣喜。我承认，那些曾经在雾中的生活图景，就是我的童年、少年时期艰难却又幸福的生活历程。

蓝色的飘裙

炎炎夏日，如果身边没有什么新鲜事出现，一个人待在办公室做公事久了，确实令人心生烦闷。可想想门前娇艳的凤凰花和凤凰树下的绵绵凉意，心情倒是好了起来。刚收尾一篇有关饭碗的稿子，扭着酸疼的脖子向窗外看着一排排被刀片一般锋利的阳光切割的房屋，望着从不远处小区里冒出来朝天空伸直的树丛枝叶，也只有那点绿意代表一个下午的生机。除此，没更多的东西可供我欣赏了，窗外的全部世界不过如此。

突然，电脑右下角的那只会给我带来兴致的小 QQ 企鹅发出"滴滴"的声跳荡，打破了室内的沉闷，使我的视线从窗外移回来，告诉我一个朋友向我打招呼了。然后，轻轻点击。

"在不?"

"在的。"

"忙吗?"

"谈不上忙。"其实我刚好休息片刻，正想找个 Q 友聊话呢。

"我们在你单位附近啦，哈哈。"

"哦，来看凤凰花吗?"

"哈哈，不是。快要到你们单位门口了。"

"欢迎来坐坐。"

"哈哈，不欢迎吧？"

"欢迎啊。"

"吹！到你办公室喝茶噶？"

我等了片刻，因为对方用的是手机网络，稍慢了些，等待她讲正题。"滴滴"，小企鹅又跳荡起来。

"我和小芳骑摩托车来哦，经过你们单位门口。"

"哦。"我在思量用哪种方式见到她，她是肯定不会来我办公室的。

"不欢迎吗？"我觉得她问的含蓄又有点啰唆。

"来吧，要不我到楼下来见你们好了。"

"呵呵，随便。"

自从认识她以来，交流间一直给我的是更多的猜想，她喜欢旁敲侧击，不给人明确的答案，让人云里雾里，但大体的意思是可明白的。十几日不见了，她的影子始终在我的脑际出现，想象着她会是什么样子。

去见，去见。

我走出写字楼急切地朝凤凰路方向望去。

"嗨！嗨！"她俩正好站在路边凤凰花下的人行道上，摆出可爱的V形手指，偏着头朝我笑道，酷似两个小演员。我走到她们面前搭话，拉的话题很散，甚至不着边际。她把淡紫色的水晶太阳镜推到额头上，露出一脸笑容，十几日不见面所产生的亲切与陌生全表现了出来。重要的是她穿着一条醒目的蓝色飘裙，衣领口略宽，柔动垂地，在伞状的凤凰花树下笑嘻嘻地来回缓步，风情荡漾，不免教人多看几眼。而她俩的主要精力似乎不在我身上，一边讲话，一边走动，又从左肩下的小包里取出“苹果”对着头顶的凤凰花拍照，左拍右拍，又对准我，令我躲闪不及。

“你生活的地方太美了，来来来，拍一张，拍一张。”她又摆出青涩的 pose 给在一旁东瞄西看的小芳拍照。摆开裙子，远远的看去像一只机灵的蝴蝶停在花树下，不知从哪儿飞来。

“看得多了，麻木了，不过前几天我拍了好多凤凰花的照片。”我不知道要讲些什么话才能附合她和小芳的心意。

“你每天在凤凰花下走过有何感觉?”她边拍照边把话题拉向更深处，话意足够我揣测半天。不过这一问倒是挺有意思的，包含不少情调。

“哈哈，还会有什么感觉，不就是看看了，都忙于工作。”我装出欣赏的姿态看往头顶火红的花笑道。又看看那条因她走动而旋转的蓝色飘裙，在她笑靥如花的脸庞下面几乎成了完美的点缀，而跟头顶的凤凰花是一种什么样的搭配，的确妙不可言。

火热下午，阳光从花叶中洒落下来，南风来时，花瓣瑟瑟地纷飞乱散，打在她的手臂和微黄的头发上，我仿佛闻到一股芳香，那不是夏日的芬芳么？不必说了，整个下午定是奇妙的，出于阳光、凤凰花、一条蓝色的飘裙。

我诚恳地邀请她们到办公室喝点茶，她和小芳却不肯，笑嘻嘻地只顾忙于拍照，“漂亮漂亮”“真是漂亮啊”，她们强调着凤凰花的美艳。而她的蓝裙使我遐想，假如在几百年前，我可携带美女闲庭信步般在花下创造烂漫了，欣赏醉人的风景，讲风花雪月的事，讲

"叹才子飘零,美人消瘦"的诗词。遗憾的是我不是当时的某个落魄才子或薄命君王,也不具敏锐才思与雅致情愫,木讷的我只有幻想了。并且还是上班期间来"约会"呢,瞬间让我真的糊涂起来。

照片拍够了,正当我要讲一些内心修饰过的话时,她俩又做出V形的手指向我"嗨嗨",骑上摩托说走就走了,留下一路的笑声。风又吹来,花瓣纷飞,我呆呆地目送她们远去,直到蓝色的飘裙在修长的马路尽头飞驰消逝。

人走了,花下一时空荡了起来,一个人站在马路边望着蓝色飘裙消逝的方向沉思:"真是对不起人家了,是我自己不够客气或细心,把人放走了,但她们是为我而来还是为花而来的呢?"又抬头看看簇拥的凤凰花,想着如果她俩为凤凰花而来的话,还有希望看到蓝色的飘裙。因为离凤凰花的谢落还有十几个日子,我坚信她会再次光临。为着这个企盼,我每天要看一眼凤凰花和花下的走道,还守着电脑右下角那只会给我带来兴致的小 QQ 企鹅,等待再次发出有关她的消息来。

老厂的季夏

作为一个乡镇的个旧老厂有三样东西是红河州比较出名的，一是盛产锡矿；二是来自省内外的人杂居于狭小的集镇；三是马鹿塘的菌子。闻名于世的个旧锡都，老厂的锡占着半壁江山，那里还盛产铅、铜和铁等矿物，是十足的矿产之乡。来自省内外很多地方的人杂居于小小的地方，没有到过老厂的人想象不到那种景象来，有来自四川、湖南、贵州、广西等地，有来自州市外曲靖、文山、玉溪、宣威、昭通、元阳、红河等地的人拥挤在一个巴掌之地谋生，吸引他们的就是矿产。东西南北的口音混杂于此，从矿洞里出来的、麻将铺里走出来的、摆摊卖货的，大多都操外地口音，甚至连卖小菜的大妈也操着外地口音。生活像一台庞大的机器，无形中，使老厂形成一个小小的杂居文化、生活的熔炉。

五湖四海的人成就了老厂发达的交通，有直达宣威、曲靖、贵州等地的班车，直通州内很多县市的班车就更多了，每天从老厂进进出出，来来往往的面包车数不胜数。老厂马鹿塘的菌子出名，在于它独特的味道：软中带脆，脆中带香，只要是真正的马鹿塘菌子，烹调时你可以厚厚的切，切成大块大块的，然后连同蒜瓣下油锅爆炒，不像其他菌子那样须得放在微波炉中转了几分钟再炒半天才敢吃。除了脆感外还保持了菌子原始的味道，乳香味或肉味。我吃过的所有菌子中，唯老厂菌子味最美，可称得上“菌中之王”了。人人都说，只有马鹿塘的菌子才吃得出乳香味或肉味来，而它的特殊性恰好体现在这个地方，高昂的价格也在于此，你可能没听说过曾疯炒到八百元一市斤，那简直是天价。长期生活在老厂的朋友牛兵斌说，从没听说过马鹿塘的菌子弄翻过人。我有幸吃到马鹿塘的菌子，是得于在老厂工作的朋友牛兵斌和王蓉蓉夫妇的盛情，已经吃过十来次了，确实名不虚传。

除此，我想说的是老厂的气候，老厂是红河州最冷的地方，这是它 2400 余米的海拔所决定的，每年都有场或大或小的雪。年均气温在 12 至 14 度，这里没有三伏天的说法，更不会有古人说的“江南季夏天，身热汗如泉”的景况。几乎全年是凉丝丝的，我喜欢老厂这一凉丝丝的天气。老厂的初夏和仲夏我都感受过，除正午阳光直接投射到身上那一刻有点儿热之外，全是凉意。季夏怎么样呢，我这次到老厂刚好是季夏时节，红河大地大面积地遇到强雨，老厂也不例外，除了接二连三的阵雨外，早晚都有冷风和散雾扑面迎来，让人提前回到冬天里去，即使晴天也是凉意浓浓。

季夏的老厂的确冷，这和我生活的坝区城市的冬天一模一样，遇到阴雨天气，你得穿厚一些，有雾的晚上，见到路上的行人一个个缩着脖子，呼出热气，低着头赶路。如果是晴天或晴朗的夜晚，感受就大不一样了，我遇到过一个春月无边的晚上，老厂的空气干净，头顶的月亮明得通透恼人。城市看不见雪的冬天是乏味的，而老厂的冬天因一场场霜雪的到来变得明亮、舒畅，极富冬天的韵味。以稀为贵，南方人习惯把诗意和欢喜寄予一场突然降临的雪，所以像老厂冬天的雪景十分珍贵。

此行，为了体验老厂的冷天气，我也在云雾迷蒙的晚上到街上行走了一阵，看到一群穿着羽绒服的女人低声细语地从雾中走出来，看着她们的样子，老厂真好像是进入冬天了，其实只不过是普通的寒意。有时，一阵风把雾气吹散，山对面的灯火在清冷中明亮，一盏连着一盏，白天狂躁的狗群和马达声突然间消失在低沉的夜里，只有风还在山腰上呼呼地放肆，可见冬天的味道有多浓。但人们依然认真地忙生活，我在窄小的街道拐角处，看见一位穿着劳动布衣服，戴着鸭舌帽看似生活艰辛的中年男人摇着多年不见的爆米花机器。火炉在黑乎乎的机器下发出通红的火苗，主人旁边堆满了装在塑料袋里的一层层爆米花。爆米花师傅专心地摇着那个像原子弹装置的机器，看来他的生活全寄托在那个神器上，他全身心地投入，外界与他无关。等时间到，他缓慢地站起来，把黑机器从火炉上调转另一头，伸进黑麻袋里，用左手的钢管一敲，“呼”的一声，喷出无数爆米花，也喷出一团烟雾，弄得他的世界天昏地暗、魔幻神奇！这仅是老厂富有生活味的一景，而每一项带有生活味的劳动都在冷冷的天气里进行。

我行走在路上，体验冷冷的季夏，浓雾中一阵阵冷风带着小水滴打在脸上，冷到心里去，积在胡须和眉毛上的细水珠也是带着冬天的那一份尖锐与透凉，你走到哪里它们就跟随到哪里，除非你把它们立即抹掉。如果你穿的是凉皮鞋，遇到一场雨，行走在路上，冷风从脚趾直接穿到心头，让你打颤。或者谁家的屋檐上落下一滴水，刚好落在脖子上，让你知道那分明是冬天的雨水。老厂的季夏就是这样，让人提前回到冬天里去，假如遇到连绵的阴雨，秋天就不存在了，夏季还没结束，人们就直接进入了漫长的冬天，甚至迎来雪花飘扬的日子。生活在个旧的人几乎每年都要到老厂看场难得的雪，当然那时是真正的冬天了。

我是怕热的人，我喜欢老厂的气候，也喜欢老厂的蔬菜。哦，对了，在个旧，老厂的蔬菜也是出了名的，那里生长的各类蔬菜不仅样子好看，而且十分可口，以甜、嫩、脆受到人们的青睐，名声远播。所以每年冬季，人们都纷纷到老厂拉洋芋、白菜、青菜、萝卜等去过年。我们趁季夏来到老厂，一来是去看朋友牛兵斌夫妇，二来是想感受老厂清凉的天气，我还特意要求一同前往的两个朋友在老厂住上一宿，感受老厂的凉爽天气，两个朋友同意了我的建议，住了下来。我们在节能灯下，感受着冷天气的爽快漫谈，直到凌晨方才沉沉地入睡，焐着厚厚的被褥迎来第二天高高的太阳。

我喜欢老厂冷冷的天气，喜欢老厂的蔬菜和马鹿塘的菌子。以前去了三五次，总是有去不够的感觉，今后我还会到老厂感受不同季节的日子。

其实，不论初夏、仲夏还是季夏，老厂是特别的，那里有东西南北的腔调，可感受不同于坝区的天气，吃到口感特别的菌子和蔬菜。当然啦，如果你有雅兴，还可到有着百年历史的矿洞里走走，那些矿洞有说不完的故事。据说从一个坑口进去，可以走到无数洞口，很多矿洞长到没有尽头，没有熟悉矿洞的人带路会迷失方向。当你听到洞口旁轰隆隆地响彻云霄的马达，老厂工业生命的发达与兴旺，也应了当地人说的“老厂不老，越来越好”的美好祈愿。

要是想更深地了解老厂，我想走一两次是远远不够的，只有长期走访，融入当地的人与事，才能知晓那里的风物人情，才能知晓很多不为外人所知的老厂的方方面面。

离　殇

锡都冬夜，阴山头顶的月亮把清辉洒进落叶飘零的浮华街道，凌空飞舞的落叶如同往年一片接着一片带着丝丝寒意坠落，灿若繁星的灯火告诉行人，享受亲情的夜晚和元旦节已临近身边。购物或碎步行走的人们表现出平日惯有的幸福姿态，沉醉在晚饭后的惬意时光里。

可这个世界，并非每个地方或每个时辰都令人惬意，有光明就有黑暗，有人欢喜就有人悲伤。天桥下步行街拐角处的水泥墩上，刚离开了一个消瘦憔悴的残疾女人。一段时间以来，她每天拄着双拐在这座天桥下静静久坐，呆望过往行人，没有人跟她搭话，更没有人知道她刚遭遇了一场婚姻的灾难。她叫陈丽，她来到天桥下是想她的前世今生，想眼前这个灰暗陌生的世界，想她生活的苦难与人生的不平。

人间像台轰隆的庞然机器，永远不会停止匆忙前行的脚步。城市人海里，有个饱受婚姻摧残的女人或者一个蓬头垢面的乞丐冻死在路边，有她无他，都可忽略不计。幸运的人依然幸运，不幸的人却悄悄抱着自家的疼痛无处诉说，没有人听说过一个人的落难或死亡会阻碍整个社会肌体的正常运转，红尘依然名来利往。但你可从一个遭遇不幸的人身上读到人间冷暖的深意，并且她的这种苦难不知何时降临到你的身上来，也不知人生路上有多少不测风云潜伏在一个人的身边。不幸会随时产生，总会降临到某些人的身上，残疾女人陈丽的悲苦才是千万个不幸中的一个小小不幸而已，于熙攘人间。

我关注这个女人的原因是我们曾经认识，陈丽的女儿与朋友的女儿一起上学，他们两家关系甚好，所以我曾跟朋友走访过她家。那时他们一家人沉浸在幸福之中，过着正常人的平常日子，她目前这一境地我万万没想到，为她所遭遇的悲痛而产生了不可回避的同情。

眼下就是元旦节，我走进拥挤的人群选购节货，不自觉地透过头顶稀疏的树枝叶举望一道隐藏在两栋陈旧建筑物背后极其普通的我曾拜访过的窗户，那是过去陈丽幸福的家。一段时间以来，那道窗户时闭时开，若是夜晚，有时简单地射出微黄的灯光，有时显得漆黑而孤寂。今天晚上恰好没有灯光照亮，想必进城务工的人家也回远家过节去了。不知原先作为主人的他们在哪里过节，他们目前的景况又如何呢？我一时想象出陈丽一家人更多的不幸来。我想，他们再也不会与这座城市的人们在一个相同的美好层面上去迎接新年了，婚姻伤害了他们。

其实我早已听说主人陈丽一家人不住在里面了，已被一家远从四川到锡都务工的人家住进，原因是残疾的女主人陈丽和男主人张国平早已在三个月前离婚各奔南北。陈丽带着读初中的女儿到姐姐家寄宿，张国平年近八旬的老母也回遥远的滇西丽江去，只有张国平以一个失业者兼赌徒的身份游荡在乌烟瘴气的麻将铺里。他堕落的生活形式促使他带着婚姻的伤痕寻找偏离正常的生活，曾经因感情和责任凝结而成的和睦家庭突然从浮华人间散架消失，情感和骨肉成为陌路。他迷乱于眼前各个模糊的生活路口，无法走出困局。

陈张两人的关系是多年前在重庆读书时候建立起来的，他们同在一个学校一个年级一个班。毕业后陈回到锡都去，到一个国营制鞋厂上班，而张国平分到楚雄去，一对情人突然两处天涯，年轻的爱情却深得有增无减，坚守着异地恋。在相恋与思念的煎熬中，两年时光一晃而过，张为爱情辞职跑到锡都去，在朋友的帮助下到一家服装设计公司上起了班，结束了日夜相思的痛苦，在同一座城市继续巩固他们的恋爱。

时间推移，慢慢走向更现实的恋爱。两年后，他们踏上了婚礼殿堂喜结良缘，艰辛漫长的爱情路终于画上句号，漫游的爱情驶进了停泊的港湾。同时得到诸多亲朋好友们"白头偕老、早生贵子、幸福美满"等甜蜜的祝福。人生遇此，可谓满足，可谓走进幸福的花园。又过两年，他们积攒些钱，向陈丽的姐姐借了五万块，又去银行贷款，买了一套八十平方米的房子。婚姻和住房实现了，日子却过得越来越紧张。但他们创造美好生活的热望没有减弱，养育女儿，赡养老人，有节奏地上班，过着俭朴幸福的生活，这座城市又多了一个温暖的家。陈丽看着自己苦苦追求得来的家，内心处想着即使吃着馒头过日子也值得，甚至一度忘记自己是一个残疾女人，起早贪黑地干活。

有了家，他们艰苦幸福地上下班，共同经营温暖的家，张常常从下班路边的农贸市场里买菜回来，并勤快地下厨做饭，还没等陈回到家就把饭菜烧好了。陈丽也会从自己的厂里买特价的鞋来给张。上幼儿园的女儿越来越可爱，一天比一天懂事，饭前饭后都要给奶奶和爸爸妈妈朗读或表演。女儿健康快乐的成长就是一家人的期望，所以几个大人抱着美好希望看着女儿从幼儿园、小学到初中一路走来。

甜蜜的日子像一阵阵清爽的风，一晃就十余年。他们度过了“七年之痒”的婚姻危险期。但一些事实证明，世事都在变化当中，人们会明白现实婚姻与恋爱是不能划等号的，甚至有时两者是一对敌人，残酷的现实证明，没有一个人的能力可以超越岁月和现实的力量，时间会让所有的东西慢慢变化，变化得超乎人的想象。一层乌云慢慢移到陈丽家的头顶，陈丽和张国平的情感出现了不该出现的裂痕，一家人的生活越来越缺乏快乐和笑容，沉重得难以行走，上帝似乎给这家人切断了前进的方向——张国平似乎幸福过头而糊涂了起来，找不着家了。

一直以来，原本就残疾的妻子陈丽上班又操持家务，一心扑在家和工作上，全力使幼小的女儿和张国平的母亲过好日子，她几乎忘记了生活带来的疲惫和艰辛。张国平的服装设计公司比陈丽的工厂似乎要忙些，张又是公司的骨干之一，常被领导呼来唤去，不是出差就是加班，而工资没见增加几文。一种平铺直叙的生活令张国平产生了厌倦，回家也是很晚，并不时跟陈说要去陪公司的客户，开始出现不回家吃饭的日子。

事实上，张国平已经跟一伙以打麻将为业的人扯上了关系，经常跟麻友们搓麻将搓到凌晨，得过且过，越来越迷惘。生活中的诸多不如意，张国平用消极的方式去应对。时间长了，陈丽却一直忍受张国平对家的忽视，而对张以极大的宽容，始终以儿媳、妻子和母亲的身份忙里忙外。但女人持久宽容的心没有得到应有的回报，没能让张回心转意，反而让男人变本加厉。最让陈丽心灰意冷的是，有一天听到一个熟人的话，张国平在外面跟一个女人有着不寻常的来往。张跟什么样的女人往来，连他公司里的人都察觉了，就陈丽一直被蒙在鼓里。陈丽一直强忍着张对家的忽视，工资很低的她省吃俭用地操持沉重的家，自己舍不得买一件称心的衣服，除了还贷，不是给婆婆买药就是给女儿买玩具和书本。陈张两人都在公司上班，张国平每月交到家里的钱不到七百块，不是政府机关工作人员的他们享受不到房屋的优惠政策，只能勒紧裤腰带买商品房，使劲地还贷。

二十世纪九十年代中期，陈丽上班的国营公司轰然倒闭，随之而来的是她成了下岗工人，拿着不到六百元的生活补贴。张国平滑进泥沼越陷越深，把母亲、妻子和女儿忘在一边，过着沉沦的日子，不再为家庭追求什么。身心憔悴的陈丽硬撑着残疾的身子维持家的正常生活，把自己的苦楚死死压在心底，关在屋内，从不向亲戚或外人诉求。但她的亲戚和朋友早已知道张国平的所作所为，看着陈丽的不幸而感到难过，也因为陈丽的善良朴实，为数不多的亲戚朋友们依然与其保持良好的关系，不时伸出援手帮其克服生活上的种种困难。张国平跟外面的女人瞎混，已经到越来越公开的程度，彻夜不回家，失望的陈丽强忍了三年，终于忍无可忍，大闹了一场后决意提出离婚。但在分财产的事上出现了很大的纠纷，陈叫张滚出这个家，跟外面的女人鬼混去，从自家的门口消失得越快越好，女儿由自己抚养，房子归她和女儿居住。张已经闹到那般地步，早已游离于家，而自己的母亲还在陈丽身边，一直由陈丽来照顾。房子的纠纷没有解决，张国平就离家出走了一段时间，不过多久又像落汤鸡回来。折腾了一番后，陈丽伤害的已经够了，哭干眼泪的她没有力气跟张国平争闹了。

有一天，他们到法院平静地离婚了，张国平提出要陈丽拿出十万元给他，五万欠款由陈丽去还，房子就归陈丽和女儿，女儿由陈丽抚养。可是陈丽无论如何也拿不出十万块，况且她还欠姐姐五万，借条还在她姐姐手里。她一度想过，如果失去了女儿和房子就无路可走，只有结束生命。

婚姻像一个彩色迷人的肥皂泡，一旦遭遇尖锐的碰撞，所散发出来的全是些仇恨和悲苦。在这个世界上，在这个表面平静的社会里，不知每天有多少人在婚姻的殿堂门口走出走进，在爱情伊甸园的里外欢笑和哭泣，也许人们对婚姻和自己不懂的太多太多。

所有的希望都已经破碎，但为了女儿，为了活下去，无奈的陈丽答应了张国平的要求。东拼西凑，并在朋友的帮助下拿五万块给了张国平，剩余的五万分两年付清。最后，张国平面色忧郁地带着他的老母亲离开了曾经温馨的家，告别了可爱的女儿，把老人送回遥远的丽江老家去。陈丽已带着女儿到姐姐家住下，过着常人难以想象的生活，为还贷还朋友的钱，她只好把房子以每月六百块的租金租给进城务工的人家，同时艰难地供女儿念书。

不幸的事还有，读初中的女儿已经明白了父母离婚的悲剧，情绪和精神低落萎靡，终日心事重重，家里少了她往日的笑容和快乐，上学路上少了她的欢笑，只是从不向同学和老师说出她的痛苦。陈丽发现女儿的反常，这让她愈发痛苦伤心，她甚至怀疑这是不是上帝有意安排给她一个残疾人的苦难。

女儿的成绩一落千丈，一个学习成绩总在全班前列的女生，失去了欢笑，这引起了班主任老师的注意，打电话把陈丽叫到学校询问原因，当陈丽走进老师办公室那一刻，心里简直是打翻了五味瓶，家里发生的一切怎么也说不出口，只想在班主任老师面前大哭一场，但克制了自己。在老师的耐心盘问下，陈丽说出了家里的不幸，老师听后也深感心痛，陈丽还特别请班主任千万别让其他老师和学生知道，好让自己的女儿顺利毕业。

一段时间后，经过班主任的开导，陈丽的女儿有了良好的转变，每天放学回家，手脚比往常勤快，干的家务也越来越多了起来，只是话比平时少了很多，还一味劝妈妈保重身体好好过日子。也许女儿的懂事和鼓励支撑了陈丽的坚强和希望，在艰难的生活中母女俩相依为命。若没有女儿的支撑，陈丽曾想过一死百了，结束所有的痛苦和不幸。

一段时间，陈丽无法走出离婚的阴影，无度地悔恨和自我责怪。苦命女人也许从此与婚姻绝缘了，她现在能做的就是到一个偏僻的角落独自想着她的前世今生和所遭遇的一切，还有眼前这个灰暗的世界。

一天，陈丽向她的一位朋友哭诉，她一个残疾人，从没有做过什么缺德和亏心的事，老天为什么这样对待她，为何让她落到这般地步。灰暗的她不断自责，为她的遭遇感到人生的极大不公。但一个残疾的女人哪里找得到合理的答案，一切该来的就来了了，先前的家没就没了。在朋友和姐姐的用心劝导下，她清醒多了，不再责怪自己，不再在灰暗中度过日子，她目前要解决的问题是到外面找间房子租下，边养育女儿边打工挣钱。

夜深人静，陈丽莫名地害怕起难眠的夜晚，锡都街道华灯闪耀。趁女儿和姐姐家人入睡，陈丽悄悄起床，拄着拐杖从卧室走到窗前，站在玻璃边望着街道上的稀疏人影，想着明天要去哪里找工作。

坝美，正在消瘦的“世外桃源”

浮光掠影地走了一趟被旅游业炒热的坝美，想对坝美作点深入的点评几乎不太现实。山美水美倒不必去描述太多，只是那里的传统民俗文化遭受破坏而心情有些不悦。

坝美，地处文山州广南县，因远离城市和地理环境的特殊以及独特的壮族民俗文化而被旅游业死死盯住。近十几年的旅游发展进程中，坝美的确变化了不少，尤其是当地壮民族的生存意识和生活方式，假如你不亲眼所见，是难以相信旅游业的同化力量。不要以为有“世外桃源”的称号（我不知道中国有多少个被现代人这样命名的地方）就跟其他旅游景点不一样，照样得在人声鼎沸中购票进门，得在人流中努力找个可侧身拍照的地方拍照，叫卖声连连。

开始时，我们被你争我抢的船夫叫上了小木舟，在溶洞口一片嘈杂声中驶离了“码头”，划舟顺水而下。与以往见过的溶洞不同的是，没有人讲解洞里奇形怪状的钟乳石，当地人认为溶洞不是他们的特产和亮点。这个溶洞口是走进坝美的唯一通道，天生的进村口其壮观神奇的程度绝不亚于我曾经见过的许多著名溶洞，我从内心处暗暗为没有油嘴滑舌缺乏文化素养的导游而喜悦，一个劲地想:不愧是“世外桃源”。因为我有这样的体验:很多原本就神秘、奇特、富有历史文化的景点一旦被缺乏专业素养的导游“解说”后反而失去了原味,甚至被严重扭曲。

木舟驶近溶洞的出口,一线天光映着碧水蓝天从青山的树枝下洒到水面,场面奇幻,分明是欢迎远方的游客到访“世外桃源”。船夫说:“这条河从这里流进坝美,又从另一个溶洞口流出坝美。”他没有告诉我们这条河叫什么名字。虽不能说河水清澈见底,但较之于国内其他河流相比,要干净得多,不浑浊不脏臭,只是河岸和河潭边不时出现被那些有着顽固陋习的游客东扔西抛的垃圾。

山色美,是最大的特点,即使时近晚秋,险奇陡峭的崖壁上到处披着绿色的植被,以及葱绿的树林和竹林。站在马车道上环视,发现我们已经进入一个近乎于巨大的圆形火山口。一程马车后,又踏进木舟再过一个溶洞,就漂到火山口盆地了,人流如织,河边的小道上拥挤不堪,令人突感又来到一个嘈杂世界。河水缓缓,水草招摇,鸭群悠然,秋收后的稻田留下的是无数稻桩和一捆捆稻草,山脚是竹木林子和许多篱笆围住的农家作物。一派秋色从眼前铺展开去,一直漫到村庄,漫过远近山头。

四周群山环绕平坝,平均高度约六七百米,披着密密的灌木丛林,一山接一山地围住坝美,壮语的“董涅亚欧”是“美丽的坝子”之意,人们简称为“坝美”。今天坝美所属的乡镇就叫坝美镇,因坝美出名才改叫坝美镇,就像思茅地区因普洱茶的出名改成普洱市,宗甸县因香格里拉的出名而改成香格里拉市。为了宣传和吸引游客,各地都不愿放过一个美丽动人的名字,为什么这样做,当地有其自身的目的和利益追求。

我们下木舟后，和一些游客跟随另外的游客走在一条弯曲的水泥小路上，经过一些挂在路边的指示牌和景点简介牌。一个突然被外界文化改造的村落跃然于眼前，河边的田地里，到处是人影，越来越热闹。不多时，就可听到隐约飘来的高音喇叭声，那是我们常在城市里听到的广场音乐。往前走，端起相机，看到依山而居的壮民族村庄，凌乱的钢筋水泥房中偶尔夹杂一两间土瓦房，见证曾经的古老村落。人头攒动，游客中爱凑热闹的人群开始睁大他们的眼睛搜寻“世外桃源”的亮点，村子脚新建的广场似乎比整个村庄还要大，还要显眼，还要大气。广场上同样是人们常在城市里看到的各类标志性建筑，或被人为修整过的巨型树桩，一眼看过去，就是你曾经看过的某个广场或公园。给人的感觉就像骨鲠在喉，难以言说，让人无法看清这里究竟是什么地方。“世外桃源”沦为人们狂欢的广场或购物的街道，传统民俗文化一天天地被削减。这是我从长焦镜头里看到的初步景象，多么想跨过小河去亲眼看看坝美村的真实容貌，但还是被几棵茂盛的大树吸引了过去。我彻底被现场的喧嚣景象惊呆感慨：哦，坝美！人们为生意而忙碌，旅游让你失去原先的古朴与庄重。

一个忙碌的身影进入我的视线，他不停地提着一只鸭子从家门口走到村脚的小河，杀了又剖，来来回回。他是本村人，和家人开了个馆子，同时开了旅馆。不只他一家人，和他一样开馆子或旅馆的人家都在不同程度地繁忙，从早上一直忙到晚上，原因是来旅游的游客太多太多。没开馆子的人家就把从其他地方拿来的东西当作是土特产来销售，生意红红火火。

访问得知，坝美约一百二十户人家，五百多个人口，原本淳朴得能把自己的家园打理得井井有条的村民，除了适应大山的生活方式和保护自己的古老文化外，他们还坚守着自己的语言。旅游业的兴盛和外出务工的离走，形势突然转变，村里留下的本村人不多了。他们每天要面对无数游客，要面对侵蚀传统的外来文化，他们没有能力抵抗汹涌而来的旅游文化，这与国内很多少数民族的旅游景点很相似。为了适应复杂的人群，他们只好把母语放在五花八门的语言后面，说了千百年的母语，在古老的"世外"秘境里，无奈让位给外来的语言。为了适应新的生存环境，很多村民在忙着讲连他们都听不懂的普通话。

村庄已非"世外桃源"的村庄，人已非"世外桃源"的人了，不变的只有大自然留下的群山、溶洞和树木。这是一个奇境，整个坝区不足一平方公里，有河流、有农田、有树木、有村落。河水从上游的洞口流到下游的洞口，把坝子平分成两半。两头的溶洞阴森黑暗，高度十多米到二三十米，深度一公里许，承担着人流进进出出的重任。可以想象，工业和科技不发达的过去，坝美是多么的幽静，外界的人来到坝美大山外围都是十分艰难的事，更何况是来到被大山包围的与世隔绝的坝子了。也许，下面的一些故事或传说足以说明坝美的过去。

故事一：很久以前，社会黑暗动荡，战乱不停，两兄弟带着各自的媳妇，还有他们的几个仆人几经翻山越岭逃难到无人知晓的原始深山里来。发现一个与世隔绝的山谷是个好地方，从此，他们远离了战乱，扎寨耕耘，过上平静的日子。弯弯的河水静静地流过，每当他们要洗澡的时候，哥弟在上游，两个妯娌在下游，互相看不见。仆人们在菜园里劳作，哥弟俩除耕田狩猎外，还下河捕鱼。几经岁月，形成了一个男耕女织的世外桃源——坝美村。

故事二：大约在清朝统治的晚期，在山外发生了一场规模不小的战争。一个将军带领上百人退守到坝美，誓死抵抗，在山内山外进行激烈的战斗。将军带领的军队得到了坝美人民的拥护和支持，击退了山外的敌人。今天的将军庙和通信庙两座神奇的山峰就是当时战争故事留传下来的称呼。

故事三：坝美村由哥弟俩带领的七八个人发展到几十户人家，近百人口，原先只有姓李和姓黄两姓人家。后来，为了禁止近亲结婚，向外"引进"姓侬人家。但还是不可避免地发生了一次催人泪下的爱情悲剧，两个同姓的年轻男女相恋了，理智无法遏制情感，火一样的爱情催促着他们。而可怜的两个年轻人遭到双方家族的无情打击，反对他们成亲。当他们看到爱情无望后，选择极端的方式实现了夙愿——到村旁的大树上双双上吊身亡。就是今天村里那两棵"夫妻树"的来历。

故事四：（人们肯定会怀疑不足一平方公里的坝子能养活一百多户人家，而坝美人的实际生存就告诉人们这个可能的事实。）很久以前飞禽走兽的时代不去说了，再后来的年代里，坝美人到山上采药，挖竹笋，养鸡养鸭，从溶洞口运到外界进行交易，河水猛涨的时候，就翻山越岭，换取他们需要的东西。不足半平方公里的稻田可谓年年丰收，肥沃的稻田除吸收从上游河水带来的营养外，更多的是吸收了从溶洞里飞出来的燕子的粪便，每天有数以万计的燕子飞翔在坝美上空，鸟粪从空中洒落到稻田里，使谷子粒多饱满，无污染的生态谷物一年又一年地供养坝美的壮族村民。

故事五：全国解放后，政府要求坝美村民上交公粮，而坝美人没有交公粮的意识，更不知道交公粮的重要意义。最后，在各方的教育下，村民们终于交了公粮，把各家要交的谷子一袋一袋地送到村内古榕树下堆放。但那个官员不知道怎么把那些公粮运出村外，因为河水猛涨，绝壁的山路上马无法行走，一时愁坏了催公粮的人员。最后，通过各种途径，还是把粮食运出山外。

以上是我对一位叫李仲富的老人近二十分钟的访谈得知的初略故事，我相信还有更多的传奇故事他老人家没来得及告诉我。我也知道坝美村还有着很多壮族人奇特的民俗文化，包括他们的农耕文化、服饰文化、饮食文化、图腾文化、祭祀文化、草药文化、音乐舞蹈、丧葬婚俗等等。所有这些壮族文化在这个圆形的深山内流传了数百年，和这个与世隔绝的桃源相生共荣。今天的“繁荣”将使村落走向何处，那是另一回事了，希望岁月会给它一个好的结局。

路　灯

路灯是人间烟火的一种形式和延伸，无论乡村还是城市，只要是人生活的地方，路灯是不可或缺的光源和装饰。然而，路灯是黑夜里一道近乎落寞的风景，孤立而寂寥地矗立于行人必经的路旁，一生的义务就是为它身下行色匆匆的夜归人照明。一个个人影从它的身边闪过，借着路灯的光亮赶往目的地，却没一个身影把路灯的印象带回了家。一盏连着一盏的路灯直立于夜色中，发出无尽的光明，行人只管借光行走，却忽视了路灯的存在，只有那些被它的魅力吸引而来的飞虫不离不去。如果是白天，更没有人用心去关注它的存在了，就连飞虫们也不去光顾，路灯的生命价值确实只能在黑夜体现吗？

有些路灯因岁月或人为的破坏而失去了灯的真正功能，有的被那些人工绿化的向上生长的树木遮蔽，透过枝叶射出一丝丝光线来，即发出微弱的光，即使没人关注，依然是一条街或一片区域的历史记录和见证，因为它们曾经亮过或正在发亮。

一座城市和一片乡村，没有路灯是落寞而辽远的，没有路灯的城镇是荒芜的。光亮是生命的象征，没有路灯的照亮，就失去了人烟的气息，夜行的人会感到恐惧和生活的艰难。一排排的路灯或一盏孤灯在坚守自己的岗位，而没有受到人们的崇敬，它简单而朴实的身份没有受到人们的仰视与敬意。人们倾心的“灯火阑珊处”，不是路灯，是那位窈窕伊人或无法确定的幻想，“万家灯火”的美名也似乎没有它的名分。夜行的人借着路灯回家，每走一步都把一盏路灯忘记在身后。我常常为人们对路灯的薄情而感到费解，也为路灯受到的漠视打抱不平。

路灯是城市里最美的风景，是路灯点缀了城市的外貌，广告装饰了城市容貌，路灯点缀了广告的艳丽。远山夜色中那点宛如黄豆的灯火刻画出一些遥远的生命，也是遥远夜色中的生命象征。无论何地，一个走失的人可凭借那点微光作导航找到归宿，安顿身心。

当你看到路灯下的芸芸众生相，就会突然明白路灯与这个世界一些内在的从不被人所称道的关系：无家可归的人在路灯下夜宿，做着属于流浪汉的梦；坠入爱河的情侣依靠路灯讲他们深深浅浅的感情；讨生活的商贩们在路灯下做买卖；匆匆移动的身影在路灯下赶往目的地；川流不息的车流也随路灯行绕，走完它们一天要走的路程；还有那些勤奋用功的读书人在路灯下学知识、构建理想……路灯，给人带来的不仅是光照，还有和平与安宁、希望与寄托。违背公德的事件常常在没有路灯的地方滋生，夜行的人容易在没有路灯的地方迷失方向或感到惊恐，所以，路灯的生命之光让人征服了黑夜中的恐惧与不安。

路灯是诗意的，是温暖的，是朴实的，不需要谁为它歌颂。它日日夜夜站在路边，只是当黑夜来临的时候，为生命照亮走向目的地的路。任凭风吹雨打和烈日暴晒，把根深深扎进厚实的土地里，坚守着一种简单的信仰，以它自己的方式和价值存在。

迁徙路上遗落的咪的

建水县坡头乡咪的村是哈尼族迁徙线路的重要节点之一，很多迁往红河南岸的哈尼族都经过此地。更重要的是直到今天仍有哈尼同胞生存于此，而且讲着罗碧、罗们两个支系的纯正方言，这是一个历史上没有文字民族的迁徙线路的有力实证。或许厌倦于无休止的迁徙，或许出于对故土的眷恋，一部分人终于收住了迁徙的脚步，他们就是咪的的祖先，在半山腰上安家落户、生儿育女、开垦良田。这群人，被转移到红河南岸的主流人马亲切地称为“Yadussaq”（掉队的人）。

早已耳闻哈尼语叫“Pilnil milcaq”（汉人之地）的地方有个叫咪的的村子，“咪的”为哈尼语“Miavdei”（各民族平等、平坦的田地）的译音。我曾到过毗邻咪的村的哈尼族村落普玛尼察进行民俗文化考察，当时有人告诉我咪的就在附近。作为研究本民族文化的我，因去参加同事普亚强父亲的葬礼，于2017年立冬之日踏上了传说中的咪的地盘。经过十几公里的水泥路后，在羊肠般的村级泥土路上，灰黑色土瓦覆盖的咪的村显现在密密的竹林之外。我睁大眼睛瞭望村子，竹林、陡峭的山，村子周围的密林是哈尼族村落固有的外围特征，再熟悉不过，这是血液里的一种特殊印象。

车顺着窄小湿滑的路开进村子，几个留守的老人坐在屋檐下抽烟闲聊，我用哈尼语询问我同事家在哪里，他们用和我一模一样的哈尼语方言热情回答。无需过多的询问了解，已足够证明我和咪的的哈尼同胞同属一个支系同使用一种方言。眼前走过的妇女都穿着现代汉族服装，如果没有通过语言交流，一时无法确定我走进的是一个哈尼村落，至少在我走到同事家之前是这种印象。下了车，和迎接我的人打招呼，我站在村小学门口处的人群中打量陌生的村落，审视房屋的结构。一个与我母亲同样年迈的老人走过来和我搭话，她头披着当地女性老人的头巾和身着陈旧的服装，她的话语腔调和所有哈尼母亲一样可亲温和，我认真回答她的提问，告诉她我的出生地在元阳。得知我从遥远的地方来，并且能用她的方言交流，她感到十分亲切，在老人的神态和语调中流露出一种久别重逢的欣喜。老人内心产生的感动和我是一样的，我们确实分别了很长的岁月，杳无音信，天各一方。想起祖先们为了生存而分手的匆忙场景，我怎能不感动，怎能不热泪盈眶，我无法猜想老人内心还有什么更多的感想。若不是现代的信息和交通，我和老人一样只能把“元阳”和“建水”想象成两处遥远的天涯，只能在火塘边吟唱或倾听凄婉古歌中各个迁徙路上的地理名词。

咪的，整个村子挂在陡峭的山腰上，彝族和汉族与哈尼族杂居，因人口少而被哈尼族同化不少，在族际间皆用哈尼语交流。他们共同过节，共同承担人生义务，共同追求人生利益，不分民族，不分你我，共同代表咪的的形象。听说，当哈尼族祭寨神树的时候，彝族和汉族也会凑钱买祭品，包括猪鸡酒米等，但他们不会去神树边直接参与祭祀，等祭祀队伍回到村里，把猪肉如数分给每一户彝汉人家。最后，共同过节，喝酒、唱歌、跳舞、串门。更为重要的是，村里的三种民族相互通婚，变成各民族都是亲戚，我想这该是典型的民族团结示范村了。不仅社会和谐，自然生态也良好，哈尼族敬畏自然，敬畏神灵，咪的村也不例外，村子周围沟壑纵横，遍布茂密的竹林和树林，人与自然相融。遥想数百年前一群带着老弱病残和妇幼前行的队伍，他们牵着牛马，背着沉重的粮食和物件，不知更换了多少生息地，最终来到咪的。又从咪的出发赶往红河南部，几许悲壮，几许无奈，我无法想象祖先们的顽强从何而来。我也努力想象数以万计的迁徙人流怎样从咪的出发，他们是怎样惜别的，咪的的祖先们又如何下定决心留在茫茫山野里停住了迁徙的脚步。

当我走进同事家，向已逝的老人磕头，围着灵柩哭丧的妇女们使我回到故乡从前的一次丧事上去，妇女们的哭诉，刺激了我从祖先那里遗传下来的敏感神经，她们对死者的表达，或借眼前的亡灵哭诉另一个已故亲人，虽不是撕心裂肺的哭喊，却使我听得内心发软和眼睛发潮。作为一个群体，同病相怜般一起哭诉，她们通常相互感染，越哭越伤心，又使我想起一个迁徙不定、颠沛流离、命运坎坷的民族来。

此时，我脑中闪现出哈尼古歌唱述的迁徙线路：川西北——滇北——滇中（昆明）——通海——石屏——建水——红河南岸。直到共和国成立后的二十世纪五十年代还有少部分人陆续往南迁徙，这仅是几个支系的迁徙线路，其他支系的迁徙路线更为复杂，我不知道这个民族为何如此苦难，为何如此漂泊不定。散落在昆明禄劝、楚雄双柏、通海等地的哈尼人早已不会讲自己的语言，古老风俗已随尘世的风沙远逝，也许只有他们的身份证上落有“哈尼族”的民族标识了，很少人知道他们血管里流动的是哈尼族的血液。

今天，一个民族生命的逃难已然结束，可谓是积蓄民族文化力量的关键期，外界社会发展迅猛，一股无形的强势文化开始侵蚀这个民族的肌体。民族需要发展，文化需要保护和传承，传承文化的队伍倒流到城市的当下，老人和儿童驻守的村庄已经没有主动适应和应对外来文化的能力和时间，一切都在被动接受。民俗文化的衰落或演变在证明，强势文化的洪流汹涌而来，脆弱的古村落无一幸免。事实上，强势文化已经进入今天的每个哈尼族村落，只是红河北部的建水坡头、普雄一带的哈尼族受到更为强烈的冲击，主因是人口少，不集中，村落分散。也许，出于生存的演变和发展，一时难以说清好与坏、先进与落后。但可以肯定的是，如果文化彻底消失，尤其语言、风俗、服饰的消失，可以证明一个民族已经彻底消亡了，世界就失去了一个种族、一种文化、一种文明。全球不是每天都在消失传统文化吗？新生的文化又是什么？

饭后，我穿行于村里各条小路，看看每间矮房的墙壁、柴垛、猪圈、牛粪塘、晾晒的衣物；栽种在园子里的红薯、青菜和南瓜等其他作物；专心扒地的公鸡母鸡，无所事事的公狗母狗，等等，无不散发与我村庄相同的生活元素。我走到村头村尾，看森林和田地，在神灵关照下，生态完好，水土肥沃，稻田被大山隔离于村外，证明牛耕马驮的时代远未结束。我询问老人粮食的收成，经济的来源和家里的人口等等。我问的最多的是民俗方面的问题，因为与我的研究相关，我想在这里找到文化演变与传承的诸多问题和答案。

遗落的咪的，令我震惊的是她语言的坚强，在四面皆为汉语文化的处境下，他们独立于世，坚守自己的语言，人们仍用纯正的母语进行交流。仍用诸多繁杂细小的仪式向神灵和祖先对话，哈尼族标志性节日“昂玛突”依然用古老的方式在古老的村落里进行，并用古老的铓鼓舞庆祝。这种神秘的庆祝方式在今天红河南岸的哈尼族世界里已经见不到了，偶有一两个铓或鼓在葬礼上零碎地响起，无法像咪的村的铓鼓舞有磅礴的气势。坐落于深山密林之中的咪的因铓鼓舞的独特和稀有闻名于世，早已在国内外名声大噪，在省内外各个舞台上屡获大奖，2014年被国务院列入国家级非物质文化遗产名录。这恰是咪的村文化强大的有力表现，千百年不变的精心传承和保护，咪的无愧于祖先的教化，无愧于母族的教养。作为人类文明的成果，我认为咪的的铓鼓舞与俄罗斯的天鹅湖、埃及金字塔等同样可以成为世界性文化名片。

继续在房子之间行走，瓦房就陌生了，于我而言，我故乡的传统村落是蘑菇房直接跨步到石棉瓦房或钢筋水泥房。土瓦片明显是地域性建筑文化的特征，我不知道咪的的茅草房是何时退出历史舞台的。我边抚摸墙壁边在窄道上行走，有些墙体斑驳开裂，不时有腐朽的梁子伸出屋檐，有些瓦片晒裂了，一切都证明村子的苍老。我想象咪的的历史，这里是我曾经的家园，我的祖先长途跋涉经过这片天地的山山水水，母族文化像河水流经这里，一些散落于山野和岁月长河的文化珍珠再已捡拾不起，有的成为神话和传说，有的成为风沙和记忆，有些永远与这个民族的记忆无关了。

我相信新的民族元素会诞生，正如今天亡故的老人，在一定的时日就要离开村子，但每天都有婴儿诞生，这就是生命。我看到灵柩在一阵阵炮仗声中被壮实的年轻人送回祖先身边去，这种浩荡的送别方式每天都在人世间发生。老人在他生活了七十多年的村落里，得到国葬般的待遇，光彩地离开了他的田地、离开他的亲人、离开了他的牛马猪狗，走去养育过他或他从没见过的先人身边。

文化也有生命，有生命就有消亡的时刻，咪的村的演变，是时代的演变，是人类演变的折射，是自然规律的重复上演。同样的重复，同样的原理，生生息息。在如此朴素的把生死看得自然达观的村落里，老人的离去，不必悲伤，他们对生命的祝福，不仅对生，也对死。就如喝酒的兄弟说："老人走了，明天我们送他上山，我们要高兴一把，喝！"看吧，死，对他们而言不过是早晨或下午一般正常，活着的人们还得延续祖先安排的生命义务，生儿育女、日出而作，日落而息。

在酒桌边，我听说离咪的不远的山头上即将开发矿产资源，也听说离村子不远的山坳上即将穿过高速路，也有很多商人睁大眼睛来到咪的想开发温泉和林地。我相信，哈尼村落的咪的，会按照应有的发展途径改变自己，至于未来将会发生些什么重大的机遇，冥冥中自有定数。相信咪的未来会更好，祈求铓鼓舞折射的民族精神和哈尼母语从大山传向四方。

在父亲的坟前

我一直清晰地记得,2004 年正当家家户户忙于张罗过年的腊月下旬,我们家遇到人生中最悲痛的时刻,父亲因病离开了我们。就在春节之前,找祭司选个吉日,按村里古老的方式送他回到祖先身边去。2005 年的春节,我们家过得十分灰暗、冷清,每个人都少了话语。父亲的走去,全家人的生活世界少了往日的欢乐,全家的过年喜气全被他带走了,我们无时不在想他,想他生前和走后的事。那段时间,一家人的言谈举止都发生了很大的变化。

三十晚上祭完祖先后,也祭父亲在天之灵,一家人默默吃饭,母亲突然冒出一句话:“别人家过年热热闹闹,我们家却冷冷清清。”她声音有点低沉,一时把大家拉向悲伤。我和大哥同声说:“哪里是这样,别说了。”是在安慰母亲,还是掩盖不了大家心头上的悲伤。

父亲走后,我每回老家都要去看望父亲一次,磕个头,说两句话,摸摸墓碑。有时,我会带儿子前往,也是磕头,说说话。除此,没有什么方式可以表达我对父亲日夜的思念和崇敬了。

今年春节回家,在除夕夜的头一天,我对儿子一航和侄子黄才说："我们给爷爷磕头去。"侄子黄才还小，不懂磕头是什么意思，接着问我去哪里磕头，我只简单地说去爷爷在的地方磕头。母亲知道我们要去看父亲，便吩咐我们带两支香烟去给父亲，往年，她还会叫我们带些糖果、饼干等什么东西去。但我们什么都没带，我一个人去的时候也没带什么，一直都如此。这次我对母亲说："香烟不带了。"母亲没再说什么，拿着扫把勾腰走到楼上去。

我和两个小孩走上寨子边泥泞的路，经过十多分钟就走到父亲的坟前，周围是我们家的田地，大哥用些竹子一并围住父亲的坟和菜地，以防牛马踏入。一切安静，冬季的田野一片萧条，没有人和牛马，毛雨飘了很多天，刚散了雾气，才出来的太阳没来得及晒干长久的阴雨湿气，父亲坟前的水泥地也发青了，那是旁边大黄心树上落下来的水滴和冬季的湿气所致。再前方是大嫂栽的菜和几棵我小时候就看着长大的五眼果树，它们现在长高了不少，也挂着几颗秋天没有落尽的干瘪果子。我走近父亲的墓碑，轻轻抚摸，看看我熟悉的碑文，两个小孩也随我走近，低下头读出他们认识的文字。碑底还有些糖果和烧香的痕迹，可能是大哥四弟他们清明节祭献留下的。

"爸爸，我带您的两个孙子来看您了，我们给您磕头。"

我下跪，两个小孩也跟随我下跪。站起来，又摸摸石碑，看看坟头上那蓬衰草，还有旁边高大的黄心树安静地耸立在空中，人世仿佛突然变了模样。我的眼前出现了父亲消瘦的身材，头发稀疏发白，说话却字正腔圆，他那张因长期劳苦而变黄沧桑的脸看着我，仿佛在向我说话："孙子长大了多好啊！不要动不动骂小孩，你要克制坏脾气。让他们好好读书。"一时，我的内心产生隐痛，眼眶发潮。我在想，如果父亲还在村庄，他老人家看到孙子们个个长大了肯定会高兴、肯定会心满意足的；如果他听到老五兄弟调动工作的事，肯定会激动一阵的；假若他知道我已调云南民族大学工作，他会深感自豪，因为他曾经在云南民族大学的前身云南民族学院读过两年书。如果听到我们在城里买了一套房子，他内心会感到十分的踏实，所有好的消息都足让他喝上两盅酒，而这一切都不可能发生了。

这使我突然想起父亲和家庭的许许多多事情来，在我们小的时候，父亲是一个十口之家的顶梁柱，一个家庭的生存跟他分不开，甚至家里的牛马猪鸡也要受他的指挥才能正常生长，还有那些离家很远的田地和庄稼。

我们家十口人，我和老三、老四、老五、老幺妹都在不同层次的学校里念书，家境一直窘困，合作社年代遗留下来的贫困一直困扰整个家庭。村里的很多人家特别是有儿子成年的人家，日子有了好转。更多的人家不再供小孩读书，全家子都去田地里干活，维持清苦幸福的生活。我们家成另类，共有五个人在不同级别的学校里念书，这是父亲的决心，他说只有读书，今后全家才有出路，我们几弟兄的路才能走得远。没有钱，卖牛卖房子也要供我们读书，让我们走出去，母亲一直默默配合父亲的计划。劳力很少，而吃饭的嘴没少，日子过得比村里很多人家艰难。吃的、穿的、读书用的，甚至住也成了问题。最大的问题是吃饭的问题，最怕五、六月期间粮食的青黄不接，我们家的主粮（大米）只能吃到五月，六、七月是最煎熬的漫长时间，所以父亲就只好到附近的村子包括汉族村子里借米，有时候借苞谷。很多时候是借不到的，在那个年代，极大部分人家都困难，大家都紧张地过日子。八月间稍有好转，我家河谷边地里的苞谷开始熟了，一边成熟一边吃，一直等到海拔高一些的地里的苞谷成熟。我记得，家里没米下锅的时候，全家围住一大盆煮熟的苞谷，一支接着一支地啃，连菜也很少。这种日子有过几次，令我终生难忘，所以我对“贫穷”有着特殊而刻骨的认识。

家里没有财力根基，在学校的我们也只能紧张地打发日子，精力放在学习上，没有饭票的时候就只好向关系好的同学借，等从家里拿到一点父母从别人家里借来的钱的时候再还同学。记得我和三弟远离家去县一中读书的三年里，我经常跟同学借钱借饭票度日，借来后还要分一点给三弟，有时三弟借来的也会分给我。今天想起来，是那些好心的同学帮了大忙，感激不尽。记得同村的有些同学，常在周末回家拿钱，但能拿到钱的次数很少，其实每家都是困难的，只是困难的程度不一样。我和三弟就一般不回去，因为我们知道回去也拿不到钱，反给父母添加不必要的压力，所以向同学老师借用。有次我实在没办法了才回家拿钱，其实我知道家里是拿不出钱来的，想着哪个亲戚朋友家卖了猪或牛什么的，父母可去借一些，但这种想法也不太可靠。当时家家都困难，一般卖牛卖猪的人家也是要办什么特殊的大事，或将要买什么以解急用。但只要我们一回家，父母就知道回家要钱了，他们心里有数，无论怎样，还是要跑隔壁邻居或关系较好的人家去借钱，甚至跑到其他寨子，包括汉族寨子里去借，去寨外，都是父亲去跑。只要出去，父亲一般不会空手回来，别人家或多或少地借点给他，但不会多，百十块钱，因为他诚信好，会及时还。有些人家被父亲坚持供子女读书的决心打动，也不时伸出援手，把平时省吃俭用积攒下来的钱借一点给父亲。

母亲就只能在村里跑了，至今还记得母亲走在村里小路上跑上跑下的身影，勾着腰披着蓑衣，这家借不到再跑另一家，有时会跑五六家，她心里有数，哪些人家会借给她，哪些人家会有钱。村子小，村里哪家卖头猪或牛马什么的，她都知道，就会去试试，有些人家就找出很多理由，不会借给母亲。她空手回来的时候，表现出十分难过的样子，我只有暗自压紧心头难过。其实这种情况经常有，但人在困难的时候也会找出各种办法去解决困难。我记得，有几次是没带一分钱回学校的，走到乡上去找熟悉好玩的朋友借，几十块，凑够车费就回学校，回学校后再跟老师或同学借。有几次，我和三弟为了省钱，走了四个多小时的毛路后才坐上车，坐货车去县城。特别是冬天，人站在车厢上，手握顶篷的钢筋，手指变得僵硬，等到县城回学校时，人变得不成模样，满身灰尘，头发被风吹得坚硬凌乱。

想起回家跟父母要钱的事内心就隐痛，有次，我和三弟已经有近两个月没拿到一分家里带来的钱，全靠跟同学或老师借饭票过日子。所以我才决定从蒙自赶回家，当时大哥也去矿山上打工，没什么通讯，联系不上人。母亲和往常一样，东家借西家借，但还是没有借到，她很难过，父亲更是愁眉苦脸。晚上，我作了决定，跟父母说，借不到算了，我现在就去乡上。我连夜走出家门去了乡上，当时我没及时说清楚去乡政府农科站工作的同学那里借车费回学校的想法，忽略了父母的担心和焦急程度。我的同学叫刘玉权，他中专毕业就参加工作了，每月拿一百多块的工资。那晚我就在他的宿舍里跟他同睡一张床，跟他讲很多家里的困难，也讲了很多初中时的故事，也听了他成长的艰难经历。其实他家也很困难，每个月他还没领到工资，家里就催他带钱回去，所以他的日子过得很紧张。即使再困难，他还是借了三十块钱给我，他说明原因，我说够了。第二天天还没亮，我走到路上爬上一辆破旧的货车，等司机吃完早点后就出发。这时父亲在黑夜中出现在我眼前，在那灰暗的灯光下，他干瘦的身子显现出急忙赶路后的疲惫。喘着气看着我说，借到两百块钱了，并伸出手来递给我，附加了一句话："回到学校后寄一百块给你三弟。"我点头答应，心里突然绞痛般的难过，眼眶发潮起来。我不知道他去哪里借的钱，也不知道几点从家里出发，更不知道母亲和他一整夜想了多少办法才借到的钱。他肯定猜想，他的儿子肯定会在早早的时候出发，所以借着星光顺着公路走了两个小时来到镇上，我想他肯定是凌晨四点左右从家里出发。我看到他急切又宽慰的样子，我内心十分复杂，过多的话没跟他讲，只跟他说了一句话，等天亮后再回家去。最后，司机吃完早点，启动了马达，父子俩相互对望，慢慢远离，我站在震耳欲聋的货车上看着瘦弱的父亲转身起步，他那干瘦的身子走进黑暗里去。一路上，我忘记了汽车的颠簸，想着父亲，想着他对儿子的期望和压在他身上的家庭重担。他把所有的钱拿给了我，不可能买点什么吃，又空着肚子走路回家去。这使我顿悟，贫穷下发生的事件和现象，让人心痛和无奈，因为贫穷本身就令人产生卑微。这种心理体验于我而言是刻骨的，终生难忘。

这件事，当然包括无数类似的事，更加促使我和兄弟下坚定决心读好书。我不断鼓励更小的五弟和老幺妹努力学习，一定要改变家里贫困局面。要扔掉贫穷，我们家没有什么退路，只相信读书能改变命运，那也是父亲一直以来的教导。后来我们一直朝这条道路走下去，去实现父亲和一家人的愿望。

父母亲的长期坚持，还有大哥大嫂的默默支持，我们几个兄弟姊妹最终一个接一个地读出来了，找到了各自的工作，有了各自的事业后，家里境况得以逐渐好转。在二十世纪九十年代末，当家里境况有所改观的时候，我感觉父亲又突然衰老了起来，这个“突然衰老”其实是我们在忙于拼打生活时慢慢发生的。这时我结婚五年，和妻子已在城里工作，正夯实自己刚搭建的家，把主要精力放在刚出生的儿子和繁重的工作上。这个过程，家里不时传来父亲生小病的消息，我曾带他去县人民医院和个旧市人民医院检查过，但没检查出什么大病。只说头昏和全身无力，有时肚子疼，我也带他去做胃镜、透视、B超等该检查的全做了，就是没检查出什么大病。在家里，大哥就经常叫乡村医生给父亲输液。2002年5月，父亲来县城找我，当时我在元阳一中教书，跟我们住了两三天，那时儿子才出生三个月，妻子带儿子去元阳一中居住一段时间。父亲看到了自己的孙子，但孙子才三个月，不会和爷爷说话和玩耍，只是爷爷不断和孙子讲话，又抱又哄的，老人家心里特别高兴。最后父亲回家时，跟孙子说了一句话：“孙子，好好呢，爷爷以后再来看你。”其他的没讲什么，我就送他到车站去了。没想到，这句话成了爷孙之间的最后一次讲话。我也忽视了很多，应该多带几次儿子回老家给父母看看，他们很挂念自己的孙子，他们不时叮嘱我不要大声骂小孩。

2004年腊月，父亲重病恶化，头一年我已调往个旧市工作。我回去看望父亲，病得瘦如干柴，脚又肿了一些，整天说脚酸疼，要我们给他的脚按摩。那段时间，我们几个兄弟和亲戚们轮换着给父亲按脚，不分昼夜，我们发现他的脚凉了，缺少血色和热度，妹子管不住哭了起来。那几天家里按哈尼族的习俗给他办了“吃饭”的仪式，叫来了很多远近亲戚朋友，杀了一头猪和几只鸡。记得搞仪式那天下午，大哥从火塘边的床铺上把穿着寿衣的父亲背出来，给他和几位村里年长的老人坐在一条板凳上。莫批主持仪式，要我们向他磕头。当时他老人家实在是无力，衰弱得快撑不住了，为了保住局面，我没有哭出来，哭在内心，哭在生命里。

礼貌的晚辈们夹些猪肝鸡肝给父亲吃，可他老人家没半点食欲，只是摇头。简单的仪式做完后，大哥又把他背回屋里。晚上，我跟大哥大嫂商量还是把父亲接出去大医院治疗，但被他们拦住，说不必要了，不要让父亲折腾了。特别是在场的老人们也说了同样的话，因为大家都知道父亲的大限已临近，只好继续让村医给他输液，让父亲在家安静。因为学校课时很多，我得回城几天安排工作。回城那天，给父亲按了一阵脚腿，离别时我跟父亲说，我先回去几天安排工作上的事再回来。当时我的英语课时很多，只要我离校，几个班的学生需要其他老师去代课。所以我得赶回去，等上了几天课后再回家陪父亲。

正打算回家看父亲时，三弟电话传来噩耗——父亲不在了。我顿时沉默，沉默，想着父亲。那是 2004 年腊月 28 日下午。我打电话给大哥，我第二天早早赶回去，看看能不能等我一下，大哥说，不能等了，入殓的时间不能拖不能改。大哥他们是严格按哈尼族传统习俗办理丧事，我无法说服他们。第二天等我赶到家时，憔悴的母亲坐在院子里，一见我就大声哭起来，一边哭一边跟我走进屋里。我进家时，父亲已经躺进他那小小的黑色棺木里，我已经见不到他了，我手摸着散发着漆味的棺木，脑子一片空白，我没有哭，只是向他老人家说：“爸，我回来了，给您磕头。”

父亲的离去才知道，亲人之间的离别原来是这么回事，在你猝不及防之时，仿佛在某个小路的尽头或转弯处突然消失。当你想见他时，他却永远不会出现在你的视野中，任凭你怎么呼喊、想念或悲伤。你还会想到生命，生命怎么会来到世间？又会怎么离开世间？原来人类的生命像一条河，无数的水花就是生命，跳荡后随即消失。更难想象的是，上帝怎会在人的大脑里安插了亲人死亡后会过度思念或悲伤的元件。

“爸爸，走了，快回家了。”儿子的叫声把我从对父亲的回忆中拉了回来。我再次跪下给父亲磕头，然后带着孩子离开了父亲那孤清的坟茔。

我对父亲的怀念不能用语言来表达，只有无尽的思念。父亲的不在，给我留下了很多遗憾，是一生的遗憾，这种遗憾变成老人家以不同的神态和身影在我漫长的日子里频频出现。

过　年

很多时候，人的行为和生活模式，为的是传承传统，保持习惯，譬如过年。这些年来，我越来不越不习惯过什么节日，压根就没有童年时代那份对节日的期盼，没有了那种过节的心情，没有了那种幸福。但得过，你要参与进亲人们过节的环节中去，甚至每个礼节都不能少。若在城里过年，似乎可以少了很多人际往来的礼节，心里就轻松不少。

今年过年，我们一家三口打破惯例推迟回老家，留在蒙自城里围在岳父岳母身边。好多年没在城里过年了，第一次感受到城市如此容易空荡。从腊月二十五六两天开始，城里的人和车蒸发了不少，马路突然空荡起来，长期被人流车流包围的我有些不习惯。马路最空荡的是大年夜，回乡的人流走了，留在城里的忙于在家与家人吃喝。从我住的小区到岳父家大约有五公里路，我们一家三口从大年夜到初三都往返于两点一线，在此过程中，见到了一座城市马路的空荡和孤独。

初一中午，各条马路又突然沸腾起来，城里人喜欢开自家车到附近的景点游玩，或到城郊的村子附近看戏，到处走访，实则是人与人之间相互看热闹。而农民们喜欢到城里的公园、广场等地表演各种民间歌舞，享受一年最欢乐的时刻。所以，每个景点路边都摆满了车子，反而增添了出行的难度。初一最显隆重，大年夜12时一过，守了半夜的人们无法控制耐性，家家户户门前响起了炮仗声，听到一阵比一阵震耳的炮仗声，人就无法入睡。这倒让我想起很多童年过年的情景，一时把我拖回到四十年前的春节里去。

我小时候过年是欢乐的，不管家里怎么穷，年照样过得有滋有味。哈尼族家过年跟汉族家是大不一样的，虽然我们那一带哈尼族受汉族土司文化的影响与汉族同样过着春节，比如汉族家大年夜门前要立两棵甘蔗，整夜烧大炷香，大年夜要煮糖粑粑，烧纸、献饭、献酒、献菜来祭老祖宗。哈尼族家的大年夜不做这些，只是从腊月二十七八开始，生活景况略好的人家都要杀猪，就是杀过年猪。杀猪是一件热闹的事，凡是村里村外近亲的人家都请到自家来吃杀猪饭，所以得在早上八九点钟就要挨家挨户地去通知。报告这件喜事一般由小孩去完成，没有小孩的大人亲自去通知，通常说：今天要杀猪了，一家子都来噶；今天烧小猪吃了（“烧小猪”是谦虚话，哈尼族喜欢用谦虚话表达），一家子都要来噶；要按翻那头猪了，一家子都要来噶。受邀请的生活困难人家，或没有杀猪的人家，经常会被多家邀请，上策的办法是兵分几路，尽量不得罪人。我小时候经常遇到这种情况，父亲带三弟或四弟去一家，母亲带小妹去一家，大哥去一家，我去一家。这时，因困难产生的自卑让我好不自在，因为内心总是想着只有自家没能力杀猪，每年被别人家邀请去吃杀猪饭。虽然深感没面子，也只能走进亲戚家吃杀猪饭了，村里是熟人社会，你无法饿着肚子躲藏。

时代的曙光照到哈尼山乡，改革开放了，包产到户的政策逐渐开放、落实，农民们开始全身心地投入到生产劳动中去。村里一百多户，杀猪的人家一年比年多起来，而我们家一直是被亲戚家邀请的对象，我随着年龄的增加，自尊心越来越强，暗想我们家为什么那么穷，为什么杀不起一头猪。那个时候，不仅是杀猪的人家越来越多，能穿上新衣服的伙伴也越来越多了，而我一年四季都穿两套破旧的衣服。平时一起放牛的、一起打鸟的、一起捉泥鳅黄鳝的伙伴们随春节的临近，个个穿上父母买给的新衣服，变成新模样。人家衣包里装着几块钱去赶街，只有我家哥弟几个一直身无分文，甚至是不敢出门，有时好不容易卖了头猪，也得及时还债，赔西家赔东家，剩下的留着做我们的读书费。

合作社时代遗留的生存问题如影随形地跟着我们家，人多收入少，嘴多劳力缺口粮少，哥弟姐妹一共七个，姐姐出嫁了，大哥还没读完初中就因生计问题跑回家挣工分，我和三弟、四弟、五弟都在不同的学校读书，家里稳定的劳动力就是父母、大哥和二妹。家景一直暗淡，粮食问题始终是困扰我们家的天大问题，缺粮的时间漫长到三个月，就是五月到七月。三个月中只能靠父亲去东借西借，借米的、借苞谷的，父亲东奔西跑，我们附近的村子里亲戚或要好的人家都跑遍了，有时父亲背着半袋米或苞谷回来。然后一家子围着那点粮食过几天日子，一直到七月底苞谷熟了才结束借粮食的日子。在村里，父亲是懂文化的人，他也有自尊心，但生存问题才是天大的事。父亲说：无论如何都要让你们读书，再苦再累都要让你们读书。并且要求我们好好读，读出个名堂出来，将来找个铁饭碗就不会困难了。今天想起来，真是应了“挺住就是一切”的话，随着我和三弟、五弟陆续工作，穷了十多年后的家总算摘掉贫穷的帽子，父亲的宏伟目标终于得以实现。慢慢的，我们家的生活景象受到全村人，甚至是附近村子的关注和羡慕。

在我的记忆中，我们家连续十三年只杀过两头猪，也就是说，在十三年里，我们家只请过亲戚朋友们来家里吃两顿杀猪饭。其余的猪，通通卖掉，换成生活所需和我们的读书钱，父母亲和大哥为我们打下成长求学的物质和精神基础，是他们带着泥巴的双手把我们一个个送进吃“皇粮”的队伍里。

过春节的另一大喜与忧是能吃肉而买不起炮仗，在我六七岁、八九岁、十一二岁的时候，最大的梦想就是过年能买上一封炮仗，特别是那种叫“电光炮”的用红薄纸包的炮仗，记忆中好像有一百颗，那个东西有力，声音响亮。如果衣包里能装上一封“电光炮”，不时能在伙伴的面前点放一颗，那是多么自豪的事。但我几乎没有单独拥有过一封“电光炮”，都是我们哥弟几个共同分，一个人分得二十几个，有时候会少一些。只有大年夜12时以后，去村里水井处取圣水时或在清晨自家祭献祖先时燃放的那一封，那一封是不能少的，大哥总会想办法准备好，他知道家里再穷，也必须要在祭祖先时放一封。

再说杀猪的事，哈尼族家杀猪那天要祭献祖先，要请亲戚，要用木甑子烝糯米饭，在正式的晚宴之前，要煮猪肝和猪脖子肉，再加上几块连肥带瘦的大肉。猪肝和脖子肉是用来祭祖先的，当然，祭完后所有前来参加的老少可以分享。有老人的人家，常由老人来主持祭祀，要把煮熟的猪肝和脖子肉切成片，放入碗里，和一碗茶水、一碗糯米饭和两双筷子放在托板上，向火坑的右上方祖先的位置祭献。先是主持祭祀的长者磕头，接着是包括前来吃饭的亲戚在内的所有人一个接一个磕头。这时，有一个人专门分猪肝猪肉，另一个分糯米饭，每个人都要双手接过肉和糯米饭，有经验的大人经常教孩子们怎么吃肉和糯米饭，先用厚厚的肉片擦糯米饭，把糯米饭擦得油亮亮的。大人说，这样才香，才像过年，然后装出十分幸福的样子吃起肉和糯米饭来。猪肝少，大部分肝要留在大年初一祭祀时用的，每人一小片，所以来晚的人就分不到肝，那是一种小小的遗憾，因为肝要比肉的味道特别得多。

吃完杀猪饭后，亲戚朋友们散了，一家人等待“三十夜晚”（大年夜）的到来，要等上三四天，一到大年夜，我和兄弟们就难以入睡。午夜12时一过，有些人家就奔向水井背圣水了，还要烧香放炮仗，稍富的人家在水井处燃放，我们家没有炮仗在水井处放。但听别人家放也是一种兴奋，产生浓烈的过年感。水井处的炮仗声一结束，不过多时，母亲就叫醒睡在耳房子里的我们吃汤圆了。这已经是大年初一了，吃完汤圆后，父亲或大哥要祭祖先，听了一夜炮仗声的我们难以起床，而大哥催我们回老屋磕头。按古老的传统规矩，不磕头不能吃汤圆和肉，特别是香气袭人的猪肝。那时候过年，小孩子们一般是围绕杀猪、穿新衣服和放炮仗三件事，不再有别的奢望。如果说有特殊的盼望，那就是衣包里装上几块钱去赶街，在街子上吃上几块烧豆腐或买几颗玻璃珠什么的。有时会买年画，画上有伟大领袖的像，或是元帅英雄等，并且在赶街回来的路上，一遇见熟人就打开年画自我炫耀一番。

大年初二、初三，如遇天气晴好，要连续跟伙伴们去玩上两天，去山坡上翻酸汤杆，或去偷人家的青菜尖、萝卜什么的吃，在泥地里放几个炮仗，调皮的往牛粪堆插，点火后来不及躲避，挨一身牛粪，大伙就笑个仰面朝天。节日的时间过得快，初四，年味就慢慢淡了，炮仗声也只是偶尔响起，小朋友们身上的新衣服也不见了，认真等待学校收假；去田地里劳动的大人越来越多，村里的生活回到过年前的状态，过年正式结束。

时光飞逝，新时代的过年方式已不再是过去那个令人期待的节日了。人的过去不能重复，无论艰难或幸福的，都通通过去了，交给人的是在变老的路上无限的回忆。

牵牛花

人的生活空白很多，所以东奔西跑，在繁忙中总想抓住一些能充实生活的东西去填补。很多人除了忙碌还是忙碌，总在说太忙太累，导致忘了忙的目的是什么。而我消除繁忙的方式比较简单，回家后关注一阵自己栽种的植物，无论有花没花，都会倾注一片爱心去关注植物们的成长，了解它们的习性。每一种植物都有各自的生命特征，它们求生求长的欲望和人一样强烈，比如牵牛花，它的生长方式是奇特的，它靠生命的活力，无时不展现自己的存在。在我所见到的花中，牵牛花是最爱表现自己的存在了，哪怕接近冬天，也要露出最瘦的那点点花瓣来，且赶在太阳出来之前打开，一朵、两朵、三朵……

在小时候成长的环境里，很少看得到牵牛花，故我没有牵牛花情结，虽然很是喜欢。来到外地才见得很多，过去生活的那座城市郊区的山坡上，一到春天，到处可见一丛丛生长的不同颜色的牵牛花，叶子繁茂，细细的藤子胡乱地缠绕其他植物的枝叶，把自己最美的花朵星星点点地撒布郊野里。特别是春天，在那些刚被野火烧过的荒草地上，黑黑的土质里伸出来的强劲的牵牛花藤茎，聚众迎接春天的气象。刚开始时，随地面匍匐蔓延，然后找一棵树或一棵它可以依靠的高壮的植物，往天空方向爬，直到一定的高度就停止爬升。这时候，选择开花的最佳姿势，努力地开花，喇叭形的花口一致朝外，有的天使一般凌空舞蹈了，开了又谢，谢了又开，从春天一直演到秋冬。

我时常被牵牛花的生长和开花的独特方式所吸引，关注它的形与色，它是一种很灵动的植物，出于单纯的好奇，几乎天天关注它的一举一动，时间长了就不知不觉地喜欢上这种有点儿任性的植物。索性找个时间走去山坡上拔了一二株回来，栽在房顶和露台的花坛里，慢慢观察。趁没长高，拿来两根长长的竹竿插进土里，让它们往高处爬。毕竟习惯在野外生长，不失一点点野性，一时半会就展现出旺盛的生命力。长的速度超过人的想象，不过一两周，伸出喜欢缠绕其他植物的藤子来了，叶子一天一天地多起来，看样子是准备大面积地开一次花。我被它们的长势感动，特意请来了安防盗笼的师傅，在露台上空三米高处架起不锈钢花架。

约近两个月，粉红色的花朵终于开出来了，再过几日工夫，就可以用“怒放”来形容每一朵花的姿势。茂盛的牵牛花，叶子也特多，比花还多得多，老的叶子还没掉落，新叶子就聚众登场，所以经常把变黄的叶子挤到背后隐藏的角落，不知道黄叶什么时候落地。长期关注牵牛花生长的情况后，掌握了一些它的习性，它不太喜欢阴凉潮湿的地方，喜阳，喜干燥，十几天不浇水也不见枯萎。通过观察，花朵通常在早上天亮后就及时开放了，纷纷展露笑脸，有时花瓣上带着一些晶莹的露水。太阳还没落山就开始收缩花瓣口，到晚间，花口闭得最紧，各个花瓣都紧缩朝内。

我见过的牵牛花有几种花色，有紫、红、白，有深红和粉红，但生长和开花的方式大多相仿。有天去郊外踏青，在路边发现一丛紫色的牵牛花任意地爬在杂草上开放，吸引了我，过去没见过如此艳丽的品种。驻足一番左欣右赏后，动手拔了一株刚冒芽的苗，连土轻轻用纸包起来，放进背包里带回家，栽在房顶的花坛里，让其爬绕栽了几年的老清香树桩上。刚栽进土里时，一副低头萎谢的样子，才到第二天早上就伸直了腰，叶子和茎都全面恢复。不过多日，毛茸茸的藤子朝人所期望的地方延伸了，还展示出想爬到其他植物身上的势头来。不出两个月，紫色的鲜花挂满了整棵清香树，奇迹般的艳丽。这回我十分满意了，内心产生一种莫名的炫耀感，毕竟是自己亲手栽培的。

牵牛花不仅容易开花，还善于结果实，细细的果实轻飘飘地结在干瘦而胡乱缠绕的茎枝上，等待着风来把它们带进泥土。当然，那是秋天的景象了。不，还有一些花正开着呢，这一类花可以一直开到冬天，但接近冬天的花朵数量就少得多，少得只能用“零星”来描述了。这种植物真是奇怪，一边凋谢，一边结果实，一边开花，生命力不可谓不强盛。

自从栽了牵牛花后，房前屋后有土的地方都可能出现牵牛花生长的景象，不知何时生长出来。你会发现，几乎只有针头可插的石板缝里，也会长出牵牛花的嫩芽来，有时直接就出现一些不算起眼的花朵，细细一看才知道是牵牛花在表达它生命的存在。我一直不知道它什么时候吃水，后来进一步观察，发现它会珍惜每次下雨的机会吸收水分，也会珍惜人倒水的机会，只要吸收一点点水分，它就可以满意地生长，热烈地开花。现在，门边的窗口也被牵牛花爬满了，密不透风，整栋房子都被牵牛花所装扮，过路人都要扭头欣赏。此装扮并非像爬山虎那样只有叶子覆盖墙面，体现的只是一种平面感，牵牛花呈现的是立体，花、叶子都如此。秋天的花籽越来越多，会被风带到任何角落，不要我去栽种了，相反需要我去细细打理，拔除凌乱的藤蔓，这自然成了我一项不算轻松的苦力，甚至一度出现审美疲劳的感觉，所以一时找不出当初带着好奇心栽培的那份美好心情。也许，人心都是这样，什么东西多了就不值价，别说花，更珍贵的东西也是如此。但我还是相信，对于过路人会是别样的感觉，对于看见我所栽的牵牛花的人们而言，绝对是一种特别的拥有，那么他们还不羡慕我吗？至少对我的倾心付出会作些肯定和默认吧？

栽了牵牛花，也赏了不少时日的花朵，我懂得了牵牛花的生长习性，知道了它们爱好什么样的环境，这不得不说是我栽种牵牛花的最大收获。经过一两年后，又有一些新发现，秋天的草大都黄了，或沉沉睡去。我后门的桃树下，冒出几株牵牛花来，像被什么灵感所诱发，弯弯曲曲地生长，尖尖细细的。但较之于夏天，生长的速度慢多了，我担心它们即使长大了也不会开花，所以连晚上也要情不自禁地偷看一眼，看看它们入睡的模样。早上天一亮，它们接二连三地苏醒过来，尤其一经太阳照射，突然活泼起来，直教我为它们的生机赞叹。看着三五天不下雨，我就拉起水管，接住水龙头，给它们洒些必要的水。自来水远不如雨水那样能给牵牛花的叶子发绿，所以下雨是最好的，如果经常下雨，就没必要给牵牛花施肥，雨水中自有它们需要的养分。在桃树下生长将近有一个月了，还没有爬树的迹象，也没有往其他地方爬行的动向，也许是低气温不足以提供它们往上爬的力量吧。我不幻想它们能为我带来多少花朵，任由它们慢慢生长，至少在我门前出现了一种坚强的生命，而且这种生命是蕴涵着生机勃勃的未来，令人充满希望。

想想刚过的夏天，两三朵牵牛花吊在桃树枝上摇摆，人在花下小坐，躲躲太阳，消除杂乱的心绪，特别是小区最安静的下午，斜靠摇椅，眼睛半睁半闭，看看喇叭形的花朵，似乎会从里面传出一些悦耳的音乐来。假若兴致忽来，泡上一杯淡茶，做点怀旧的工作是蛮不错的，可以想起遥远的时光，可以回忆童年，可以消除乡愁，可以回味昨天读过的那篇美文。在属于自己的空间内，欣赏任何东西，都需要慢心情，慢时光，生活的味道才越嚼越有味，此时，整个时光只属于你了。

自从牵牛花以一种生命的形式进入我的世界、进入我的生活，我得到一些新感悟，人在工作之余还应该做些与自然相关的事，哪怕普通得细小。打理花草和干其他活计是不一样的，是一件富有情调的劳动，十分的高雅。看着牵牛花旺盛的生命表象，可以联想到其他植物的生长方式，各具特点，它们照样能给人以兴致和乐趣。植物的生命特征很明显，和动物一样，只是方式不同而已。可以想象，如果一户人家的窗口处爬出三两枝下垂的牵牛花来，花朵在半空中打开，这家人的生活该说是多彩有趣的，至少给人以某种新的气象。我培养牵牛花的用意也在于此，想让我的居家环境生动起来，同时凭借牵牛花的精彩打发不时来打扰我的寂寥。

还想说的是，牵牛花的生命给我的启发：生活需要向上的活力和热望，我没有不热爱它们的理由。

人间苦命

二十世纪七十年代，正是我从童年成长到少年的灰暗时期，在我那普通得只隔着一座山的另一些村庄的人都不知道的一个村子里，黑白式的年代呈现出黑白式的乡村社会形态，以及黑白式的普通人物。回想那个使人喘不过气的时代，我怎么会出生在一个贫穷愚昧的环境里？我暗自想过无数次，最后明白所有的人都和我一样，一个人的出生地，由不得他去选择，就如一个人选择不了他的父母，那么，他出生后成长到会用简单的眼光看他周围一切正常或不正常的诸多事件也就成了不可逃避的现实。包括发生在自己身上或别人身上的一切不幸，都是他成长空间里必然要发生的现象。我那灰暗的长成时期是我无法选择的，还有我贫苦的乡亲们和落后愚昧的村庄。

想起童年的光景，感觉人的生命有时真够强大，在贫苦的年代里，村里的人吃不好穿不暖，大多数人却顽强地活了下来。人们除了冬季农耕劳动少一些外，几乎一年到头都在忙，换来的却是微薄的收成。人们始终处于不会考虑为了多大的成果而忙碌的麻木地步，本能地沿袭祖先们留下的生存方式——为一口饭而挖地，爬坡下山。至于山外是什么人间景象，村里的人们是不可能知道的。这样，在干瘦的土地上，在那隐秘的深山里，为了一口饭艰难地度过一生。穷，变成了所有人身上的共同标志，既然所有人身上的标志都相同，那一切都变得正常了，没有一个人会思考去力图改变现状，突破一贯的生活方式。一个群体被不幸的命运笼罩，其中个体之间的每个人都看似幸运，因为眼光和思想都在固定的圈内打转。传统的方式，禁锢着人的思维，十分可怕，可怕在人们都不会也没有能力去甩掉它，集体遭受贫穷和愚昧的折磨。人们吞着坚硬的苞谷饭，啃着噎喉咙的芭蕉芋和白薯饭，穿着破烂的衣服，赤着脚走过春夏秋冬，同样面对生老病死。贫穷和落后，再加上一丝愚昧，我想是二十世纪七十年代很多中国乡村的真实写照，在乡村文明未被开发，人们活在没自信的年代，我的村庄是不可能例外的。无论怎样出力，很多人还是没法给自己的生命带来一些色彩、光辉和尊严。

甚至有时候，为了消除不明因素对生命造成的困扰和困顿蛰伏的群体命运，驱神弄鬼的现象频频发生，在缺少文明和医疗意识的村落，祖传的一些陋习自然成了真理和科学，很多活生生的性命就在贫穷或愚昧中消亡。我的村庄，有几户人家被不明疾病袭击，一年死一个，甚至两个，最后全部死光。这种悲剧在我的村庄是无法阻止的，任凭它无情上演，不过几年就被人们遗忘，似乎没有发生过什么。对于活着的人而言，面对眼前的生存才是最重要的根本。我们家也有过不幸，听父亲讲，奶奶患有眼疾，临走之前的几年都在痛苦中度过，爷爷不务正业，整天扛着一杆枪在外游荡。最让母亲伤心的是我一个叫 Zeqsol 的姐姐不满十岁就夭折了，成为母亲多少年后的一块心病，每次提到死去的姐姐时，母亲都伤心难过，声音沙哑。对我和兄弟姐妹来说，纯粹是一个跟我们无关的传说，因为我们从来没有见过爷爷奶奶和那个夭折的姐姐，他们长什么模样，我们只能作些猜想。

我家以前的不幸毕竟成了过去，较之于我所见到的两家人的惨境，似乎不算什么伤痛，那些人的不幸成为一个阴影始终在刺激我。都隆家离我家只隔两户人家，他们家发生的事情我很清楚，只是当时没能力去判断与此相关的更深事理。以前，都隆和我一样，也有一个完整的家庭，有爷爷、有父母、有兄弟姐妹，虽然家境贫寒，还是和其他伙伴一样在完整的家庭里生活。都隆有一个姐姐，两个兄弟，他们都没有长大成人，需要父母抚养。有一年不幸的事降临在他家，都隆的父亲不知得了什么怪病突然死了，临死前吐了一大堆血。家庭的顶梁柱突然不在了，一个贫苦人家哪受得了如此重的打击。最后都隆家用寒酸的方式，通过村里人的劳力把他的父亲送到了山上。一个上有年纪古稀的公公，下有四个未成年子女的家庭重担落在都隆那单薄的母亲身上，整个家庭突然变得十分脆弱。

第二年，雪上加霜的事又发生，没有生产能力的一群老少失去了单薄的生存力量——都隆的母亲改嫁了，远嫁到另一个村子去，撇下无助的老少。在没有交通公路的年代，都隆母亲嫁去的地方显得很遥远，幼小的我们，仅仅听说有那么一个地方。母亲的改嫁，说走就走了，从此杳无音信。爷孙五人彻底失去了生存的依靠，好在危难之际，都隆家的亲戚们伸出了援手，把他们接走去寄身。都隆的爷爷去姑妈家，姐姐去堂哥家，都隆和二弟到舅舅家，最小的三弟到遥远的金平县一个村子的亲戚家里。这样，遭遇苦难的一家人四分五散，等着他们的依然是贫穷和家庭分离后的痛苦日子。为了生存，不幸的人们选择了唯一的生活路径，那种方式像一道数学难题无法逐步分解，我那时确实不知道人间社会的很多深层内涵。

都隆家的不幸，我经常听到村里人议论，再加上家里父母们的说教，我知道了没有父母的孩子是何等的可怜。我还知道，他们在亲戚家劳苦的景况，时常看见他们在下雨天割牛草和干其他重活，内心处一直同情他们。有年不知过什么节，村子脚的场地上，村里的老人们在那里晒太阳，都隆的爷爷就在其中。那天，都隆的三弟阔别家人六年后远从金平县回来，已经长成懂事的十几岁伙子了，而爷爷已是古稀老人，在村子脚的场地上遇到了他的爷爷，爷孙俩相互寒暄几句后，抱在一起大哭起来，越哭越伤心，周围的老人没一个不为此而感到流泪。爷孙俩为久别重逢而哭，为家庭的苦难而哭，为人生的不幸而哭。这件事，我是后来才听说的，但引起我内心一阵阵的隐痛。

村里不幸的家庭不只都隆一家，最令我难忘的是另一个人的不幸，一个叫简苗的年轻男人，记得我认识他的时候，他才二十几岁。简苗一生单身，独自居住在一间大房子里，而且他住的房子在村子里是比较好的，有耳房，有宽大的院子。听大人们说，他的祖上曾是富农之类的人家，父母早已死去，他没有兄弟姐妹，只有一些旁系亲戚。简苗的不幸从他的病开始，他有个不治之症，他会抽风（癫痫病），当时我们包括大人们都不知道那叫癫痫病。在我的印象中，简苗的病在任何地方任何时候都会发作。发病时，他发出

“嗷嗷”的惨叫声，四肢伸直，口吐白沫，全身发抖。发病时，他的惨状直接赶走了他身边的所有人，尤其是小孩子们不敢靠近他，大家像看一个怪物一样远远地观看他畸形的发病，一直等到他醒后慢慢坐起来。每一次发病后，他都大伤元气，疲惫不堪，面色忧郁。按医学的角度讲，癫痫病人发病时，用衣物或手巾等什么东西塞住他的嘴，以防牙齿咬伤舌头或嘴唇。但我村子里的人都缺乏基本的医学常识，只好在恐惧中无奈地袖手旁观。简苗的病使他成为家乡一带的“名人”，无人不知，当时生产队里，给他分一块旱地，和村民同样通过苦力挣工分吃饭，多少年来，他一个人一直孤单地在那块地上挥锄。生产队考虑到他发病时会落进水里淹死，所以没让他干水田的活计，算是那个时代富有人性的分工了。

因为有病，简苗的脸又肿又黑，手有点抖，走路缓慢。我多次看到他发病的惨状，看到他发病我就胆战心惊，也和其他伙伴躲得远远的。有次，他和村里的一些老人在我家对面的路边坐着听旁人讲故事，突然间他的病发作，直接掉进三米以下的一潭水里。记得当时有个大人跑去把他拖出水，让他躺在水潭边，同样是口吐白沫，发抖和惨叫。有次发病更是乌龙，据说当时他蹲在村子脚的一棵大树下解大便，被一个顽童看到，那个顽童随手捡起一根小树枝丢向他。恰在那时，他的病刚好发作，仰头翻了过去，那个顽童以为是被他砸翻的，吓得急忙跑到小伙伴们中间哭起来，引起小伙伴们去围观简苗的惨状。从此后，村里的孩子们中流传着简苗曾被某某用树枝砸翻过的流言，成为一段笑话。

另一年，一个月夜，我和几个小伙伴跟简苗一起坐在四方的谷船里讲故事，听着简苗背他小时候读书时背过的课文，听得十分入神。他抑扬忧伤地背诵，像在唱歌，每个字都拖得很长，我至今还记得他当时背课文时的神态和音调。而在我们听得最入神的时候，他突然抽起风来，发出"嗷嗷"的叫声，僵硬的四肢伸展开来，吓得我们一时难以逃离谷船。村里还有一种传说，在简苗发病时，路过的人在有风的情况下不能乱跑，风中乱跑就会染上他的怪病。所以，每当简苗发病时，知事的大人们就站立不动，不懂事的孩子们就跑到很远的地方观看，好像《动物世界》里非洲丛林中那些被毒蛇吓跑的猴群。没有人去帮他做什么，只是麻木地观看。

直到今天，我见到的癫痫病发作，只在简苗一人身上，简苗和他的病给家乡人们的心中留下了特殊的印记。

简苗是孤独的，悲伤的，不幸的，没有人跟他亲密地交往和交流，他的疼痛与悲苦永远只有他自己面对。他身上到处是伤疤，不知他内心深处还有着多少不为村里人所知的伤痕。我不知道他是怎么看待村里人对他的态度，还有一束束投向他异样的目光。他肯定感受不到发病时旁人的心态，从地上醒来的那一刻，他内心的感受会是如何？他会不会猜想周围的人像看一个怪物一样看他。他从来就没有跟一个人交谈过他的感受，包括他的亲戚，所以整个村庄没人真正懂简苗内心的伤痛。

我念初中时的一个假期，简苗死了，他的亲戚发现他冰冷地死在他的家里。亲戚们和村里的人用最简便的方法送他出村子的那天，我的村子和往常一样安静，仿佛没有发生任何事情。相反，简苗的死倒不如他活着的时候在人们眼皮底下抽一次风影响大。按哈尼族的习俗，没有结婚的人死时，不能用双杆抬棺材。简苗没有结过婚，他的棺材就只能被一根独杆挑起，我第一次看见被一根独杆挑棺材抬出村子的场景。简苗的死，像一头牛或一头猪死去，不同的只是，他多了几块陈旧的木板。他没有热烈的送葬队伍，没有人为他燃放鞭炮，没有人敲锣打鼓，没人戴孝布，没人哭丧。在哈尼族轻生重死的习俗中，简苗的丧葬形式极为罕见，足以表明他离世时的孤独依然继续着他活着时的凄苦。

在那黑白式的乡村人间，不幸的人身上，总是发生不寻常的现象，也许，这是人世间的共性。草木人生与伟人的死亡，区别在于他们被送走时仪式的复杂与简单之别，在于他们走后多长时间内被活人记住。不管都隆家的生死离散还是简苗的凄惨一生，顶多也不过是穷苦人家茶余饭后的一两句同情话而已。村庄琐碎的生存事务和生儿育女才是永远的生活主流，悲伤的事和不幸的人在那生活节奏中不过是瞬间的闪现。

瞬间下的生命

——关于一只猫死亡的猜想

对一个生命的诞生或死亡需要猜想吗？不需要吗？近两个月来我一直被一次偶发的事件困扰，始终没能从那个猜想中挣脱出来。每到深夜，一双令人发怵的双眼不时在梦中直盯着我，它的眼光从深邃黑暗的地方射来，叫我惶恐不安。

星期二晚上，风如往常从南方扑面刮来，猛得直叫路边的树枝发抖，雨后夜晚的路灯依旧孤单地站在人潮车流边洒下微白的光亮。吃完饭后，我告别一堆朋友驱车回家，踏上我常日上下班的红河大道，回家的车流像受惊的昆虫在宽广的马路上奔行，我被夹在最中间的车道里，记得那时的车速约莫是六十码。离红绿灯路口两百米处，从左边的绿化带里突然窜出一只黑白相间的猫来，准备跑到路的右边去。它的线路正好与我前进的线路垂直相交，巧到致命的是它与我的车在同一瞬间同一点上"汇合"了，一声软软的"嗒嗒"，我有反应到车肚子下发生了事，真是巧到令人头晕！我没有时间停下，如果我的车是一只夜鸳，它会立即飞离猫，而我的车是夜鸳吗？紧跟在我后面的车流更不是夜鸳。具体的场面是什么，它有没有死？不得而知。

那一晚，我变成凶手，只是我没有行凶的动机和故意，猜疑中难以合眼。这种事为什么发生在我的身上？一段时间以来我一直在疑问，那一声“嗒嗒”就可以证明猫就不存在了吗？未必，但大部分的假设中它必死无疑了，毕竟猫不是一块石头。第二天下午又路过此地，我放慢速度靠最右的行车道行驶，想看看路面有没有血迹，没有，难道猫没有血？

不知道它从哪儿来要到哪里去，也不知道是母猫还是公猫，而我宁愿把它想象成一只母猫。也许去找东西吃，也许是为了小猫们找食物出来的，也许是去约会或去找主人，也许……它的小猫们在等待它回去吗？会不会饿死？它们永远不会知道它们的妈妈消失在车的肚子下面。猫啊，你为何不放慢点速度？为何不选择合适的时间和路段呢？我的车实在是来不及停下了，一刹车就要发生车撞车，人撞人。我知道那不是你自杀的方式，你不会自杀的，除了人，哪一种动物会因一次的想不通而自杀呢？

我一直难过，甚至怀疑人的本性，人是一种奇怪的高级动物，有时杀一只鸡或一头猪甚至是一头牛都毫不眨眼，有时会为一只被雨水淋湿的难以起飞的雏鸟而可怜半天，甚至会抱着一只哈巴狗相依为命。想杀或不想杀全在人的一念之间，心生慈悲或突发歹念都在于人一次随意的决定，人为什么会这样？虽然我无意去谋杀那只猫，却为它的遭遇而彻夜难眠，而且作了许许多多的猜想，我甚至埋怨那只猫为什么专与我作对，不去找前车后车，偏偏闯进我车肚子下，难道给我上一堂交通法的课吗？我也曾假设，如果是一个人突然跑来撞我的车，或我的车撞上一个人，那结局会是什么？从此，我心虚了不少，我要感谢那只不幸的猫，是它小小的生命，不，是大大的生命教育了我，让我明白生命随时都可能在一次偶然、疏忽或无意中消逝。

猜想一直在继续。每当我路过那段路，内心会紧张，目光会尖锐，看看猫死去的那一块柏油路面，自觉地格外小心起来。没有一辆过往的车会明白，他们行驶过的地方曾经死去一只不幸的猫，但愿不要再有猫们来到马路上跟那些庞然大物碰撞，但愿所有车流都能在脆弱的生灵面前放慢速度。如此多的反思，只表明我对那只不幸的猫的深刻赎罪。

缺少了一只猫的城市依旧喧嚣繁忙，而在有关那只猫的世界里或许发生了不为人知的动荡：主人在茶饭不思；猫的幼仔们失去了母爱；另一只猫失去了情感依托；爱猫的小区失去了一只可爱的花猫；环卫工人的眼里又多了几只讨厌的老鼠。

一切已晚，一切已成不可更改的局面。一只猫生命的瞬间与永恒定格在我的车轮下。只希望这座城市将诞生一只能遵守交通规则的猫和一个能时时小心驾驶的人。

消失的母校

不知何故，我的母校在十多年前就从人们的眼前消逝了，悄无声息地消逝，彻底被另外一所小学所取代。同名的学校被安置到相隔两公里之外的另一个村子去了，靠近公路，进出交通方便了不少，然而，过去的校园文化和校园精神却已不复存在。母校就是现在尼枯补小学的前身，当年也叫尼枯补小学，坐落于一个叫尼枯补的村子旁，那里就是我的故乡。母校的旁边是静谧清丽的村庄，壮美的梯田，桃竹成片，菜花飘飞，蜂蝶舞蹈。每到七月，稻花香溢满山谷，随风飘进村子。

当年，选择校址的人很有远见，学校依山傍水，是一块培养人才的福地。因为没有现代公路的介入，就看不到尘土飞扬的景象和疾驰而过的大小汽车以及纷杂的文化。在清静的村子旁，读书成了孩子们活动的核心。那时的读书人，思想纯净，读好书几乎是所有学生唯一的追求，唯一的担心就是家里穷，供不起读书。母校拥有的就是这么一群又一群朴素的学子，父老乡亲们，包括方圆几里的村寨，都因我的母校而倍感自豪，很多人因母校走出大山，走向更广阔的世界学习和工作。

对于一个人来讲，童年是最令人难忘的。说起童年，我就不能不格外想念母校——尼枯补小学。孩子们在校园的钟声中愉快地成长，那条不知被多少老师敲打过的、用火车铁轨做成的校钟，每每发出那清脆的铃声，连同老师带着沙哑嗓音的“快回来了，上课了”的呼唤，它们伴随多少孩子度过了无忧无虑的童年。

母校有一栋青瓦、木楼、土墙的两层小楼，一至五年级全在里面，楼上是老师的宿舍和四五年级的教室，还有一条长长的过道，过道上方的屋檐下有许许多多的燕巢。老师只有五六个，三个老师是附近村子里的人，走路上班。班级和学生不多，每个年级一个班，每班约十来个学生，其中每个班有三四个汉族学生。他们来自附近的村寨，家住得最远的学生要走一个小时才能到校，每到雨季或冬天，路面泥泞，或河水泛滥，行路艰难，所以他们常常在我们上了半节课后才赶到学校。读书不易由此可见，但事实已经证明，艰苦的环境是磨砺人的，他们后来大多都成材了，走上了不同的工作岗位。

记得我是一边被爷爷打骂着，一边哭着走进教室的。那时我压根就不想读书，只想放牛捕鸟，爷爷说了一大堆话，至今我仍模模糊糊记得两句：“好好读书，长大后才能娶得着好媳妇，不读书做坏事会劳改的。”这些话承载着爷爷一生的期望，今天想来，它对我有着何等重要的现实意义。

就这样，爷爷朴实的话语打开了启蒙教育的大门，从此开始了我漫长的求学生涯，这栋小小的土木楼房成了改变我命运的起点。当时让我大开眼界的是学校里那台牛粪一般大小的黑色手摇式电话机，用两股电线连接着外界。随后，我开始接触到飞机、首都、天安门、南京长江大桥、雷锋等这些脍炙人口的词，开始学习《从百草园到三味书屋》《静夜思》《桂林山水甲天下》《故乡的杨梅》等名篇。

刚开始时，上学对我而言是一件痛苦的事。和村里的小孩一样，除了在教室里近距离接触老师，在其它地方见到老师，我就害怕，隔着老远就拼命地想要逃跑。老师看着我们如此，既好笑又无奈，这种状况一直持续到三年级。一至五年级（那时实行五年制教育）的几年间，我的母校迎来过汉族、彝族、苗族、哈尼族等不同民族的老师，无论哪个民族的老师教书，在语言方面，我们都是占绝对优势的，哈尼族学生占百分之九十以上，哈尼语自然成了主要的沟通话语。其他民族的老师来了不到半年，就会操一口流利的哈尼话，包括汉族同学，他们相互争吵的时候也用哈尼语，“aq maq leil”、“aq maoq”（相当于汉语的“啊、唉呀、哼、哦”等叹词）之类的语调也被他们用得惟妙惟肖。才来不到一个月的老师用汉语讲课时不时会冒出“doq taq eil”（不要讲话）的哈尼话，可见语言环境的威力和我们的语言优势。

童年的趣味无限，得益于作业量少，语文、数学、自然（科学）、书法，再加上主要培养趣味的美术、音乐和体育课。几小本书占用不了多少童年的时光，一天四节课总让我们无忧无虑，我们像小鸟一样在村子、小河、树林、梯田、山坡之间飞来飞去。冬天了，我们穿着破烂的拖鞋，穿着单薄的打着补丁的衣服，提着用废旧锑锅、铁皮碗自制的火盆，里面放几块红红的火碳，再放入几粒玉米，边炸边烤火，享受着集体生活的快乐。我们从村子集中出发，常常一路高歌，鱼贯走进教室，老师总是抱着水烟筒等候我们到校。老师的柴火用光的时候，我们三年级以上的全体学生便与老师一同走进村子背后的森林里砍柴，这是一件很让人自豪兴奋的事，证明大家都很能干，并愿意为老师做好事。绝不像现在的学生，每天被淹没在成堆的作业里，尤其是城里的孩子，考试和读书占据了他们的童年生活，当下的学校不敢组织学生到野外活动，偶去一趟公园就算春游了。回想当时的各种锻炼，无意中为我们往后的人生打下十分重要的基础，在我们血液里注入最珍贵的元素——吃苦精神。

我的母校不复存在了，她功不可没，从她的怀里走出了很多优秀的学子，走向远方。从上世纪七十代中期到八十年代末的十几年中，她为家乡、为国家培养了大批各条战线的工作者。现在，且让我简要罗列如下：八名学子进入大学，十五名进入中等师范学校，十余名进入中专学校和职业高中学校。其中一名叫高志福的学子从这里出发，一步步踏进了中国知名的高等学府——清华大学；两名成为大学教师；四名分别担任县市的局长和副局长；四名学子成为乡镇级党委书记或乡长；三名学子成为乡镇级学区校长，其中一位后来成为中学校长；其他学子进入医疗、教育、政府部门或集团公司当技术人员，还有不少成为家乡识字能记账的“文化人”，对于一所办学不到二十年的坐落在偏僻山村的村小学，我认为母校的答卷是满分。

离开母校二十多年后的我，在城市的一所中学教英语，每天有两千多师生像潮水一般“哗”地流进校园，然后又如河流一般“哗”地冲出校园门口，天天如此，年年如此。沉重的书包、频繁的考试和无休无止的作业，把学生们的岁月压得枯燥又无味，能让他们露出难得的笑脸是两个假期的到来。现在的我在一所大学执教，近三万师生形成了一个小型社会，校园、运动场、图书馆、教室，林林种种的一切都与我的童年和母校有着如同换了两个人世的差异。

岁月流逝，母校离我越来越远，但我对母校的记忆却越来越清晰，对母校的感情一天比一天浓厚。我在想，假如母校能在原址办学到今天，我会在某一天走进当年的教室，为学弟学妹们上一堂英语课，该是一种怎样的感觉？那肯定不是作秀，而是对母校质朴的爱和真实的崇敬。而现在，一切都不可能了。我一直在思考：学校是以培养学生、培养优秀人才为己任，这么好的一所学校，怎么说拆就拆了呢？是人心浮躁，还是教改的步伐过快？说实在的，全乡十几所同一等级的村小，迄今为止，还没有一所在培养人才方面能与我的母校相比。

最近，我才了解到母校被取消的原因。二十世纪九十年代初，为了办学方便，学校随村公所（现在的村委会）迁到两公里之外的另一个村子，选址在公路边上。同时，又在我们村子一公里外的公路边建起了一所新学校，那里也有一个村子，只有一名代课老师领着一至两个年级两个班的学生，勉强地开展教学。很多学生读着读着就辍学回家了，学风和教学质量每况愈下，直到今天，两所学校都没有培养出几个像样的人才来，连能够顺利读到高中的人也很少。父老乡亲们一片怨声载道，他们一直在问：为什么这几个村子的小娃越来越不会读书，越来越不成器。我想问的是：教改的目的是什么？教育资源优化的价值体现在哪里？难道标准仅仅是交通方便吗？

光荣的母校彻底地从我们的村子旁消失了。每当我回家，都要到母校的遗址看看，一片杂草丛生，偶有一只小鸟从草窠间飞出，一种难言的凄凉，顿时从心底直冲上我的头顶。昔日国旗招展，钟声悠扬的、师生欢声笑语的校园，还有朗朗的书声，体育课的哨声，屋顶上燕子的呢喃，统统消失了。只有母校飒爽的英姿在我的脑海里越发靓丽起来，这种情感上的反应如同母亲在呼唤远方的游子。

母校啊，怀念您的，不只我这个游子吧？

故乡的秋蝉

好多年没听到故乡秋蝉声了，准确地说真正听故乡秋蝉的欢叫是在放牛的那些年月，读初中离开故乡后，就很少听到故乡秋蝉的叫声，原因是每次回家都不是蝉闹秋的时节。时常，在办公室里做公事，或走在城市街道的某个角落，耳边偶尔会产生一些渺远的蝉声，再仔细倾听才知道那不是蝉声，而是一种幻觉。也许，故乡的秋蝉成了我身上隐存多年的故乡情结。

傍晚在南湖边散步，一阵凉风从身上掠过，见到湖边的纷纷落叶，才知时节已进入薄秋。古人“见一叶落而知天下秋”的感慨想必也是这个时候产生的了，我在城市知秋的方式也只能靠黄叶飘落。然而，反季节的花草太多，靠它们无法判断何时是秋。而城市之外的天地就不一样了，此时，故乡田野的稻谷想必和往年一样从河谷一带顺着半山腰直至村庄附近慢慢变黄开去了，被自然的神笔涂抹成金黄一片，从远处眺望，灰白色的村庄和金色田野十分搭配，随处移动的人影逐渐多起来。随后是打谷声四起，此时就是秋蝉狂欢的时候，两者混合成收获的旋律。故乡田野到处是成片的树林，落在层层梯田边。在美的层面上，与金黄的梯田相互映衬，若在远处观看树木和黄绿相间的梯田，你会想起欧洲文艺复兴时期的某些油画来。蝉声是秋天的主旋律，没有蝉的狂欢，家乡就失去了秋味，失去蝉声，故乡的秋天会单调，所以路边大大小小的树必须成为蝉的舞台。蝉会专门爬在树杆和树枝上狂叫，尤其是收割时节，村子边上的林子里、大路边的树杆上、河边的树丛中，只要有树的地方都有蝉在叫，整个天地都变成它们的世界。人走在田间小路上，四周都是“吱吱吱”的蝉声，似乎在催促人们赶紧收割谷子，催得人们心慌意乱，蝉声越烈，人心越慌。蝉的叫声和秋黄是同步的，所以人们自然地认为蝉声鸣叫的时候就是谷子成熟的时候。繁忙见勤劳，繁忙见丰收，村庄开始飘荡酒歌，哈尼古歌与蝉声共同演绎丰收时的歌谣。

蝉声热烈的时候，它们通常不会选择地势，会爬在树杆的任何部位，有时会停在高不可攀的树枝上狂叫。这是它们聪明的选择，假如爬在接近树脚的地方，容易引起路边孩子们的注意，常常被孩子们敏捷的手按住，成为他们的囊中之物，像囚犯一样被塞进裤包里，无声无息，但不小心被碰触或被挤压时，它会“吱”的惊叫一声。

下乡调研或外出旅游时，有些地方还能听到蝉声，可没有故乡的蝉声热烈，没有那种味道，但那些时断时续的叫声突然勾起我无限的乡愁，还有那些无休止的秋味来。多少年了，梦中时时出现蝉的影子，以及它们在田野闹秋的景象，梦中一个人孤单地游荡在蝉声四起的田野，寻找蝉的足迹。也许是过去烙下蝉印的心底引发了深层的记忆，甚至在城市道路上也能感觉到很远的地方有蝉声在叫，但仔细一听却了无声息。到处是高楼林立的城市，哪来的蝉声？分明是一种幻觉啊，是儿时的记忆在复活，是过去美好时光的呼唤。

回想起来，我的童年跟蝉是很亲密的，放牛路上，最专心的事就是去捉蝉，哪里有叫声偷袭哪里，非要逮住不可。蝉是聪明可爱的，只要人或牛靠近它的领地，它就会停住叫声，并慢慢移动，回避人的视线。大多时候它选择飞离此地，往另一棵树飞奔，寻找合适的地方停下再继续欢叫。蝉的颜色较暗，接近于树皮的颜色，所以不易察觉它停在哪里，很多时候，等你靠近搜寻时，在你发现它之前“吱”的一声就飞走了。小小个头的蝉能把天地都叫得欢腾起来，使安静的世界热闹一秋，也算是它的使命和本领了。过去，我一直不知道蝉的身世，据说死之前，把卵产下落入土中，经过漫长的四年后破土成蝉，蝉的生命极其短暂，仅三十来天，也就是人们听到它欢叫的那一段日子就是它的一生了。

记得法国昆虫学家法布尔对蝉有一段精彩的描述，他由衷地盛赞蝉的一生：“四年在地下干苦工，一个月在阳光下欢乐，这就是蝉的寿命。我们不要责备成年的蝉狂热地高奏凯歌，因为它在黑暗中待了四年，穿披着皱巴巴的肮脏外套，如今它突然穿上标致的服装，长着堪与飞鸟媲美的翅膀，沐浴在温暖的阳光下，微醉半醺，在这个世界里，它极其快乐。为了庆祝这得之不易而又这么短暂的幸福，歌唱得再响亮也永远不足以表示它的欢乐啊！”可见蝉声的难得与珍贵，它匆忙的一生注定是轰轰烈烈的一生，这是它不甘于寂寞和珍惜生命的表现方式。

小时候压根就不知道蝉的身世，更不知道它怎么会突然来到金秋时节狂叫，只知道拼命地追赶它们，捕捉它们。它们一边逃跑一边狂叫，好像狂叫一时成了它们指标性的任务。有时，小伙伴们把捉来的蝉一只一只地摆放在地上比较大小。硕大的眼睛，两扇透明的翅膀遮盖它肥胖的身躯，爬行时，步行缓慢，它的前肢像螳螂的前肢，总是试探性的移动。有时，爬着爬着发出一声“吱”就飞走。听大人们说，受伤的蝉不会再叫了，也不会产卵，但孩子们的天性不会去关心那些跟乐趣无关的事，只管捕捉它们，玩弄它们。

缺少秋蝉的城市是寂寞的，只有秋蝉的叫声才使人饱尝故乡秋收时节的人间喜气，而这人间喜气在故乡大地上年复一年地上演，成为秋蝉来到世间的方式。所以我认为，只有故乡才是秋蝉生命的舞台。

我的自白

我没有遭遇颠沛流离、命途多舛的苦难人生，却因出生于艰苦年代而对穷苦的生活有过刻骨的体会，对幸福生活及精彩人生有着强烈的向往和渴盼。基于这样朴实的认识，把我的一生视作一次艰难的跋涉和一次考验。多年来，生活给我带来的思考，让我明白一个道理，即活着不是为了哪一个明确的答案，而是为了某种追求。很多时候，我活在自己苦心建构的虚拟世界里，而虚拟会变成现实，人，一旦有了责任和追求，会朝自身本能的需求和期望的方向行走。世界上没有一个人为倒退而前行，也没有人为停止而活着，我不例外，一路艰难赶路，为的是实现一些忽远忽近的梦想，活出自己应有的模样。

我也没有过多地去思考一个人为什么要来到世间的伪问题，生命为生活忙碌，生活为生命精彩，我的使命是负责任地活好。一个人在路上，力求走好每一步，即使遭遇失败也得从容面对，为自己为别人，因为人的生命不仅属于自己。我面前摆着生存、责任、家庭、思考等人生问题，为着这些现实，我有时心力憔悴，有时意气纵横，但从未停止前行的脚步。有时因一筹莫展而想回到过去，怀念过去的成功与喜悦，怀念过去的无知与幼稚。人可以为昨天的事感到后悔或欣喜，但过去不是一个人活着的理由，而是当下和明天。为了在当下活出个模样，也为心中闪亮的明天，且思且行，奔波劳碌，继续寻找新的方向。我也曾为自己的当下痛苦或幸福，也为明天满怀希望或迷惘惆怅，但始终如一地拥抱生活。无论如何，一路挺过来了。泰戈尔言："Leave no trace of wings in the air, but I am glad I had my flight.（天空没有翅膀的痕迹，而我已经飞过）"人来到尘世，作为社会一分子，以鸟儿翅膀的形式在天空中飞过，是否留什么痕迹，怎么留下痕迹，留下什么痕迹都是深层的人生问题。

"活在当下"，"活在别处"。生活到底是什么？当下就是生活，当下就是人生，"别处"就是你在路上每天要经过的历程，以及你所面对的形形色色的人和生活环境。人生的前途空远，若有清晰、明朗的既定目标，应当去艰难跋涉，不惜孤行。有些失败也不必缺憾，一个人在迷幻与期望之间行走并最终老去，跟一片树叶在春风里生长然后在某个秋天的傍晚飘落并无二致。在一条没有终点的路上走向人生的终点，把生命过场中的美与丑、爱与恨、善与恶坦然当作人生的风景和调料；把工作、生活、爱情、婚姻、追求、失败、幸福当作人生的真实课题来细心对待。追赶中老去才是完整的人生，一生才会了无遗憾。

一千个人有一千种追求，有一千种梦想，有一千种活法。我不能把自己的追求塞进一条狭小的夹缝里，把梦想寄托于触手可及的利益上，我不能以别人的一次掌声和一枝鲜花而飘然自得。等我实现若干个生活的目标后，我打算行走在阳光明媚和水草丰美的地方呼吸新鲜的空气，在那里体会大自然的美轮美奂；我要放慢速度、放慢时间观赏奔放的河流、飘动的白云、连绵的山峦、飞行的鸟群、飘落的雨滴、蔚蓝的天空，以及四季的花草树木，品嚼每一种生命的美丽与真实。只要上帝允许，很多年后，我还要与亲人朋友同事们合作继续勾画生活蓝图，享受生活的乐趣，一如既往地喝酒、写作、旅游、交友。

我拒绝自私地活着，更不想卑下和庸俗地行走，自己的目标自己完成，自己的生活自己过好。迎接风尘，迎接追求梦想而产生的苦涩与孤独，虽然有时顿感所走的路漫长而艰辛。走再长的路，作再多的努力，一切又是那样的微不足道，总有一些不尽如人意。唯有依靠文字来作些补救，依靠文字来升华，因为文字除弥补我的缺失缺憾外，还能挽留那些稍纵即逝永远不再回来的时光、往事与故人。拿起笔来记录每天留下的痕迹，记录强大的生活，鼓舞自己下一步要走得坚实，走得有色彩。通过文字来表达自己的思想，使生命更有意义，提升人生的高度和精神层次。其实，这是一分绵薄的劳动，也是我对别人对社会应尽的绵薄义务。

多年来，几经生活工作的坎坷，使我的内心有了一些安定与沉静，我在乡村到城市的生计中接触过很多人和事，对社会与人际的认识不断加深，常用生活中的鲜活事例反省自己，激励自己。我有过初中、小学、教育局、高中、研究所的工作历程，最后来到大学，我一路回望，发现许多人生的是是非非。我也曾游历许多人文地理，山水风光，城市乡村，深受感化，大自然美好、世界美好、人生美好。如前所言，生活路上步步前行，都在追寻一个梦想，但直到今天那个梦想是什么，何时才能实现那个终结的梦想，心中始终没有定数。在追寻未能实现终结梦想的行程中，在流变的时光里行走寻觅，一边行走一边回望，积累人生点滴，把所走过的见过的点滴留在纸面，做生活的反思和自我的人生痕迹，写些零碎的文章，也算是言谈小道。虽然一直努力，作品很单薄，语言不精美，没什么深奥的哲理，但我是力求认真的去写，留下行迹的语言。

我深知我的写作存在很多不足，无论文字或手法都仍处于爬行阶段。但我相信人是先爬行后才能站立行走的，谦虚学习别人的长处，鞭策自己，使自己有些进步。我用自己的语言表达所见所闻，所思所想，即使没人喜欢也要保持我的写作动力，也就算写给50年后的读者。提起写作，它是我偶然的冲动，读书才是我必然的选择，也是我今后人生路上随时随地强补的一课。我喜欢阅读远胜于写作，书是别人的思想、智慧和经历，从中汲取养分，使自己饱满，接受教育，接受鼓舞。如果有一天我能直立行走，回望昨天写过的文章和说过的话，相信那些带着生活味的感受，将成为我在创作路上为站立行走迈出的第一个半步，然后我可以自豪地说：我是这样走过来的啊！

现在，我来到一所大学教书，其实是来学习，来汲取大学的养分，感受大学的精神传统，和我的学生一起成长，一起进步。我决定从这里走向新的人生道路。

当然，我有今天这样的生活和工作，非我一人之力所能达及的，我依靠着许多亲人朋友的关爱和力量，要感谢家人和朋友们多年的无私帮助与提携，还要感谢一直以来阅读我的拙作并支持鼓励我的书友们。

人生之路山长水远，至于我今后怎么迈出新的一步，我仍在思考。

阿乌人的世外节日

从元阳县大坪乡政府驻地朝西的方向爬高上低地走一段约两公里毛路，便到了一个古朴清丽的哈尼族阿乌人村落，那个村落叫小坪子，坐落在陡峭的山腰上，村子四周是繁茂的树林，附近山脚下偶有一两块金黄的梯田。我工作第一站就在大坪乡中学，在那里度过了美好的四年光景。四年间，去过两三次小坪子村，跟同事一起去学生家过节，所以印象很深。这次故地重游是去看看当年所生活工作的环境和老熟人，另一个原因是去小坪子村调研阿乌人的尝新节（吃新米节）习俗。

“七月拿谷穗，八月吃新米。”阿乌人家古老的酒歌飘满了山谷。

哈尼族阿乌人家的稻田黄了，层层金黄梯田是阿乌人家殷实生活的希望，是他们一年辛劳的成果。正当村子外的田野铺展秋天收获的画卷时，一个吉祥的节日来到阿乌人家的门槛，对神的各种祝福也就到来，人们忙于张罗那些跟节日相关的事务，没有一件事可以疏忽。选好日子修路、选好日子拿谷种、选好日子破鱼塘、选好日子祭神灵和祖先。一年一度的新米节来到了阿乌人的村子，祥和的节日是阿乌人的新米节。

属兔日祭水神破鱼塘，属龙日祭祖先吃新米，一切按祖先留下的方式进行。所有繁杂的祭祀活动都是阿乌人的文化生命，每个祭祀仪式都与遥远的祖先有关联，每一项仪式都是独一无二的。新米节上最别开生面的活动要数捞鱼仪式，场面壮观。破鱼塘捞鱼的程序是一个也不能少，属兔日午饭后，除六十岁以上老人和十岁以下的小孩禁止进鱼塘外，全村男女老少，走到村子下方的大鱼塘边开展捞鱼大战。鱼塘附近全是茂密的森林，肩上扛着渔网的人们一边吼叫一边走向鱼塘，聚拢在几亩见方的鱼塘边，边热聊边等候村长的指令，村长又等候咪谷（祭司）的指令，趁太阳渐辣的时辰，咪谷在鱼塘边搭祭台祭水神，然后叫村长动员十二个强壮的男人先跳进鱼塘捉六条鱼，不计大小。十二个汉子吆喝着跳进鱼塘，握紧渔网统一朝一个方向捞，不到十分钟，他们捉到了六条供祭献的鱼，最后咪谷用六坨饭、四片生姜、一个蛋和六条鱼祭献水神。祭祀的目的是祈祷人们在拿鱼过程中避免发生溺水、打架、抢鱼伤人等事故，并向水神祈求全寨平安、丰收、幸福，鱼塘里的鱼生长得越来越多，越来越快，鱼苗像梯田里的谷物那样多起来。咪谷的祭词是村民们永远听不懂的，只管等候村长的哨令。

祭祀完毕，激动人心的时刻到来，咪谷从祭台处站起来，吩咐村长鸣哨，哨鸣三声，早就等候在鱼塘边的人群一排排抬起渔网纷纷走进水里，几乎同时弯腰捞鱼。有的腾空跳进鱼塘，独自行动，场面激烈壮观，吆喝声笑声在鱼塘上空回荡，幸福和欢乐塞满整个山谷，阿乌人家的节日真正拉开。所有人紧握渔网在水中游动，塘水淹到臀部，捞鱼的难度不小，塘中淤泥又深，大多数人都是一身泥水，有些顽童的脸被黑乎乎的泥巴沾满，很难辨认是谁家的孩子。每个人的腰部系着一个大小不一的鱼兜，抓住鱼就装进鱼兜里，战果全部显示在这个神秘的空间里。有人抓到鱼了，高高抬起手，鱼尾摆动，显示他不凡的成绩，又一个抓到了大鱼，让很多人的目光投向他，捉鱼人的脸上体现出满足与快乐。女人也不示弱，一个接一个抓到鱼，笑声比男人还爽，还清脆。有的刚抓到，鱼一挣就掉进水里，吆喝声又四起，至少有几个人要去追那条刚逃走的鱼，但难以寻踪。我平生第一次见到如此多的人如此认真地完成一件事，人们从左到右，从右又到左，前前后后地捕捞，反反复复。其实这是一种竞技，一种生活的态度，一种借神灵的嘱托去完成的神圣使命。

第一块鱼塘里持续了四十分钟，人群再朝另一个鱼塘进攻，以同样的方式捞鱼，等到捞得差不多时，陆续走出鱼塘，最后留下浑浊的鱼塘，静静地恢复到原状。人却一个个变成泥人了，腰兜里鱼满满的，人们还不急于回家，大家聚在一起谈论鱼的多少或大小，然后从兜里取出鱼来炫耀，拿到又红又大的鱼最自豪，预示着他当年的丰收和好运，这是当地永恒的风俗。

两个小时过去，人群渐渐消失在山谷里，全部走回村子。村庄又升起了炊烟，家家户户忙于做节饭，每家都少不了一碗鱼，鱼是新米节上的主菜，所以人们要对这道菜花费不少的精力，尽量做出特色来，让祖先喜欢、让客人满意。

酒菜已摆好，主客围坐，品尝一年辛苦换来的幸福，客人要认真祝福的，酒也要满杯地干。要谈今年的收成是多少、收入几万、牛马几头、老人的身体好不好等等。“哈巴”高手要唱了：

好年是属马年
好月是八月份
好日子是属龙日
要到田边抹新谷
抹一捧得十捧
抹十捧得百捧
三下不抹背箩满
背起新米要回家了
回家路下不见毛虫走
路上不见蟒蛇钻

每当祭司和歌手唱起这样的酒歌时，阿乌人家的山野开始弥漫幸福的气息，人间的炊烟升入天空。

又是一年木棉红

过年回家是一次特别的春旅，即便是短途，美却无限，我认为这跟回家的心情有着说不清的关系。比如，驱车行驶在木棉盛开的红河边上，一路走走停停，完全算得上去参加一场春天的庆典，木棉的花会。

走在春天的路上，喜悦是双重的，只因木棉把河谷的春天弄得沸沸扬扬，以及长久不回家所产生的幸福心情。河谷地带，春风像一池上升的湖水，唤醒了河边一树又一树的木棉，季节的色彩随时间的推移慢慢往上浮升，直伸山顶。太阳从山头出来，河面起波，红花随枝头舞蹈，这样的日子可不多见。出于对木棉的钟情，一个人的春旅，欣喜扑向红色的山野，在河边用心观赏春天一年的首场庆典——木棉闹春。

我是每年回一次家的人，不必感受赶车、登机、着陆、又钻火车再赶车几经折腾后才能见到亲人的那种急切心理，对亲人没有浓烈的牵念之情，激动更是不必要了。但你别以为我的心只在一些花上，我还想关注春天的另一些表情，关注春天的其他色彩，比如山头那派灰色的冬景。今春有些特别，山冈上的春天来得慢了些，梁子上往年的青色还未到来，那些和去年一样将要开放的花儿们还在睡梦中，但没像河谷的木棉死死地吸引了我，扰乱了我内心的一些情结。不，是她们那忍耐了一冬后朴实的表露，以及那份不加修饰的自然让我甘愿成为她们虔诚的观众。于是，表达心情的唯一方式是一个人为春天的木棉鼓掌。

公路曲折延伸，转过一个拐角，一树木棉突然站在你面前，挺立不动，毫不吝啬地把一层一层的树枝横直地伸展出去，伸到行人的头顶，使天空变成彩霞。彩霞在这里一片那里一片的浮动，与谷底的河水和天空的蓝色描绘成早春河谷的外表，这也是早春木棉非一般的生命形式。河谷的木棉为春天出彩，为生命的精彩而来，哪怕生长在干燥的砂石土上，也要尽力把春天的本质彻底地演绎出来，毫不保留。这里一棵，那里两棵，哦，那边是一片，分明是绯红的云彩停在空中，看看它们表演的方式，你会发呆、陶醉、幻想。看，风中吹落的花瓣在飞舞，像流星纷纷落进水里、草里、沟里，尽显残酷的美！如果你力所能及地再走进每一棵木棉树下，聆听春神的扒开花朵的声音，仰视红衣天使们为春天展现的殷勤，你会明白木棉的生命是多么精彩。再细细打量，仿佛每一朵花都朝你微笑，有的像婴儿的脸，有的像少女羞红的脸颊。你笑对她们的鲜艳和纯洁，一枝一枝地数，一朵一朵地看，没等你细赏完某一朵的内涵，旁边又"啪"地打开一朵，始料不及，你彻底被木棉的外表制服。若在远处向河边的木棉眺望，听到的是满谷噼噼啪啪的声响，那分明是无数天使来到春天的街市。此刻，河谷世界，怕是只有你孤独了。

难以管住自己，我多想伸手去抚摸她们那些彤红的敏感部位，感受她们芳龄的羞怯，可又鞭长莫及，只好端起单反"咔嚓、咔嚓、咔嚓”地拍照。经验告诉我，这种方式可把春天拎回家，在我不能来河谷或春天消逝的时候供我品赏，在我想念木棉的时候，可足不出户就回忆河谷曾经的烂漫与多情，以及春天的原态。

这远不够，我还要怀想，怀想多年前初识她们的一幕幕情景，和我那艰难岁月中出现的孤单与落寞、消极与迷惘。那时候啊，我多么不喜欢木棉有失温雅和她难以描述的自负，一种轰轰烈烈的自负，因为那时我缺乏应有的胸襟和审美的心智，更不知与本质一致的美貌叫什么。可她们又占领了我的脑际，让我无法忘得一干二净，她们仍然在记忆的尽头向我招摇，招我回到过去。

当年在外念书，有一次回校的路上，我乘坐的老式班车颠簸在伸向冈顶的柏油路上，山坡全是正在盛开的木棉，靠窗而坐的我突然想起一个月前寄信给我的她会否提前到校等我。我们在寒假里通了几次信，讲了很多有关木棉的话，她叫我捡一朵完好的木棉花给她做标本。还说要送一本诗集给我，一再强调两个人要骑自行车去登桃花山、游寺庙和石榴园。那个季节，她的每个言行都在烧灼我的内心，我承认那时候我的脆弱体现在一些毫无明朗的未来的学习和生活上。看着窗外木棉遍地的燃烧，绚烂如霞，在茫茫芭蕉林的衬托下炫目地艳丽，给我带来无边的幻想，甚至是一种伤痛，我自责为什么偏偏跟她牵连在一起。

确切地说，我的木棉情结是她出现的季节烙下的，只是从未揭开密封青春情感的记忆之盖。直到今天，我还不明白木棉为什么在激发我不切实际的梦想，为什么又让我想起一些与春天毫无相干的事情来。

回家吧，尽快赶路，留下一些美给其他过路人欣赏。

又在陌生的地方安家

也许，一个人要换几次生活环境、搬几次家早已在命中注定，只是我们一时弄不清生活的下一站在何处。

工作单位换了几次，从一个陌生的单位调到另一个陌生的单位，我认识了一批又一批的陌生人，把他们想象成自己的同事或朋友。只敢“想象”，原因是人家不一定把你放在心上，朋友是要靠双方真诚的接受才能称为朋友。有些时候，还没产生友谊就面临离开，从一地到另一地的迁徙过程如同坐着长长的火车，一站又一站地遇见不少陌生人，和自己搭话的没搭话的，不过多时就把他们都忘记在身后。突然某时，有些会在脑中闪现，有些再也想不起来，如同他们也把你永远忘记。

这个世上，只有自己降生且是童年成长的地方才不是陌生之地，但从离开故乡那一刻起，我们每个人都踏上了陌生的路途去陌生的地方求生，仿如一只飞翔在蓝天边际的小鸟，越飞越远。生命的本质是漂泊不定，有的人永远地离开他的出生地，有些人最终回到他的故乡。四年前我从一个曾经陌生的城市到目前这座当时是陌生的城市来，到一个陌生的小区找了间陌生的房，安下了临时的家，在那小小空间里展开自己的起居活动——衣食吃住、阅读、思考、会亲戚朋友。从斗室里走出去上班，又下班回来，反反复复。

刚到这座城市的时候，找到小小的生活空间，随即把自己安顿下来，让心休息一会，慢慢认识这座陌生的城市。在自己的蜗室里整顿心情，那时候没有更多地想过再到什么地方安家，也不知道将会到什么地方落脚，只管把自己的何去何从交给没有定数的日子。所以，至于在什么地方待多久，不必想得太具体，也不必想得太清楚，也是永远想不清楚的。难料的是，三年后一个初夏的早晨，我决定离开蜗室了，通过相应的价格把房子交给一对陌生的夫妇，并特意向他们说："愿这套房子能给你们带来好运。"

这对夫妻说："能不能送两本书给我们？沾沾你的书香气。"

"多送几本也行，只要你们喜欢看书。"我很坦诚地回答。

对于我的小小蜗室，不管空间有多小，我住出了感情，住出了依恋，等真要离开时，有点难舍，心里难过，就像和一个长期相识的人分别时的心理反应。但在现实面前，对旧地的感情可以忽略不计，毕竟你已经权衡过了，更重要的事在前面等着你，你还想在别处干理想的事和过理想的生活，不可犹豫过多。最后的决定是：出发！带着书本和简单的家具来到一个陌生的小区安家。我的离去，小区的居民们也不会知道少了一个人，我想他们也不会知道多了一对夫妻。过去那些认识的人和花草已成过去，来到新的小区，要面对新的人、花草树木和流浪的猫狗，还有我行我素的小鸟，我不知道他们将和我相处多久，将和我产生什么样的感情。

折腾半年后，新家终于在南湖畔落成，就在西南联大文法商学院旧址对面，毗邻蒙自二中，文化气息浓厚，生活的感觉不错。一家人从此在这里出出进进，小儿从这里不停地上学，我和妻子从这里不停地驱动马达，在人潮车流中做一只忙碌的蚂蚁，挤进凌乱的马路到达单位，每天重复同样的方式。紧紧抓住普通的日子，生活、工作、育儿。生活过于繁忙，人是会累的，需要在家里静静坐下来思考，端起一杯咖啡或一杯淡茶，抑或切开一个香甜的果子，回味生活的点滴和行路的前前后后，倍感释然。至于我将到哪里去、人为什么要搬家、我为什么突然间坐在一间新的房子里等就不必去考虑了，因为从来没有人能搞清这些看似简单的问题。

知道你的家已经不在过去的地方，你的亲戚和朋友也会跟随你的踪影不时来到新家进行一些基本的人际交往，不是他们主动前来，而是你的生活不能缺少他们。他们带来的热闹，是你的真实希望，俗话说，山潮水潮不如人来潮。有了出出进进的亲戚朋友，气象万千，新家更像家了。以一个新居民的姿态出出进进，过一段时日，慢慢成为老居民，然后，刚来时的那份新感觉又被生活和日子彻底溶化。

事实上，总有一些原因促使你从一个地方到另一个地方安家，方便生活、方便上班、方便小孩上学、方便就医、方便休闲娱乐等等，或改善居住条件都可成为你不断搬家的动因。就是这些理由促使你成为一只流浪的小猫，一次又一次地离开你生活过的统一模式的四方形的由钢筋水泥构成的空间。这种方式有时直教你倍感糊涂，一个理由就把你搞得搬来搬去，仿如演一场小品。你不是独来独往的精神病人，来到新地方，首先要认识的当然是人，但每天在你身边行走的人你是认识不了的，这里不是你故乡的熟人社会，出门便是笑脸，可以零距离地讲知心话。城市的小区，人与人每天都见面，但你们只能永远地相互观望，然后从心底揣摩："这个人我认识""又是这个人"或"哦，是他"。你是认识他的，但不能讲话，你们只知道相互的那张脸，大家都过着心灵上的独居生活。然而，有几个人是你不得不认识的，那就是把守你每天出入小区的门卫，不管他们有的讲普通话，有的讲闽南语或讲你听不懂的话，你都得认识他们，他们手里捏着小小的遥控器控制你进入小区的门杆，他们跟你的关系就在于此。但你可以从来不知道他们的名字，几百户小区的人也不知道门卫们的真实名字叫什么。只知道他们有个共同的名字叫"师傅"，"师傅，开下门""师傅，我的包裹给到了""师傅，让我朋友的车进来一下""师傅，帮我扛点东西"。除此，小区数以千计的世界里，所有人都是"师傅"，你想认识人家，人家也未必会理睬你。总之，你们之间总有一层难以攻破的障碍以隐形的方式阻止你们亲切地交往。没有邻居和熟人的生活世界，人们只能选择孤独和哑口，可以想象，这种独行的方式，若在你故乡会被人们亲切地称为"疯人"。

现代文明让生活在城市里的人没时间相互说话或往来，城市只是来自东南西北的人讨生活挣钱的地方，仿佛所有人都会在某天早上突然蒸发。有些你认识的人或你见过的人，过数日就不见了，不知他们去了哪里。绝大多数人的老家不在这里，所以每到春节或中秋节等传统节日，城市会突然变成空壳，马路变得空虚，你会觉得害怕，平时拥挤的人们去哪了？他们都回遥远的那个打从心底里认可的传统意义上的家，那里有他们的童年、亲人、故土和祖坟。过两天就快速回来了，他们只是去完成一项传统文化下的伦理任务。

朋友知道我搬了几次家，就在喝酒闲谈间，不断劝我别再瞎折腾了，好好过日子。他们说每找一次我的新家都感到困难，只因城市的人太多，路杂乱，小区太多。我却认为有实际意义，就是小儿上学方便，小区有树有水，连离小区一百米开外的南湖也可视为自己的前花园。那里湖光山色，波光潋滟，在草木花鸟中闲步，人会惬意起来，这一系列的好处诱使我搬家。人幸福的最高点来自一个简单的哲学道理——不必拥有太多，把心和时间交给生活便可以，就是这么简单。只可惜很少人能明白这个简单的哲学道理，不是人需要的太多，而是想的太多，想得到的太多。美好奇妙的自然世界永远不属于那些繁忙到不会抬头仰望星空和观赏山水、阳光、白云、花鸟的人。

更好的是，家后门有块小菜畦，旁边是些高矮不一的花草树木，有的被人为修整，有的自然地生长，小鸟在那里觅食和嬉戏。还有一亩见方的人工鱼塘，大大小小色彩丰富的鱼群在浅水里追逐游乐，令人赏心悦目。周末，可以进巴掌大的菜地挥锄，栽些小花小草，或是香料植物，什么大蒜、茋菜、薄荷、芫荽、香柳等等。我热爱烹调，没有这些作料就失去了做菜的意义，生活会减少很多味道。工作之余就伺弄这个小园子，也算圆了曾经的梦。土被挖开后，等小鸟飞来找食，我躲在一旁观看小鸟们从松土里拉出一条条细小的蚯蚓。理理瓜藤，浇浇水，除除草，累了就在树下小坐，在安静的角落里，时间在无意间慢了下来。突然间明白了什么道理，从一花一叶上看到了故乡，感受时间从你身边慢慢的流淌，时空和人生在你面前突然通透起来，你就会忘记去想人生的下一站在何处。

雨湖书社里的阅读

雨湖书社的创办，是我在城市多年的最大成就，简单的原因是实现我的最初目的，有关书本和阅读的一切活动都得以逐渐开展。这里集聚着一班相当苦学上进的读书人，他们年纪有比我小的，也有比我大的。书社成立时间不算久，但三年多时间是我多年来一直开展读书活动的延伸和成果。

雨湖书社三年多以来的读书活动，得到书友们的鼎力支持，创社以来，一路见证了书友们在背后默默的阅读状态，那也是自我提升和成为阅读爱好者成长进步的悄然过程。书社作为书友们的落脚点，在城市的一隅悄然存在，它不需要太多人的注意，太多人的参与，没有轰轰烈烈，没有点缀成引人注目的城市闪亮风景。社员们是一群极其普通的阅读者，是一群不时小聚交流心得的读书人。三年来一直初心未改，坚持吟诗、写作、朗读、辩论、讲座、倾听、编册子。当然，除了这一切，更多的是书友们各自在各自的生活空间里私下默默的耕读。

我创办的雨湖书社属民间小团体，所有阅读活动皆属公益活动，有固定成员十多人，非固定的就不好统计，今天来了，明天会走人，陌生的读书人也不少，不断进进出出。这是不要紧的，喜欢读书或喜欢谈书的人都可以自由出入。雨湖书社的社训为“乐学善读”，宗旨为宣扬阅读精神，倡导全民阅读，秉承唐宋书院“兼收并蓄，博采众长”之治学风格。兼容深度阅读与浅层阅读，以经典阅读为主通俗阅读为辅，每月开展一至两次阅读活动。阅读形式丰富灵活，讲座、交流、分享、朗诵、推荐、创作是书社的主要活动内容。常与网络读书会、高校、企事业等联合开展阅读活动，把阅读精神和阅读习惯传播到社会各领域。时常有社会各领域的书友慕名前来旁听，有来自报社广播电视媒体、高等院校、研究院所、司法部门、中小学或企业的阅读爱好者，他们以不同的视角、观点、兴趣或专业活跃于书社，畅所欲言、各抒己见。由于书社的包容性和开放性，前来参加阅读活动的来自社会各界书友时有变动，他们有的参加一两次，有的参加一次就再也不来，有的坚持到底。慢慢的，变成书社的重要成员，在书社里得到进步。他们的谈吐水平、表达能力、阅读层次、精神高度、视野宽度、写作能力等都得到不同程度的提升。

世界之大，无奇不有，社会纷繁复杂，网络终端的碎片化图文信息占领了人们眼球的当下，书友们却冷静地坚持阅读和交流。外界随时发生的国内外重大事件，没人阻止得了，因为任何人都很普通和渺小。我们只能在完成生存事务之后，阅读和关注，思考书里书外的世界，思考人类善与恶交织而成的世态和共同的终极命运。在风声雨声中释放读书声，找到生命的力量。

需要强调的是，无论大型或小型的阅读活动，其实都不是真正的阅读，它只是大家一起交流阅读经验和分享体会，充其量是一种相互学习。而阅读和学习是有区别的，阅读有学习的成分，学习不一定是阅读。真正的阅读是个人私下的事，默默耕读，默默思考，是一个长期的自我重建和文化濡化的过程。读任何书籍，无论是通俗还是经典，无目的或有目的的阅读，都是一种阅读。然而，长期分别读通俗读物和经典著作所产生的影响，在人的身上是截然不同的，对人格塑造、思维培养、心智锻炼、人生高度和精神层次都反映出不同的结果。

所以，我们努力去找富有思想、深度、意义、趣味，以及思想性和艺术性的书本来阅读，并收藏作为珍贵的人生财富，这是在一起共享阅读经验时慢慢产生的共识。我们牢记古人的话：耕读传家，晴耕雨读；一等人忠诚孝子，两件事读书耕田；腹有诗书自气华；鸟欲高飞先振翅，人求上进先读书；书是全世界的营养品，等等。我们从中受到熏陶和鼓舞，启发和鞭策，我们追求的是由浅入深，循序渐进，提倡厚积薄发，从一本书向一座图书馆迈进。

我们也警惕科尔顿的话：有些人为思想而读书，罕见；有些人为写作而读书，常见；有些人为搜集谈资而读书，这些人占读书人的大多数。事实上，现实社会中，还有其他的读书方式和目的，譬如为防己攻人而读书；为实现圆滑世故、八面玲珑的人际交往而读书；又譬如为升官发财或炒股暴富而读书，等等。而我的书社是绝不提倡读那些书的，读书是带有一定的功利性，比如考试或拿什么证书，但拒绝以上的读书方式。

事实上，阅读是一种习惯，一种生活姿态，更是一种人生境界。它不仅体现在高大上的外在形式，更是打从内心的文化进步，接受洗礼和沐浴春雨般的过程。这个濡化的过程，为了考试而读书的学校教育是难以企及的，它没有被动和急功近利的形式，一切都在自觉中进展。人生短暂，时光匆忙，工作烦琐，阅读应以精读为主，不必刻意为阅读而阅读，更要思考，如果失去思考，阅读变成滥读，变成毫无目标的游荡。阅读的空间无处不在，但要学会自己寻找，要学会自己腾出阅读时间。排除杂念，排除外界干扰，从书架上抽出一本书，不管新的或旧的，读过的或没读过的，慢慢翻阅，一页一页，细品其中味，进入读书的“三到”：心到、眼到，口到（朱熹）。你还可以拿起笔勾画，以便记忆或重拾。做到“三到”，你的内心将发生激烈的反应，无数个这样的“反应”相加，时间长了就变成滋养肉与灵的营养。读书的“三到”还可以在任何地方出现，只要我们爱上书本，只要养成阅读习惯。习惯是良好的养成，也是最大的舞台，意志是最大的动力，阅读的难度不在于书本，不在于空间和时间，而在于阅读的习惯，在于阅读的持之以恒。

接下来的问题是怎样选书，选书要自己找是最好的，通常有五个途径或方式：一是走书店，根据自己的爱好去找相关书架；二是参加阅读会，记下老师或书友介绍的好书；三是进入互联网，如当当、淘宝、蔚蓝、亚马逊、孔夫子等等；四是把平时看的书籍或报刊杂志里出现的好书一一记下；五是逛旧书街，那里摆着很多便宜的而且是你多年想找的好书，等等。然后，进行细心收藏，把自己用心买来的书视为家珍。再然后，就可随时自由阅读了。

自媒体时代，电脑手机里夺人眼球的东西无数，奇闻轶事，怪诞图文，金钱美女，随波逐流的信息搞得人心浮躁不安，手机阻止了很多人的阅读，染上“低头病”“手指病”。而传统的书本阅读是人类数千年创建的进步方式，醇香、迷人、舒心、陶醉，魅力无限，它恰好是医治电脑病、手机病的良方。我们正视科技给人类带来的先进和便利，更不拒绝网阅，但它不是我们阅读的主要或全部。“存在是合理的；任何事都有存在的理由；社会是多元的……”我们不反对这些观点，但要有主动躲避被碎片化袭击的能力。真正的阅读让我们强大，有精神乐园的阅读，我们不会孤单，不会离散。庞大的城市，车水马龙，繁华市井，却不见一家像样的书吧和书屋，只因没人消费而赚不到银子。商人的嗅觉极端敏感，假如很多人消费阅读和购书，城市的书店或书吧将会遍地开花，人们的生活会愈加美丽。

尘世纷纷，被物欲驱赶的人们成为逃难的尘埃，人生需要安定和沉静，如何让时光慢下来，找回自己，找到存在感，品味属于自己的人生片断，阅读和思考是最好的途径。

有人说，评价一座城市，要看它有多少书店。一座二十多万人口的城市，仅有两三家书店，又将怎样定义？雨湖书社的创建，是我们给我们生活的城市安装上一道明亮的窗户，我们相信，会有越来越多的人关注我们的存在，也相信越来越多的“窗户”次第地亮起来，照亮充实空虚的城市，照亮城市的黑暗角落。

我相信，雨湖书社的书友们将会一如既往地走下去，还有更多的好书等待我们去亲近、翻阅。多读一本好书，我们再“奇文共欣赏，疑义相与析”，人生的前方曙光万丈。

再游金湖感想

个旧是我曾经生活工作过的城市，离开它已经十六年了，但不时到个旧跟朋友们小聚或回老家路过那里，所以对它不会有过多的怀旧感。然而，对于有些地方而言，再次亲临，心里总免不了产生一点和在那里生活时不一样的心情。这次去小城办事，住进十号楼宾馆，我特别选了一间面朝金湖的房间，目的是想从高处看看金湖，看看它的夜景和繁忙的行人。

花草树木因高海拔和秋季的到来凋敝了不少，所以金湖的景色远不如春天和夏天富有生机，到湖边锻炼的人也少得多，原因是有一段路在改造和飘下一阵毛雨。生活在个旧的人都知道，只要进入秋天，只要是下点小雨，天气会突然变成冬天的模样，冷冷的。我住的楼层刚好可以瞭望半个金湖，推窗而望，湖面依旧沉静，垂柳和景观树被去冬冻伤了，很多树顶端部分已经枯黄，萎靡不振。水还是那潭水，静静沉沉的，只是湖边多出许多高楼来，若是夜晚，高楼上的灯火变成金湖的点缀物了。金湖也叫个旧湖，对于个旧人来说是一个特殊的符号，是一种情结，是一个代表性的名词，因著名作家巴金所命名"金湖"而名声远播。我刚调到个旧工作的时候，在湖边一所学校，家就安在妻子的单位里，儿子生长在那个只有四十几平方米的房子里。微薄的工资不够家用和供家里兄弟妹子读书，有时连打的也得考虑再三，大多时候是挤公交车。不论周末还是闲杂时间，好多时候都走金湖边的人行道进城中心去。儿子出生后，抱着儿子来来回回走过金湖无数次，一直到家搬到市中心后才结束必走金湖的日子。可改变不了饭后走金湖的习惯，跟赶路回家没关系，而是出于锻炼。

在个旧生活了近七年，也就是跟金湖打了七年的交道，见过金湖边无数的行人和多少人间的悲欢事件，见过多少次的花开花落和草木枯荣，以及湖水的涨起涨落。我于2013年以几乎唯美的方式写了一篇散文，叫《金湖的秋意》，写了金湖的白天和夜晚的景色，通过秋季的白天和夜晚的景色呈现出一潭湖水的秋意，还有与金湖有关的事和人。不知读者感觉如何，自己却觉得不错，但有些缺乏底气，文章过于飘逸。所以这次不应该唯美了，更主要的是，这次游金湖，让我想起几次多年前我遇到过的发生在金湖的令人悲伤和不愉快的事件来。多年了，那些事件一直在我的心中翻转，甚至让我难眠，所以我得把它们一一写出来，让它们统统从我的脑海中走出去。

我见到的第一件事，是发生在2005年夏天的一个早晨，那时我去学校上课，经过金湖的最北边路段时，看见几个警察在围观人群中拉了警戒线，维持秩序。我走近发现，水里漂浮着一具女尸，脸朝水下，全身浮肿，头发在水面散开。这种场面，让人猜想无数，她到底是怎么死的？怎么选择这种方式？人群中的知情人说，她头晚赌麻将赌输了，想不通才投湖自杀，但也有人说，可能是情杀所致。更有人说，不一定，可能是因家庭问题而自杀，等等，众说纷纭。无论怎么死，都是非正常死亡，这么美的一个湖里怎么会有死人出现？湖水跟死亡有着什么必然的联系？那时我为一系列的问题纳闷。个旧本土的朋友就习惯得多，他们认为，金湖里偶有死人早已不足为怪，正如其他城市的湖水会淹死人。

第二件事发生在2007年夏天，但不是在早晨。当时我已调往市教育局工作。中午12时许，我下班顺着金湖人行道走回家，当我走到工人文化宫对面怀源花圃时，看见一对年轻情侣在那里对骂，十分激烈。我走到他们身边时，男的打了女的一巴掌，女的捂着脸嚎哭起来。又对骂一阵后，女的急转身跑向湖水，男的往相反的方向走，这时我已经走到湖边的行道上了，看着她怎么办，心里随时准备跳水救人。真的被我预测到，她快速走进水里，水越来越深，越来越漫到她上身，她有些犹豫，有些恐惧。最后水漫到脖子时，突然大声哭起来。我把包扔在地上，准备跳水游过去救人，这时，她的男朋友转过身来看了一眼，并快速跑到水中死死抓住女友把她拉了出来。拉出水后，两人站在石阶上抱成团哭起来，可能找到了共同的体验。我想，这也算是瞬间的生死离别了，他们伤心、恼恨，但又有一丝庆幸，不知他们今后是否还会这样闹情绪。这让我想起来，人心难测，在你发怒或仇恨对方时，巴不得对方立马死掉，在你高兴或心血来潮之时，不分彼此，巴不得化为一体。人啊！多么戏剧化的动物！

第三件事发生在晚上九时左右，饭后散步金湖的人们已经陆续回去，我和朋友吃饭绕着金湖回家，正走到红炮台人民医院对面时，两个女孩和一个哈尼族中年妇女在草皮上悲伤痛哭。很多人手拿电筒往湖里照射，119 的工作人员坐在小游艇上拿着竹竿打捞落水的人。我去打听情况，原来是有几个元阳来个旧打工的年轻男女在湖边的围栏上玩手机和嬉戏，有个小姑娘不慎掉进湖里。当时几个伙伴都不会游泳救人，才求救旁人为他们拨打 119。等消防人员赶到现场时，已经过了二十几分钟，虽然他们努力地打捞，一直坚持捞到晚上十点多钟，最终还是没有捞到尸体。有些人说，可能被大鱼拖走了，有些人说，可能被湖底的水草缠住，有些人说人在挣扎逃生时，远离了落水点。人们议论纷纷，落水的姑娘不知去哪儿了，只有她的亲人和朋友在焦急和痛哭。有关后续的事，再也没有听说。

最后一件事，是我在金湖边遇到的最后一件事了。在个旧，不过多久就会听到有人说金湖又发生什么事，但那些都是些人间的不幸之事，如同跟自己无关的消息，在耳边来去匆匆。所以我只能讲讲我遇到的最后一件事，那时我已经调到蒙自工作三年了，照例回到个旧度周末，因为妻子还在个旧上班，小孩还在个旧读小学。记得 2012 年春天的一个傍晚，我和妻子到金湖边散步，走到红炮台公厕边时，突然看见一个脸色苍白的看似生病的 50 岁左右的男人从马路边的树下冲出来，飞速跑向湖边，跨过石栏，正要跳水的刹那间，被我一把扯住。我一边说“大哥，不能这样”，一边用右手勒住他的脖子，妻子急忙过来死死抓住他的手，然后把他从石栏外拽了回来。把他按倒在人行道上，他一直不说话，只是拼命地挣扎反抗。这时，旁边的行人报了 110，十多分钟后，三个警察赶到现场。我们才把病人交给了警察，走开了。

碧绿的金湖，映着蓝天白云，映着青山倒影，映着耸立的高楼，湖边飘着垂柳，美矣！湖在繁市，湖在人间，仿如城市的眼睛，成为城市美的象征，多少人慕名前来个旧，就是为了一睹金湖的美貌。但又有多少不幸的生命在那里结束，这是人间无法解释的现象。有哲人说过：世界上，只有人才会想到自杀。想轻生的人为何偏偏去找一片湖呢？但愿金湖不再有人间的悲剧上演。

仲夏五里冲

仲夏五里冲，山水醉人，游览佳境，心满意足矣！

的确是好季节，若不是五里冲茶业有限公司秦晓绍的盛邀前往，我恐怕得在烦躁的城里度过一个闷热的周末了，错失一个美丽的仲夏天。今天有幸游了大半圈水库，领略了五里冲山水的神秘与美丽。进入人工与自然结合的秘境，人的精神状态就不一样了，睁开眼睛看美景，张大嘴鼻呼吸新空气。一潭湖水和青山定义了清凉的世界，残酷的夏日被抛在山外，使人突然变得轻松快活了。路面和树叶，以及空气的湿润表明，近些天不时有阵雨光临过，每一棵草木、每一块石头仿佛都被清洗过很多遍，再加上湖的深绿，整个天地呈现一片鲜亮，我认为这个季节的五里冲外表从没这么美过。

说起五里冲，二十世纪九十年代初我就听过很多人议论，当时我还在蒙自师专念书，五里冲水库被人们讲得出了名，其实是因水库工程而出名的。那时候，人们说水库是多么的深，工程难度是多么的大，用多大的水管从水库引到蒙自城，可供多少人口的饮用和田地的灌溉等等。所以听得烂熟了，曾一度心向往之，只是由于各种原因，心愿未能实现。十多年后，来蒙自工作生活，去过几次屏边或河口游玩，途经五里冲一带，每一次都直接从水库边上走过，每次都是匆匆过客，心中除一潭深水和陡直的山崖外，几乎没留下什么特别的印象。当然，偶尔也听说有些车翻进水库里就找不到了，这种说法，不外乎在强调水库很深、湖很神秘罢了。

现在，还有住在蒙自城的人不知道怎么去五里冲，其实很近，从蒙自城出发，经过新安所，再往山上绕行十来公里路，爬到一定高度时穿过一道丫口，突然出现在眼前的山水便是五里冲了。深绿细长的湖水，公路绕湖而过，陡直的石崖，路狭窄而弯曲。车子进入五里冲地带，不要二十分钟就翻出山水的另一边去了，对初来五里冲的人而言，不过就这些印象罢了。而我，这次是不同的，通过不同的角度审视了五里冲的山与水，跟往常的经过感受大不一样。首先是我随朋友爬上水库管理站的房顶俯瞰湖面，环视五里冲的山色水貌，水库因人工截堵，顺山谷蓄水，构成一个倒“人”字形，也许是时间长了吧，看不出半点人工痕迹。听管理员讲，湖水最深处达一百多米，相当于四十几层的高楼，这种深度是令人害怕的。坐快艇按正常速度行驶，要走两个多小时才能环绕一圈，可见水库的容量，在到处是溶洞的地表层上能蓄住这么沉重的一潭水，实在是奇迹。今天天气还好，山风也不算大，在不规则的深绿色水面上倒映着青山的影子和洁白的云彩，映着石崖的倒影，景象十分奇特。不时有飞鸟掠过湖面，或山顶上飘落一片树叶来，更显湖的深沉与神秘。也偶有几辆车驶来，打破山水的寂静，若不是一条公路横过，五里冲应该是一块难得的佳地。

石崖是值得一说的，从湖面直插云霄，险恶雄壮，细窄的公路像一根线，在山崖脚勉强地穿过，崖顶耸立着嶙峋怪石，看似某种怪物，面目狰狞，背部披着厚厚的草木，仿佛一不小心就会猛然栽倒进湖里。湖水幽静而深邃，山崖险恶，坐车行过极地，来自上下的恐惧感使人一时紧张起来。如果按传说的方式讲，石崖顶的怪石是某个远道而来的神仙在守着心爱的湖水或消失在湖水里的情人。这种传说，一旦讲深，情节肯定会动人心魄。假如你看到石崖上凌乱的洞孔，想必会想到附近有多少个溶洞隐藏在水库下，这不是简单的猜测，我们就看见三口溶洞暗藏在不同地方，若不是水库管理员带路介绍，是不会发现那些溶洞的。一口藏在水边的树林里，因紧紧靠在湖水边，出于安全，管理员没带我们去探究一番。另一口直接藏在水库下方，通过堵截的坝底检查口才能进入，还需打开手电筒，里面就是奇形怪状的钟乳石，溶洞深不见底，有高、有窄、有宽、有陡、有平、有湿滑的，说话声回荡在黑洞里。另一口洞就在坝底检查口的对面，它不是平直进入山肚，几乎是垂直而下，听说这口洞不算深，仅有两百来米，还有些扶栏。我想，如果再仔细找，还能找到更多的洞隐藏在草木山石间。仅仅是坐车走过，根本就不会知道五里冲水库地质的复杂程度，也可见当年建设水库的艰难程度。

从石崖往南走数分钟路，再转向右边被树木覆盖的斜坡，拐弯处便是朋友秦晓绍的著名茶庄了，整个茶庄隐藏在苍天古树和竹林间，远离浮华人烟。民国土司宅院风格的茶庄坐南朝北，石缸和碾石随意地摆放在正在开放的三角梅旁边，凹槽里集了些水，苔色显目，宅院周围开些不知名的花。下午的院落十分安静，平时只有花草树木自然地生长。我们尾随秦进门，他的工人把木窗一一打开，让我们坐在茶桌边品茶。一边感受破窗而入的缕缕清风和“东方美人”的茶韵，突感一派世外风情，这是山野另一番说不尽的味道了。炎热夏天消失在青山外，不必去想它，你可端着一杯香味萦绕的“东方美人”慢步林间小道，仰头望望古树的挺拔雄劲，也可品赏为仲夏而来的野花野草，还有那些你永远叫不出名字但又似曾相识的果实。悠哉乐哉，惬意满满，别忘记了这一切仅仅是五里冲的一部分。

正当朋友们在为“金花茶”品头论足的时候，我端着一杯“东方美人”悄悄走出屋外去从庭院延伸出去的木板台上，环视周围，透过竹林向远处瞭望。哦！一湖绿水又映入眼帘，“那不是水库吗？”我暗自发问。“人”字形的水库清晰地显现出，远景要比近景辽阔、清晰、明净，她分明是镶嵌在山间的一颗明珠，她的美妙全然是神的杰作，人的每一束目光都可被她的冷美死死吸住。你想一想，蓝天、湖水、石崖和青山的完美组合，该会是什么景象？我又想到，虽然水库是人为改造的，但它早已融入自然了。我想凡事都这样吧，只要合乎自然，不违背自然，人得到的是自然的良好回报。

此番感慨、此番美景，还是开头那句话：山水醉人，游览神秘佳境，心满意足矣！

自媒体时代的责任与操守

人类创造的科技促使人类疾速走向全新的社会和时代，人们常说的“我曾经见过”“我曾经听说”或“某地曾经发生了什么”等描述的事件，于今天而言，不再是一人独有或独见。很多正在发生或别人的所见所闻，会立马来到你的眼前，只要打开手机即可。

互联网的进步催生了自媒体，自媒体的诞生促使人们从信息一元化的主流媒体疾速走向自我“当家作主”的多元化自由时代，听观点和表达观点得到了前所未有的空间和自由。从此，人们不再只有“权威声音”、封闭的信息和僵化的判断模式。每个人都可能是作者、发布者和发言人。

何谓自媒体？有人给它下了一个非严谨性的定义：自媒体是私人化、平民化、普遍化、自主化的传播者，以现代化、电子化的手段，向不特定的大多数或者特定的单个人传递规范性及非规范性的信息的新媒体的总称，包括 E-mail，论坛、微信、博客，甚至是手机群发(《互联网扶贫书》)。它是有别于专业媒体机构主导的信息传播，是由普通大众主导的信息传播活动。最根本的特点是平民化，每个“草根”都拥有一个可以自己做主的社交网络空间，在这片个人空间里想做就做、想写就写、想说就说、想拍就拍、想传播就传播。

从以上自媒体的性质来看，目前盛行的QQ、微信、个人公众平台应该列入自媒体行列，而且比前几种功能还要便捷、迅速、高效得多。在如此便捷的网络空间里，“草根”的交流方式像藤蔓疯长开来，任意主宰自己和别人的天地，表现自我、张扬自我、诉说悲喜、传播发现（通过文字、图片和视频），及时收获他人的反馈，寻求共同的心理感受。无所不晒，有晒自己伤疤的、有晒个人事迹的、有晒他人不幸场景的、有晒个人私密的、有晒灾难现场的、有晒胡言乱语的，有晒与道德相悖的，有晒诽谤他人的，怎一个“晒”字了得。

事实上，这种信息“繁荣”的景象折射出自媒体鱼目混珠，良莠不齐、可信度低、真假夹杂、法律不便涉及等诸多问题，由此往往逃避道德或法律的约束。所以，自媒体的主人们晒自己的“作品”时，不时损害他人的名声利益或社会伦理道德和公序良俗，甚至是损害党政机关形象。在快速与随意、消遣与娱乐之中，只管追求快感和时效，很当然地传播了不该发表的言论或图片，这是自媒体时代必须规避的负面产物。

“起床第一件事除了睁眼，就是摸手机。”有人戏称这是“重度社交网络信赖症”，自媒体时代的群体已经从精神上投靠了媒体几乎“无所不能”的网络支柱，仰仗这个强大的精神“教主”，他们打发了寂寞孤独的时光、满足了虚荣心理、体验了快感、享受了文化快餐、回避了生活压力、张扬了个性、找到了“知音”、宣泄了情感，等等。整个自媒体世界到处飘忽着自恋、唯美、童真、浪漫、虚幻等元素。买了一件衣服、吃一道特色菜、发现一个新事物、生了一场病、出了一次游、看了一朵花、遇见一次车祸等等，几乎凡目光所及的或想到的，他们都要向别人传播相关信息。为了满足拍照、“写作”和传播的癖好，他们常常表现出另一方面的麻木——对公德和自律的麻木，忘了自己在做什么，缺失应有的责任，自然就出现了前文所言的诸多自媒体的负面影响。

自媒体时代的以青年群体为代表的生存状态具有普遍性，这是时代和社会发展的产物，是不可回避的社会问题。社会应当真诚关注青少年群体的生存状态，关注他们的思想倾向对社会的负面影响。该如何杜绝自媒体的负面影响，除需要全社会的重视和正确对待外，还需要自媒体主人的觉悟和素质，以及最基本的责任和操守。

无论如何，自媒体时代的群体要有约束自己的自律能力，对自己、对他人和社会都应当负起责任，遵守基本的道德及法规。没有一个空间是绝对自由的，在自媒体中传播见闻和感言时，不能只图一时的快乐、兴奋、压抑和孤独，就一股脑地把伤及他人和集体利益的图文传播开去。

毓秀路

中国城市的道路名称演变历史久远，早已形成一种文化传至今日，在使用和传承过程中不断反复嬗变，不同时代体现出不同时代的取名风格，所以街道和马路名称一定程度上具有明显的时代特征。同时，每一座城市都有自己独特的街道或马路，除用人名、动物名、植物名或“北京路”“上海路”“南京路”等以城市命名的通用路名之外，每个地方都会按当地的历史文化或区域特征来取名。当然，还有历史文化中遗传下来的符合人们的理想或愿景的路名都会被不同的城市取用，表现出街和路的时代性。

蒙自城虽小，街道和马路的取名风格同样如此，具有浓郁的时代性和地域性。譬如，“凤凰路”“北京路”“联大路”“麒麟街”“阁学街”“邮龙巷”“银杏路”等等。本文不是罗列城市街道马路名，也非探究街道马路名称的学术，故有关路名的历史文化就不去谈了。在蒙自，最保守的估计也不会少于一千条大大小小的马路或街道，而且每条路都有着一定的历史和文化，尤其那些老城区的小巷小街。我对其中的一条路情有独钟，它叫毓秀路，处于秀美的南湖边，南湖南路中段至某军区门口，是一条短小的岔道。我估计，蒙自很多人不知道毓秀路在何方，虽然每天数以千计的人经过这条小道。毓秀路不长，也不宽，长约二百米，宽约七米。在蒙自，这样的路算不上众人知晓的路，不管怎样小，相关部门还是认真地把路标插在路的两头，让其发挥路的社会功能。

二十年前，我在蒙自师专读书时就走过几次，那时不太熟悉，有些陌生，记得那时和一帮同学出来游南湖骑自行车经过。我到蒙自工作后，就在三年前，为便于小孩读书，我就入住南湖边的红河花园小区，几乎每天都经过毓秀路，如果不顺南湖东路，毓秀路是我出入的必经之道。在蒙自，我时常走的路还有很多，但它们都是普通的路，不像毓秀路印入脑海且产生了特殊的感觉。当年不知取名的人怎会想到用“毓秀”来取名，不得而知，我想也没有必要去深入考证了。“毓秀”一词的含意却不可不知道。毓：养育；秀：优秀。毓秀：孕育着优秀的人物，有个成语叫钟灵毓秀，凝聚了天地间的灵气，孕育着优秀的人物，山川秀美，人才辈出。这是出自唐代柳宗元的《马退山茅亭记》：“天台为仙境，为佛地，无怪钟灵毓秀，甲于他邑。”由此可知取名人的一番良苦用心了，对一条路抱以美好的愿景。

精致干净的毓秀路夹在蒙自二中和官房酒店中间，二中的侧门开朝此路，官房酒店背后的两个花园式小区的大门也开朝这条路，二中附近很多村子和小区的人也常走此路。所以，遇到师生放学或上学时间，人车如流，毓秀路处于繁忙的高峰，甚至拥堵。对于一条路来说，这些现象再正常不过，其他路也照样会拥挤。毓秀路的特别之处是两旁的树和它的秀气，秀气主要体现在干净和短小。夜晚的灯光略许清冷和低沉，树与树中间有木凳，让等待学生放学的家长和走累的行人休息。你也可以和其他行人一样，坐在走道的木凳上翻翻书、刷刷手机什么的，看看偶尔骑自行车的人悠闲地经过。

我内心一直认为，毓秀路是一条富有文化的小道，南湖、军分区和二中相关的很多人文事件都曾在这里发生，稍微扯远一点说，当年西南联大文、法商学院的师生，想必也走过这条毓秀路不少。无法想象的是当年路边的树是否是今天的树，每当路过毓秀之地，我都抬头望望头顶的树枝，不由自主地猜想这些树是什么时候留下来的。凡经过毓秀路，只要不是开车，我都会慢慢欣赏路边一排排的香樟树，毓秀路的特别就特别在一棵棵香樟树上。光凭香樟树的粗壮程度和形状，就可感受到路的粗略历史和浓厚的文化气息。两旁的树一致倾斜到路的中央方向，几乎没一棵朝向相反方向。人和车就穿梭在蓬勃的树丛中间，路被两边树枝围拢遮盖，形成拱形，小雨的话，几乎淋湿不了人，阳光时日也清凉爽快。不到三米就一棵香樟，外皮粗糙且灰色的树杆和弯弯曲曲的树枝，有 V 字形的、有 S 形的、有“人”字形的，也有手掌形的，十分怪状。撑起一蓬蓬浅绿的叶子，有的枝头因叶子过多而垂吊下来，有明显的下坠感。如果大雨和雪天，这些树枝无疑是最先断落的，所以叶子过密也不算一件好事。毓秀路的香樟叶随季节而变化，早春是浅黄带绿，暮春到季夏呈深绿，偶有红叶，秋天就显现红黄色了，黄色的居多，早先落地的大多也是黄叶。叶子在每个季节都有其不一样的颜色，一看叶子就可知道是什么季节了。

附近的南湖公园里有很多树，一到秋季，枝头的叶子都落下来，不说落光也是掉了很大一部分。而毓秀路的香樟叶，秋风伤害不到它们，即便入冬也坚定地挂在枝头，故而看不到彩叶缤纷的景象。那香樟叶在什么时候落地呢？是春天，初春时节，你要是走在树下，会有无数的红色和枯黄的香樟叶落到你的头上，路面被厚厚的叶子铺盖，汽车行走时，被轮子卷得纷飞。通常这个时候，清洁工老早就出来扫地，把厚厚的叶子一袋袋丢进垃圾车里运走。但不过几个时辰又是一层落叶，够清洁工好一阵子努力工作。旧叶子落地的日子，也就是新叶子出来的时候，也是开花的良好时机，不知别处香樟树的生长景况。香樟树的花似乎是粉粒状的，等到落花的时候，满地都是细沙般的花粒，人踩在落花上会产生一阵阵酥软的感觉。等到冬天，叶子变红的变红，变黄的变黄，果实熟透而变成黑色，等待一颗又一颗地坠地。

春暖的时候，新叶和新花同时挂上枝头，长势随天气热烈起来，你就可以想象毓秀路会是怎样的一番景象了。要享受毓秀路春天的气象，最好是趁行人和车流很少的时候，独自一人漫步，这时一种自然和人文的灵气一股脑涌向被春天包围的你。你再看看路标上“毓秀路”三个字，就会真正想到“毓秀”的远景含义来。

基于毓秀路的真实景象和我个人的诸多想法，它是一条难得的殊于蒙自其他道路，是历史的、雅致的、文化的。尽可能的话，无论出去办事，还是散步，我都不会错过行走在毓秀路上产生的特殊怡情。

火塘

说起火塘，首先想到的是关于火神的传说，世间流传的火神传说版本不一，民间祭祀火神的形式也多种多样，不胜枚举。哈尼族火塘边的神话很多，包括火的传说故事，但没有一位老人讲得清哈尼族使用火塘的年代是何时开始的，也无法考证什么时代从屋外搬到屋内。我想，它和诸多祖传的神话传说一样久远，想必和汉语传说中著名的火神祝融一样久远。希腊神话中有个普罗米修斯盗火的故事，说他给人类盗来了火种，送来了光明和安全。神话如虚无，却不得不承认与每个民族的火文化有着说不完道不尽的相连，人类对火的向往和虔诚为何如此相同？

话有些扯远了，我要讲的是我生命中早期的火塘，蘑菇房里那个小小的一家人围着过日子的火塘。我想哈尼族罗碧、罗们支系的房屋建设是人类建筑史上别具一格的民居，堂屋以火塘为核心，堂屋里搭了木板平台，离地略高一米，并用泥土和石头堆砌出与木板同样高的土台，形式火炕，但北方火炕通常是底部烧火取暖，而哈尼族的火炕在平面上，土台的中央生火为火塘。支起铁三脚架，一切烧、烤、烘、炖、焙、煮、炒、蒸等都在火塘上完成，在家里开展的民俗仪式活动几乎都与火塘有着关联。火塘设在最接近祭祖先神灵的地方，这种布局除让神灵接近火的温度及接受熟食的供奉外，还通过火塘连接着神与人的关系，可见火塘在哈尼族人生中的特殊意义。

蘑菇房有个缺点，没有宽大的窗子，透光性不太好，没有电灯和煤油的年代，哈尼族鲁班一样的巧匠们发明了一套民居理论和实践，蘑菇房后墙上留有一个透光的斜孔，这也是哈尼族对光的一次伟大利用，如果是白天，太阳光可以投射在火塘的位置，有时照在三脚架上的铁锅，光不断在火塘边移动，因为太阳会走路。点火后火烟四散，呈现一幅微妙的图景，太阳光的照射下形成一股乳白色的光柱从墙连接到火塘，带着微尘的白烟缓缓飘向墙孔，如梦如幻。火塘如此魔幻，点缀生命的现实，能解决人的吃喝问题，无论白天还是夜晚，我和所有哈尼人一样，在火塘边听着无数的故事长大，更为重要的是靠火塘的熟食养育了身体。

今年春节回家，家乡那副永不变的雾天又迎接从乡外回家的游子们，阴气沉沉，毛雨瑟瑟。照过去的生活习惯，正是一家子围着火塘烤火过年的时候，只可惜时代的生活气息流走的有点突然，火塘不再发出温度。首先是蘑菇房不在了，被冰冷的钢筋水泥房代替，屋里没有火塘存在的地方。房屋设计先进了，宽敞明亮，有些火塘是象征性的，摆个样子，没有火而失去了火塘发散的温暖，失去了一家子面对面围坐火塘讲生活延续亲情的气氛。偶有现代取暖器在清冷潮湿的地板上发亮，单一地发出热量，烤火的人面前暖了，背后却一阵阵发冷。那种过去以火塘为中心的生活和文化空间已然消逝，人们突然来到一个陌生的时代。

更让我不适的是，大年初一清早，家族里的孙辈们提着自家的糖果、糯米粑、猪肝等祭品往我家里跑，献给我年迈的母亲。母亲是家族里最年长的老人，自然得到大家的尊敬，按哈尼族的习俗，新年第一餐最好吃的要献给家族里的长者吃，母亲还要接受磕头礼。如果是过去年代，所有过程都要在火塘边完成，长者要坐在火塘上方靠近祭台下，接受儿孙们的祝福，包括磕头在内。房子变大了，可没有火塘，母亲一大早就坐在沙发上和不时来往的亲戚交谈。有个小伙提着他家的献品来了，双手交给母亲，然后突然跪在水泥地板上给母亲磕头，“阿奶，我给您磕个头，祝您长寿。”我说的让我不适就是此过程，在没有火塘的水泥地上给老人磕头是平生第一次见到，过去磕头的人在火塘下方，朝老人方向跪拜。现在失去了一种庄严感和空间层次感，磕头的人与长者在一个平面上，压根就不对头，不符合传统，打破古老的规则，没有了年味感。

再说年味，记得小时候，年味首先是从火塘开始的，沉睡中的我们被父母叫醒，睡眼惺忪的我们，拿着几炷香在火塘里点燃，拿一封炮仗，急忙奔向离家门不远的水井外取圣水。然后点燃炮仗，再把发出微光的香插进水井边的石头缝隙，急忙提着圣水回家。然后把圣水交给围着火塘忙碌的母亲，母亲会把圣水倒进火塘上的铁锅里，煮新年祭献祖先的猪肉猪肝，然后再煮汤圆。我们几弟兄围坐在火苗通红的火塘边看着母亲做祭品和一家人的新年饭，随着圣水在锅盖下面沸滚，馋人的肉香味飘荡在温暖而黑乎乎的屋子。半个时辰后，母亲用筷子夹出煮熟的肉。父亲就把冒着热气的肉放在砧板上，一片一片地均匀切开，再等母亲煮好汤圆，用和出土文物同样陈旧的竹编漏勺捞出白生生的汤圆，放进豆面盆里，用双手摇晃裹汤圆，那种视觉和嗅觉带给人的幸福感无法用语言表达出来。这时，天快要亮了，村里更早祭祀的人家放起了炮仗，接连不断，整个村子被噼噼啪啪的炮仗声叫醒。父亲在神龛下的托板上放一碗酒、一碗饭、一碗汤圆、一碗肉祭献给祖先们，他边念祭词边磕头，一家人跟着磕头。在温暖幸福的火光中，我们双手接下父亲分发的猪肝，还有热乎乎的汤圆，慢慢品尝新年的第一餐美食。这样，我对新年产生的美感和期盼就是在火塘边开始。

哈尼族传统的蘑菇房里的火塘生生不息，尤其有老人的人家，四季都要着火，即使是夏热天人们外出干活，也要把火炭用火灰掩盖，等到晚上煮饭菜时扒开火灰加柴就行了。这样，火塘像人一样代代不息地延续，所以哈尼族家蘑菇房里的每一根梁柱、竹筒、腊肉、谷种、储粮的楼台都被长年的火烟熏黑，像涂上一层厚厚的黑漆，很少出现蛀虫现象。有时可剥下那层厚厚的“黑漆”丢进火塘里，先是一阵白烟带着微弱的响声冒起，然后升起红红的火苗，像魔术师的法术。哈尼族老人说，火塘不生火不像家，家有火塘才能存在。是的，生活的气息跟火塘分不开，火塘像一块巨大的磁铁，定时会把人吸到它的身边。整天在里外劳作的人们，最终还得要回到火塘边来，解决有关吃住的问题。除了吃住外，人们在火塘边完成无数有关人生的文化礼仪事项，包括教育在内都要在火塘边进行。在火塘边上吃烤熟的食物，讲故事、讲生产生活、讲天南地北、讲神话传说、唱哈吧、唱诵古歌古调，长辈教育晚辈，传授生产知识和技能，教育如何做人做事，在小小的火塘边完成人生的启蒙教育。所以，火塘不仅是家人聚拢的地方，也是一所感化心灵的学校，从火塘边走出去的哈尼人，为人谦卑而诚实，他们在火塘边接受了祖传的知识和做人的道理，以及对自然神灵的敬畏和祖先崇拜的意识。常常，除家人外，其他亲戚朋友也会加入火塘“沙龙”，拉家常、人生、生产、生意，听讲鬼怪故事。年纪小的听了鬼怪故事，常常不敢独自回家，还需胆大的伙伴送回去，有时候直接在火塘边铺块草席就地而睡，沉入童年多彩的梦乡。

神秘的仪式也常常在火塘边上演，记得有次爷爷的叫魂仪式从火塘边开始，他把煮好的鸡蛋和糯米饭放进碗里，点燃一炷香就跑向寨子外面，为掉进梯田水里的兄弟叫魂。我好奇地跟在爷爷的后面，跑到寨子外兄弟落水的地方。爷爷的声音优美洪亮，他清瘦的身子在薄暮中缓缓移动，手里的香火成为神秘的星火，叫声一阵接着一阵，辽远而清悠，仿佛从中世纪时期传来的神秘声音。爷爷一边叫魂一边走回家，我像一只小狗跟在后面，接受一种淳朴的人生启蒙教导。爷孙俩带着兄弟的魂来到火塘边，爷爷准备剥开鸡蛋看蛋青上的线路，看兄弟的魂是否按他的预测回来。

火与神、火与家、火与牲口都有着密切的关联，可以想象，没有火塘的家，清冷不说，人心较为分散，各人完成各人的事务，交流和增进亲情的机会逐渐减少，家的核心会逐渐淡化。今天，时代已经走出了完全依赖火塘的岁月，人们走远了火塘，传统的火塘渐渐熄灭，多被现代电器取代，人已疾速走向陌生的地方去谋生。因为火塘不在，千里迢迢回家过年的人们不再围着火塘讲人生和生产，忙于讲的是外面的稀奇世界，回家过年已成为一种形式，一种缺乏温暖的来来去去。亲人与亲人之间出现了心理上的淡漠，不再聚拢在一起谈论一个共同的话题，人们关注的焦点不一样，缺乏彼此的理解和关注。亲人间失去了更多温暖，心灵遭遇孤单。因为火塘不在，农耕知识的讲授也大量减少，酒歌和神话已然从火塘边消失，千百年传播传承传统知识的地方渐渐清冷。比如小时候，在火塘里烤苞谷，可以一边吃甜嫩的苞谷一边听大人们讲苞谷的品种、苞谷地的肥瘦、苞谷成熟的时间、不同品种的生长情况、要薅几次地等所有关于苞谷的知识。生存的知识无数次地讲授，而且这种讲授是自然的，没有什么特定的内容和时间限制，讲与听都在随意间发生。但讲得多了，听得多了后，毋庸置疑地增长知识，而那些知识与一个人的成长有着重要的关联。

常常想起小时候的火塘是因我早已移居城市，在一个别样的生活世界里面对食物的哲学，城市的一切饮食物都靠电气来完成。而我儿时的蘑菇房里那方小小的火塘还在发出温暖的光热，照亮我最初的生命和梦想。一张张期待着幸福生活的脸还在脑中频繁地闪现，那些缠绕我童年的火塘故事还是那么鲜亮那么深刻。

教育应当着眼一个人的全部生活

一生关注人生、国家两大问题的教育家、社会活动家、儒学大师梁漱溟先生曾对教育作过一段精辟的论述:“教育应当着眼一个人的全部生活,而领着他走人生大道,于身体的活泼、心理的朴实为至要。”这是关于教育如何使人成为人的真实理想,也是以人为本的教育思想体现,对于我们今天孩子的健康成长和改良教育有着深刻的现实指导意义。

然而遗憾的是我们当下的教育似乎偏离了航向,没有朝这个方向走。无数学校津津乐道于“升学率是学校的生命”,衡量一所学校的教学质量标准主要是看有多少毕业生考入高一级重点学校。为了让更多的学生考入重点学校,一线教师就只好死守考试“法宝”,力求打造所有学生成为考试能手。从小学一年级到高三的学生,他们的黄金岁月几乎都在作业和考试中度过,初、高中学生很难有一个完整的周末,学校不补课,家长也要把孩子带到各种培训机构进行“充电”。从学校的常规学期来说,小学一、二年级的学生下午放学回家,除吃晚饭外,做作业做到晚上十一二点钟是常事。考个高分进入好的学校,这是当下现实得不能再现实的教育状况。“只要高考指挥棒挥舞的一天，我们就只好培养学生学会考试。”这也是很多校长常说的一句话，这是现实还是美丽的借口？两者皆然。还有一种一直支撑着唯考试论的是“目前最公平公正的只有高考”。意即只要存在高考，“指挥棒”就不可能不挥舞起来，教学不可能不为高考服务成为坚定的理由，也就不可能不维持目前的教育现状。难道就没有更科学的途径让学生在“学会做人、学会生存和学会学习”的综合教育下完成学业吗？我们缺乏的不应该是解决这个问题所需的智力和技术。

为了适应激烈的竞争，为了避免名利上的淘汰，学校就只有在培养学生的考试能力上下功夫，从后勤服务到行政管理，以及教师的常规工作都不得不围绕着这个主题。至少在口头上喊着“很重要”的学生身心健康问题最多也只能列在次要的位置上，“减负”又变成“增负”。教育学家的研究一再表明：学生的智能都是不均衡的，都有智慧的强点和弱点，他们一旦找到了发挥自己的智能的最佳点，使智能潜力得到充分的发挥，便可取得可喜的成绩。但因有些同学不擅长现行的评价方式，常常受到打击和歧视，遏制了他们的其他特长及兴趣，失去了接受良好教育的机会。学生的个体差异和能力的差别，注定在学习过程中不可能每个人都在任何一个学科中体现同等的能力，尤其是在语、数、外、理、化科目的考试水平上。考试只是一项测定学生综合能力的方式之一，它不代表学生个体能力的全部。但在重点学校升学率的要求下，对学生的评价几乎只有考试一种方式，在教师们的主观愿望中个个学生都必须是考试高手，但事实上怎么可能呢？这本身就严重偏离了素质教育的本意。

“教育应当着眼一个人的全部生活。”如何让学生增长考试之外的见识？如何才能使学生更贴近生活、贴近社会？如何培养学生的创造精神和实践能力？除传授书本知识外，我们对学生还要传授什么？特别是处于基础教育阶段的学生，正是影响着他们健康成长的关键时期，尊重学生身心特点和教育规律成为关键。而我们正在忽视此关键性问题，为什么我们的孩子一个个有气无力？每一次长跑或其他体育活动都出现不少的学生因身体不适运动而倒下？很多高中男生做引体向上或俯卧撑超不过五次？甚至有的连两个都做不了，我们平时的教育给了他们什么？我们的教育着眼了孩子们全部生活了吗？

有什么样的基础教育就意味着有什么样的成长方向，就有什么样的国民素质。关注学生的生存能力和思想品德，注重培养学生的独立思考能力、创新能力和实践能力，这才是素质教育所要达到的目的。学生需要的是综合技能的培养以及被老师发现不同于别人的兴趣和特长。既然想得瓜就不能种豆，教育实践中的一些舞弊行为、“尖子生”的美丽陷阱，衣来伸手、食来张口，动手能力普遍下降及自我为中心的现象日愈明显，这些都是我们急于求成、急功近利、单一追求考试成绩的结果。大自然不需要早熟的果子，不要让学生过早地承担超负荷的身心压力，还他们一片健康自由成长的环境空间，为他们“身体的活泼和心理的朴实”创造良好条件。事实上，素质教育从来就没有排除或回避考试，但它的核心和目的不是考试。高考制度下，践行梁漱溟先生的教育思想是不矛盾的，而且为我们目前教育教学改革开辟了一条阳光通道。积极探寻如何使学生轻松愉快地生活学习，保护好学生“身体的活泼和心理的朴实”，这才是遵循自然规律和以人为本的教育思想。

我们不希望素质教育、生存教育、教育均衡发展、教育综合改革等这些十分闪亮的概念在教育实践中成为水中月、镜中花。孩子的健康成长不只是学校的事，而且是影响着国家未来的大事，这应该是全社会普遍认同的价值。

当前社会给学校的压力的确不算轻松，对学校的要求越来越高，唯高分论的源头在哪里？社会与学校的合力在哪里？社会对学校的评价该以什么作为标准？这些都不是学校一方能解决的教育顽症，是值得全社会深思的问题。

需要指出的是，通常情况下，什么样的教育制度和现实社会对教育有着什么样的期望，决定着什么样的学校教育结果。要让孩子们朝成长的方向飞翔，必须认真思考梁漱溟先生的教育思想。

漫谈酒与喝酒

我酒量不好，酒龄却不算短，至少 20 年有余，故有关酒的话还能扯上几句。酒与喝酒的话题，我想喝酒的人都能谈上一大堆，难说我在此是班门弄斧。

我对酒的认识是始于孩童时代，有一年我们家为过“十月年”酿了一甑酒，那也是我记忆中自家的唯一一次酿酒。记得酿酒那天，我看到酒从一根小竹管里慢悠悠地滴进一个破旧的锑锅里，父亲又用铝勺一勺一勺地打进一个口小肚大的腌咸菜用的罐子里。那时，至少有二十几个隔壁邻居来围观酿酒场面。贫穷的乡村，酿酒还算稀奇，它给人一种隐隐的喜气和希望。酒香味飘荡在房子周围，路过的大人都赞口：酒香了，酒香了，好日子到了！

因老房子翻盖，一家人移住耳房，人和家什全往耳房里挪，我和三弟睡的床铺边摆满了各种大小不一的土罐。不知父母何时把装满酒的罐紧挨着床脚摆放。一天夜里，三弟伸脚把床边装酒的罐子给蹬倒了，母亲闻到酒味后大叫：“可是酒打泼了？到处是酒味！”我们醒来时，酒罐已倒在床边，酒还在咕噜咕噜地流淌，剩下的酒已不到三分之一。父亲也醒来叹气：可惜了，实在可惜了。那时，我不知道酒的稀有和珍贵，特别是生活贫困的时代，把好不容易酿造的一罐酒给打翻掉，对父母而言是多么大的损失。

长大后，去外地求学，同学中有几个会喝酒，我们常去校门口的烧烤摊上吃烧烤。一去他们就叫老板娘倒上辣酒，那时我只能喝啤酒，辣酒实在是无法承受，实际上已经慢慢接触了酒。参加工作后的第二年，我开始会喝辣酒，量为一至二两。有次喝过了头，被同事还是其他什么朋友盛劝，至少喝了三两，还是中午。那天刚好遇到朋友宿舍的灯泡坏了，他在安装新的灯泡，刚喝多了酒的我站在一旁晕头转向，看天花板都是旋转的，看朋友站在凳子上的样子变成摇晃的影子。我的眼中一切黑白颠倒，头重脚轻，左右难分，想吐又吐不了。那次是我平生第一次尝到酒醉的感受，十分难受，因此而断了一段时间酒。后来不知什么时候又慢慢喝上，再后来参与朋友吃喝的饭局越来越多，酒量不知不觉地增大，也增多了酒醉的次数。

从此，我已经步入了以酒为主的饭局或宴席社会，人际交往中大多以酒为媒介，慢慢见到了纷繁复杂的酒场如战场的世界。当我还停留在二两水平时，有人已经达到六、七两，八、九两，才知道自己的酒量是什么水平。工作环境一站又站地调换，认识了更能喝酒的人士，一斤不在话下，我那时认为他们应该算海量了。听酒友们说，有些人还能喝一斤半，他们在酒桌上描述某某人能喝一斤半，某某人能整两斤，接着描述那些人喝酒时的胆量和豪迈气概。后来才知道酒的世界跟我想象的不一样，山外有山，强中更有强中手！这些常言在酒的世界中得到了验证。

喝酒的现象万千，但估计国人喝酒的方式及场面大多相当，不管东西南北中，不管什么民族，酒场上的言行举止十有八九是雷同的。不管男女，在乱哄哄中表现出慷慨和豪爽，酒后容易讲真话，也容易讲假话；容易讲大话，也容易讲小话，原形毕露。酒局通常是这样，人不管四个五个，还是七个八个。刚开始时，大家静悄悄，彬彬有礼，语气得当，温和有度。甚至有人以“胃出血了，不能沾酒了”“上星期喝多了，还摔了一跤”等之类的理由推辞。但其中有清醒并喝酒的人就立马插话：“你昨天整的算哪样？我去年还喝多过呢”“你那是缺酒性胃炎”“是不是哥们来头不大”等进行辩驳。一番讨价还价后，边吃边喝边聊，尽管原先只有三两人喝，随时间的推移和气氛的腾升，桌子上的酒杯一个接着一个地多起来。可以说不过三十分钟，一桌人说话的分贝高到令旁人侧目，越喝越高，气氛自然愈加热烈，这时他们的说话声音足以影响十几米之外的人正常用餐，除非那些人也捏着酒杯“谈人生”“谈生活”，或者因酒而发狂。

大约三十分钟后，有人开始走过来走过去地敬酒，说一大堆不符常理的客套话、亲密话，如果是异性之间更是不得了，话中夹杂着话，有故意打诨的、有调情的、有讽刺的、有卖弄的、有夸奖的，不一而足。对方也不一定听明白他到底表白什么或传达什么信息。其实更多时候不表白什么，只是在酒的作用下掏出平时最隐没的话，那些话是摆出来凑气氛的，当是喝酒的作料，不是用来表达真情实感。只要一个人站起来去对面某人那里敬酒，他就一时坐不下来，必须敬两个、三个、四个，或全桌敬完。敬酒人认为，只有这样才能表达他的心意，也才是对所有人的尊重，敬酒人的内心也才感到幸福或自豪。第一个敬酒的刚落座，其他人又接着站起来敬酒。这样，你来我往，在嘈杂的说话声中，谁能坐得住，谁也不想成为另类。唯一的办法是纷纷站起来互敬，这边两个，那边两个，各自组建各自的临时阵营，说话声一浪高于一浪。这时，因为亢奋，很多人不知道他们肚子里的酒越来越多，激情难抑，情绪难控。到这般地步，喝酒人的重心不在菜肴上，在于喝酒和说话上，桌上的好些菜却丝毫未动。一小时后，酒战正酣之际，有人摇头，有人打电话给远方的朋友说胡话，有人在劝酒，有人缩在桌下，有人拍胸脯亮大话。最后，大家歪歪偏偏地走出馆子，有的人被搀扶，有的人被牵拉，有的相互拥抱，有的在风中摇晃，有的提前消失（明智者或醉而找不着方向者）。

酒能让人如此单纯、可爱、透明、滑稽，也能使人朝负面表现。喝酒者之间平时只是一般熟人，路上见面顶多就是打个招呼而已，绝不多言。可在酒桌上，他们突然变得无比“亲密”、无比“热情”、无比“慷慨”、无比“真诚”，仿佛是阔别多年的老友相逢。不管男女，看喝交杯酒的亲密举动，就足令你突然怀疑人生，甚至怀疑看到的是否是真实场景。什么叫交杯酒？双方用左手搂抱对方，右手交叉起来把酒倒进各自的嘴里，还要引起旁观者一致的吆喝和鼓掌。我估计，只有国人才能发明这套喝酒的方式，只有国人才能做到如此“亲密”或“慷慨激昂”的怪象。

这不算奇葩，如果遇到一班人分三桌或四桌喝酒，他们的说话更是可以超过农贸市场的嘈杂，一个比一个能言善辩，一个比一个豪气冲天。他们的“豪情万丈”和“亲密热情”程度足以让你重新认识眼前这片陌生的世界和人性的两面。每个人刚开始时谦虚无比，但三两杯下肚就开始大话连篇了，当然也有“窃窃私语”，也有无休止的“呢喃”，恨不得把对方的耳朵都吃掉。他们开始创造世界上独一无二的场面，有的站着有的坐着，有的低头无语，有的仰头倾听，表示诚恳，每个人都配合得相当出色。酒，在这里发挥到极致，把人改造成豪迈、糊涂、软绵的非正常状态。

事实上，当下的喝酒场面可毫无夸张地说已经是过度娱乐化或庸俗化，你不见喝酒人喝到一定时会谈天说地、捋袖猜拳、翩翩起舞、高歌或狂叫，煽情者有之、极乐者有之、打情卖俏者有之。当然也有悲情的场面，痛哭者有之，诉苦者有之，感叹者有之、醉翻者有之、肇事者有之、失踪者有之，举不胜举。如果把中国东西南北中各式各样的喝酒过程录制成一部电视纪录片，该是多么的精彩，收视率不知会高到哪般地步，估计可拿年度一等奖。

人与酒结缘，究竟是怎么一回事？人类造酒的历史已有数千年，但确切在什么年代开始酿酒，没有人说得清楚；是谁发明了造酒技术更是不得而知；什么时代发现果子或粮食能产生酒也没有确切的科学记录。动物沾上酒也会醉态百出，我曾经看过一档电视节目，报道一群大大小小的猩猩不小心吃上一批熟透的果子，熟透到几近发酵。那群猩猩吃饱后慢慢感觉到全身无力，走路缓慢，昏昏欲睡。最后，全体干脆躺在河边的草地上睡觉，等酒醒后才结队返回森林。还有电视报道说，美国一匹小驴不知怎么爬到一棵低矮的苹果树上，吃了很多熟透的苹果，上演了“今朝有酒今朝醉”，警察只好叫来消防车把它从树上救了下来。我们可以想象，人类早期也肯定遇到过类似的事件，而且醉的程度绝不比动物们轻。可以推想，人类从此认识了酒的作用，慢慢总结出一套酿酒的技术和创造了酒文化，这个推论比较合理。

酒文化来到我们古人那里，已经是相当博大了，创造了一系列与社会风气相一致的酒文化，你可在古诗词中知道先人对于酒的态度和喜欢程度。唐朝杜甫在《饮酒八仙歌》中言：知章骑马似乘船，眼花落井水底眠。知章就是贺知章，他是八仙中资格最老的酒仙。其余七仙为李白、李适之、李琎、崔宗之、苏晋、张旭、焦遂，他们个个嗜酒如命、放浪不羁，当然也不乏体现盛唐时代文人士大夫乐观、放达的精神风貌。李白的《将进酒》说得更痛快：

人生得意须尽欢，莫使金樽空对月。
天生我材必有用，千金散尽还复来。
烹羊宰牛且为乐，会须一饮三百杯。

像李白那样的酒仙是世间难得的，他与神有着关联，他的酒性和诗性都在神的指令下优美地完成。哪怕他把一杯浊酒抛洒在长安城的某个酒楼里或咸阳古道上，也会跳荡出不朽的诗篇来，足使世人诵读千年。

我们的古人很喜欢酒，古诗词道路上一路有酒香味酒臭味相伴。整个古往今来的文化史中，酒的笑话、酒的故事说不尽道不完，从酒的诗词、酒的成语、酒的名言、酒的文案、酒的交情、酒的笑话，从哪里讲都是一大堆酒的话题。如果哪位酒仙静下心来花点功夫，写一部关于酒的著作，恐怕可以形成一部千万字的酒史来，只可惜直至今日没那么一本好书。当然，没有酒史巨著，照样得把酒文化发扬到极致，照样得把酒喝得酣畅淋漓。在一个能造酒、喝酒、说酒、玩酒的国度，酒诗词、酒故事、酒生活已形成了一条滔滔大河，源远流长。既然酒与生活有着如此密切的关联，酒文化必须一代又一代地传承。从古至今，说酒的好与坏不绝于耳，以酒误事误国的例子在古代数不胜数。说当年楚恭王与晋国的军队战于鄢陵，楚国打了败仗，楚恭王的眼睛也中了一箭，为准备下一次战斗，召大司马子反前来商量，子反因喝醉了酒，无法前来。楚恭王只得对天长叹，说“天败我也”。将因酒误了战事的子反杀了，只得班师回朝。当然，所有事都不是绝对的，帝王因酒误事有时也是好事，如齐桓公因为醉酒，将帽子丢了，齐桓公为此事感到羞耻，于是三天都不上朝，恰逢粮荒，管仲只好自作主张，打开公家的粮仓，救济灾民。灾民欣喜若狂，当时流传的民谣说：齐公为什么不再丢一次帽子啊！

另有，据《史记·司马相如列传》记载，临邛有一富家卓王孙之女文君新寡，爱慕司马相如，后来司马相如和文君私奔到四川成都，因家徒四壁，文君家开始又不予资助，两人到临邛，尽卖其车骑后，买了一酒舍酤酒，而文君当垆，司马相如也与保庸杂作，涤器于市中。这个故事后来成为夫妇爱情坚贞不渝的代名词。历史上临邛也成为酿酒之乡，名酒辈出。文君酒自然成为历史名酒，故唐代罗隐的《桃花》诗曰“数枝艳拂文君酒”。陆游《文君井》诗曰“落魄西州泥酒杯，酒酣几度上琴台，青鞋自笑无羁束，又向文君井畔来”。可见，司马相如与酒的佳话被多少后人津津乐道，相传万里。

古今中外酒的名言很有意思，是古人总结出来的酒文化精华，有积极的，有消极的；有警醒的，有调侃娱乐的。唐代刘叉说得好：酒肠宽似海，诗胆大于天。外国有个人叫富兰克林，他说：酒，使每天的生活更舒适，不那么仓促，不那么紧张，使心胸更加宽广。爱默生的话也给我们喝酒的人撑腰助兴:酒就是歌,歌就是酒,酒和歌本是一家子。费迪曼说得更烂漫:酒是瓶子里的诗歌。记得《水浒传》里还有句理性的名言:酒乱性,色迷人。我们喝酒人要特别铭记于心的是《史记》里说的“酒极则乱,乐极则悲”。总之,我最喜欢伏尔泰对酒的终极概括:酒是天赐的九月果汁。他老人家可能在说葡萄美酒,但我更愿相信他说的是我们平时豪饮的老白干。我想,酒对于情人而言,可能胡适之先生的话更令人受用:醉过才知酒浓,爱过才知情重。郁达夫的“曾因醉酒鞭名马,生怕情多累美人”也常常被年轻男女们在不同场合熟稔。

有关酒的名言警句远未结束,酒的广告词绝不比名言典故逊色。下面的广告词达到了回味无穷、余音绕梁的地步:往事越千年,陈酿白云边;过日子,还得咱这口子;身边的幸福,身边的酒;蒙古王酒,来自草原的问候;百年人生,难得糊涂;好山好水出好酒,金装银装贵州醇;人生丰收时刻稻花香酒;北京醇,好运带给您;人头马一开,好事自然来。如何?人家对酒的描绘已达到佳境了,纷纷把酒放到十分高雅的位子上,旨在于叫你多掏腰包里的银子买酒。但从文风的严谨度看,它比酒段子收敛得多,原因是工商管理部门的严管,所以离生活的层面还远了些,少了一点地气和酒味。

酒到我们这个时代,好像大部分被糟蹋了,虽然有些温文尔雅、文质彬彬的人在高雅场所用酒交流、用酒交心、用酒传情、用酒吟诗,然而大多数酒被用来胡乱了,现代人不兴说“酒”了,就云南人来说,称酒为“疯人液”“木薯”“甘蔗”“苞谷汤”“阿口”“老鼠药”“迷你药”等等。喝酒也不再叫“喝”“吃”和“饮”了,那才不过瘾,一定要痛快地说“丢”“勒”“整”“捶”“倒”“空”“闷”“吻”“抿”“吸”“抛”

“拿下”“捏掉”……对喝酒喝吐也有特别的表达方式。比如有人喝吐了，却不说“吐”，而是说“倒酒渣”“现场直播”“低头对话”或“清洗肠胃”。这些全与酒相关的江湖话，无论是调侃的，还是娱乐的，拿酒作生活的调料，做人生的调料，所以酒文化不断被改写和扭曲。这光是云南一些地方的说法，我不知省外还有多少对喝酒的表达。肯定不计其数，你比如拿山东的喝酒文化来说，他有较为完整的一套民间喝酒礼俗，酒桌上分主陪、副陪、主宾、副主宾等，但客人一不小心会被主陪和副陪等一大帮人马整醉。河北有浓郁的酒俗，很多村子里有陪酒队伍，哪里有酒宴，哪里有酒会，哪里就需要他们，听说他们的收入不菲。他们那里还有玩游戏喝酒，谁玩输了谁就喝酒，所以有人在玩游戏中醉倒在地也是常事。我不知道全国各地还有多少酒的玩法，估计只有想不到。

还记得我曾工作过的一个地方盛行玩扑克喝酒，一班人去吃饭，先玩扑克，倒上几杯酒，谁输了谁喝酒，如果遇到上菜慢的馆子，一玩就个把小时，输家早就晕头转向。每个地方有每个地方的酒俗，而且招数一个比一个奇特怪诞。我另外工作过的地方还流行用吸管吸酒比赛，不过那只是少数人中流行，他们把二两的酒杯倒满，好像赌什么东西，输了就吸，一口气吸干为止。

酒的种类原本不算多，古书中很少能读到先人泡酒和喝泡酒的记录，不知他们是不会泡酒还是不喜欢喝泡酒。到现代人的嘴边就全变了，经过好酒人过分加工或“特制”，酒的品种不可计数。就颜色来说，不能再用赤橙黄绿青蓝紫来表述，只有亲眼看到才知泡酒的颜色无数。现代人泡酒是毫无科学依据的，道听途说或自己认为是好东西就往酒里泡，而且常常沾沾自喜，深感自豪。喜欢在酒场上卖弄自己泡的酒有何等的品质，何等的药效。丢一条不管死活的蛇在酒缸里叫蛇酒，放几片叶子树皮叫药酒，泡两根乌骨鸡的骨头就叫乌骨酒。随之而来的是虎骨酒、蜈蚣酒、杨梅酒、葛根酒、松茸酒、牛鞭酒、马咖酒、橄榄酒、人参酒……还有五花八门的几十种"中药"泡在一起叫滋阴壮阳酒。我见过的不下于百种泡酒，常常在酒店大堂或饭店显眼处摆放，诱惑人去买，这还不算，民间私藏的才叫不计其数，叹为观止。你可能没听说金属酒，金属也可以泡酒，一朋友曾向我炫耀他的黄金酒，几片细薄的黄金泡在里面，那叫黄金酒，功能不得而知。都说泡酒好，无数人就信以为真，不断去铤而走险，有的喝出病来，有的当场喝翻，有的误喝而一命呜呼。人为什么拿酒折腾自己或拿酒折腾别人？是酒跟人过不去还是人跟酒过不去？人于酒，远不如动物聪明。

以上的事例似乎还不能够全面表达人对酒的胡乱程度，这不要紧，有酒段子能弥补这个缺憾。有些酒段子是极为精彩的，如神来一笔，富有哲理，有人性味、生活味、人生味、艺术味。这是喝酒在日常生活中被人为"歌颂"到无以复加的地步。且看：

喝酒讲情义，此人是兄弟。
喝酒不认真，此人是医生。
喝酒教育人，此人是酒神。
酒后耍酒疯，此人是草根。

这些民间酒段子或顺口溜没有过多的加工，亲切而朴实，说出了鲜活的生活味，是建立在现实生活之上的酒文化，确切地说是接地气的民间文学。下面的段子略高一筹，这个已经做到了不雅不俗的程度，高明之处是十分押韵。名曰“喝酒六步曲”：

斟酒时，和风细雨。

劝酒时，花言巧语。

喝酒时，豪言壮语。

喝多了，胡言乱语。

到最后，倾盆大雨。

倒地上，不言不语。

你看有没有生活味，顺口到连幼儿园的小朋友也会倒背如流，你不得佩服这些生活中的“作家”或“诗人”们的才气。当然比这些精彩的还在后面：今日酒，今日醉，不要活得太疲惫。好也过，歹也过，只求心情还不错；屁股一抬，喝了重来。屁股一动，表示尊重。双脚一站，喝了不算。站着敬酒，双杯恭候；一杯酒一起醉，管他明天谁是谁；少年子弟江湖老，红颜不敌岁月摧，一生难得醉几回。

这是流传在街头巷尾的酒话，被全面生活化、江湖化、庸俗化，朗朗上口，鲜活动人。你说它俗，又觉得不算俗，怪有学识的。在酒桌上，一说酒段子，笑声一大片，人群立马活跃起来，人际间产生了融洽和谐，酒一杯又一杯，生活多么有滋味。

总体看，好多酒段子反映的是通俗、消极，甚至是低俗。因为它流传于民间生活世界，不像广告词那样受相关管理部门管束，也不是登大雅之堂的文学诗歌，它是流传在民间底层的一种俗文学，文盲也可以挂在嘴上，一定程度上反映的是现实社会、现实生活、现实人生。当然，它还具有调节人心、开心快乐、大众娱乐的功能。所以我相信，这种民间文学的寿命会相当长。当今时代是一个吃饱喝足的时代，底层社会追求的是一种开心快乐的日子，哪能缺少得了酒段子。再看：

人在江湖走，不能离了酒。
人在江湖飘，哪能不喝高。
男人不喝酒，枉在世上游。
哥们不喝酒，没有好朋友。
只要心里有，喝啥都是酒。
酒是粮食精，越喝越年轻。

如此趣味精妙的段子，估计一位大文豪也未必能写得出来，可谓高手在民间。酒与生活，酒与文学，酒与人生是无法说尽的，人们喜用酒来抒发情感，用酒来调节身心、用酒来消除愁绪。酒在人心中到底是什么？难道它仅仅是一种饮料吗？不，酒是一种人宣泄情感、寄托希望、交流情感的工具，事实上它的意义已经超越了酒作为一种液体和饮品本身。商人用酒来谈生意，情人用酒来表达情感，文人用酒来找豪情，苦闷的人用酒来消除烦恼，医生用酒来消毒治病，庆典用酒来祝贺，祭祀用酒来表达崇敬。帝王将相，凡夫俗子，宫廷盛宴，寒门饭桌，王子婚礼，平民请客，没有酒能算什么？皇宫或寒门的饭桌哪能缺少酒？古今多少帝王将相和平民百姓，都用酒来与神对话，如果没有酒，一切虔诚的祈祷都显得苍白。

酒已成为生活的重要部分，成为人类生活的方式。虽然历史上曾有几个朝代下过阻止民间酿酒的禁令，那时只因粮食紧缺，不准百姓浪费粮食而已。但朝代终究是朝代，天皇终究是人，它没有酒的寿命长，酒最终还是回归到人间，回归到百姓生活。只要人类存在，酒的生命还要存续，还要被人类无限演绎。酒是单纯透明的液体，复杂纷乱是人间。千古众生百态相，喜怒哀乐一滴酒！

岛国短行

游走日本，八九天的文化之旅弹指一挥，所见所闻，在脑际零零碎碎。感受极深的是目光所及处的朴素和干净，岛国独特鲜明的文化元素与蔚蓝的海水和天空共同辉映他们特有的文明。

中午，太平洋上空阳光一片明媚，海水呈现空前的蔚蓝，城市散落在海水边，无数岛屿在海水中星罗棋布，仿佛漂浮在水面上的花园，陆地上的河流山川也慢慢显现出它们的原始模样。

飞机徐徐降落之际，俯瞰日本海和海边错落有致的现代村落及闪闪发光的都市，规整地躺在岛国的大地上，从那一刻开始，岛国的朴素和美丽慢慢出现在视野。从港口始发的巨轮在海面上繁忙穿梭，驶向世界各国，也从世界各国驶入港内，把四面八方的财富带到岛国。高铁上疾驶的火车和公速路上行驶的车流开始映入眼帘，我想这是日本经济繁荣的表面景象了。飞机再下降，河流小溪逐渐清晰，在农田和村庄间迂回曲折地爬行，缓缓流向大海，没有一条河是浑浊的，再大的河流，入海口处没有明显的河水与海水的色差。这足够说明上游没有污染和泥沙流失，高原森林与平原间，没有一块裸露的土地，树木郁郁葱葱，野草葳蕤，一派绿色世界。对于一个只能给45%的人口提供粮食的国度，农田农地更是显得弥足珍贵，却看不见乱开荒造田的迹象，田畴富有秩序地一块接着一块排列，科学种田可见一斑。

从大阪关西国际机场到我们下榻的宾馆，沿路干净整洁，虽然路窄了些，但汽车的速度不减。大阪拥有以钢铁、机械制造、金属加工为主的重工业和以纺织、印刷、食品、造纸和化工为主的轻工业，但目光所及处，一派干净明亮，没有杂乱的工厂和浓烟冲天的烟囱。从一座工业城市的环境可以看到，日本似乎跟灰尘无缘，马路、街道、房屋、汽车和绿化带，都干净整洁。有些街道上很难见到一个垃圾箱，垃圾到哪里去了呢？询问得知，他们提倡的是自己制造的垃圾自己带走。无论是城内或高速边的公厕，不仅艺术，而且被弄得像居家一样洁净。没有白色污染，城市郊区的水沟和乡村的溪流都可清澈见底。大阪市是全日本的重工业城市，但和其他城市和乡村一样，看不到一座傲慢的烟囱喷烟吐尘，所有烟囱冒的是蒸气，所以看不到烟囱耸立在建筑群落中。烟尘在地面就通过吸来的海水用特别的技术处理掉，沉淀成块，然后运到特定的地方掩埋。

第二方面是交通的井然有序，早已耳闻高密度人口的日本，交通秩序的良好闻名世界，这次亲眼目睹，果然名不虚传。高素质的人口决定了日本是一个实行规则和秩序的国家，人们按规则秩序行事。人、车服从红绿灯及其他交通规则，汽车永远谦让行人。从大阪、京都、名古屋、静冈、东京，再到静冈的九天时间里，很难听到汽车喇叭的鸣叫，不可思议。也许日本的国土面积决定了马路的窄小，他们的很多城内马路没有我们的宽大，交通井然有序，因为任何人都在遵守规则，各行其道。当然也有不少的退休老人自愿出来为交通服务，在交叉路口维持秩序，尤其中小学生放学的高峰期。日本汽车靠左侧行驶，只要遇到行人，汽车都会主动停下，哪怕只是一个行人在过斑马线。连城郊或小镇上，也可随处看到一群群学生或过路人向主动停下车来为他们让路的陌生司机鞠躬致谢的场景。

其实我先前就对日本人的交通秩序有所了解，有次看一档电视栏目，刚好报道日本地震情况，画面出现的是数公里长的路上，汽车有序地一辆挨着一辆地朝一个方向迁移。而另一边的路上却没一辆车行驶，因为是疏散，所以没一辆车朝相反的方向开过去。那为什么不去使用呢？不是逃难重要吗？他们没那样做，在他们的意识中，遵守秩序是常理，不能违反。

第三方面就是古代与现代文明的并存，日本京都像中国的西安，它是一座古城，在那里，你可看到很多古代的文化现象，千年古寺，艺伎和服、古街残道、龙狮表演、和尚香客、民居群落。中国唐宋风格的房屋不时可见，在现代文明高度发达的城市里，简直是个奇迹，这种古代文化气息以京都为中心向全国零星扩散。建筑模样和广告形象，一眼望去，似曾相识，似曾陌生。汉字的运用达到了可谓是无处不在，只是大多汉字被他们读成另外的音，有些直接跟汉语读成一样。饮食风格和人际间的很多礼仪，还保持着中国古老的方式。甚至我认为，你可到日本感受古老中国的强大文化，他们学得像模像样。日本是个简朴而发达的国家，民间依然盛行低调生活的生存方式，他们节俭持家持国的风范体现在生活的方方面面。什么事都做到精致，非常重视细节，所以有人说日本是细节立国、诚信立国、工业立国、科教立国。

我们入住大垣市酒店那天，第二天出发时，我把自己的行李箱放在酒店门口外的路上，忘了交给司机（旅客的行李上下车全由司机负责）。这是晚上我们入住富士山花园酒店时才发现的，已经到另一座城市了，翻译不慌不忙地打了个电话给大垣那边的酒店，然后对我说："没事，明天他们会寄到我们将要入住的宾馆来。"我才松了口气。等我们到静冈海边酒店时，我的行李箱早已在那里了，但我付出了 1080 日元邮寄费的"沉重代价"。在安全方面，体现在很多细节中，在街上行走的女人，可不时看到她们的提包是打开的，而且钱包及手机等物品都随意显露，似乎没必要防范小偷。无论在人口密集的城市，还是僻静的乡村，很难看到一道窗户被防盗笼围住，相反用倒三角形的标志贴在玻璃上，告诉人们那是发生灾害时安全进出的地方，容易击碎。人与人的礼貌躬谦无处不在，在酒店、超市、饭馆、空港等地方，都可看到小声向客人问好的情景，有些酒店的负责人，带着手下人马到门口挥手送别客人。这些和谐的社会现象与过去天皇统治下的军国主义到处侵略的历史事实完全联系不上来，当然，任何国家的平民都不希望发生战争，尤其是生活优越的人民。

日本地震频繁，所以建筑在设计的时候就考虑到地震因素，那些爬高上低的高架桥梁用粗大的铁链连接，以防脱掉。城市边缘到处都有电杆立在路边，电线像蜘蛛网缠绕电杆，在行人头顶密密麻麻地穿过，光看这些，就让你想起二十世纪八九十年代的中国城镇。它的国土又狭小，而且随全球气温的升高，南北极冰雪融化而导致水平面上升，很多国土面临着被淹没，这是困扰日本战略家的一大问题。大阪关西国际机场面临的问题是一个典型的例子，关西国际机场是亚洲著名的航空港之一，更是日本填海造陆工程的代表性工程，也是1987年动工建设的近代人类历史上的建筑奇迹。据说，当时建筑师们设计时没有考虑全球气温变化而海平面会上升的因素，关西国际机场现在每年以微小的速度在下沉，有人估计大约五十年后，整个空港将被海水淹没。

高密度的人口，国土的狭小，以及海平面的上升等自然因素，导致日本十分重视战略资源的进口和对外输出企业。即便在本土内可开采和发掘，他们也不会这样做，他们采取的是“拿来主义”，用先进的技术和他国没有的东西交换自己的所需。比如同巴西亚政府签约，在亚马逊河里开采锗的七十年承包权，当然还有其他稀有矿产。用自己的种子和技术要求巴西人民栽种稻谷，然后连稻草一并运到巨轮，去公海上加工出优质大米运送回国，日本的这种生存方式在世界其他国家不同程度的出现。国土面积小，自然资源匮乏，这是不争的事实，但日本拥有的是他国没有的人才和技术，可以用自己二流、三流的东西向他国交换其所需要的。这可从其高架桥上略见一斑，采用钢铁来架公路桥梁，市内很难看到钢筋水泥的笨重桥梁。这样的好处是等不用时，拆下来丢进熔炉里熔化再加工，生产别样的东西；另一个是快捷方便和高效。既然缺乏资源，又怎么会用钢铁架桥呢？我认为他们有的是科技，用精端的产品从其他国家交换过来便是。只要手里有最先进的技术和高端人才，日本就不怕没东西用。

我在东京一家酒店迎宾处看到《朝日新闻》报道的一条消息称，日本光波传电试验获得重大的阶段性成功，这一技术一旦全面成功,人类将告别用电线传电的历史。但真正到那一天,估计日本人不会轻易把自己先进的技术送出国门,就像他们早先全国广为通用的汽车电子增压技术,连美国都垂涎了很长时间。美女们用的各种护肤品和化妆品很多也是从日本走向世界各国,但能真正买到一流的护肤品少之又少。据说,日本倡导的是把一流的东西留在国内给国民使用,就像航空港的通道,紧急时刻都会给国民优先通过。日本是一个原创性极强的国家,他们在国际市场上靠自己研发的产品取胜,就拿小小二维码来说,全世界都在用它。很多高端科技领域皆处于世界领先地位。稀土冶金水平也居世界第一,稀土消耗量可以判断一个国家的工业水平,大凡高、精、尖的材料、原件、设备都离不开稀土金属,而目前日本是世界第一大稀土消耗国。

我到访的时间是季春三月,高纬度的东京春讯已在街头巷尾处流窜,从气象厅发布的樱花信息版图上的粉红色深度判断,南部低纬度列岛的樱花已经盛开了。而东京一带的极大多樱花却含苞待放,正等待着南方的暖流,少些却迫不及待地开了。东京湾自由女神下的寒樱、大岛樱、河津樱或奈良八重樱什么的早已怒放,与蔚蓝色的海水形成鲜明的对比,游人簇拥在花下摆姿势拍照,感受樱花呈现的春天气息。据说日本有一百八十多种樱花,我不知那些樱花叫什么名字,只管一眼望去尽赏异国花情。

日本是海岛国家,国土由南向北延伸,气温早先从南部的列岛开始逐渐向北慢慢升高,这恰是樱花开放的动态表。每年樱花盛开的时间略有差异,气象厅通过电视准时向全国播报樱花开放的时期,在日本版图上用粉红色浓淡程度来描述樱花开放的情况。

粉红色度深的地方说明樱花开得最盛，国民就知道樱花开放的情况。樱花祭是日本最负盛名的节日，可见日本深厚的樱花文化和全民对樱花的情怀。每年三月十五日至四月十五日为日本的樱花节，也称作樱花祭，这一习俗据说已有一千余年历史。

我听说再过两周，从南方赶来的暖流把东京一带的樱花给大面积地催开了，届时城市各大公园、河边、走道上将披上一层层绯云，人流将在花海中寻找一年中最惬意的时光与浪漫。你可以想象春天将会是花海缤纷，人潮涌动，和服美女，与花斗艳，吟诗的、拍照的、品酒的、写生的、轻舞的……风也变成花，泛舟浅河，拨开花脂，驶向春天的梦境。

只可惜，我等不及亲临樱花祭的盛况了。其实没有可惜，昆明圆通山的樱花正等着我呢，回国后一定饱览。

富士山底却是另一番景象了，一边是薄雪待融，一边是樱花舞动，山脚有一个湖叫河口湖。湖边还残留着不少的积雪，我下榻的富士山花园酒店周围的薄雪一大早就被雪车推拢成小山，春寒那尖锐的凉意仍在山间流窜。我一个人走到湖边，仰望富士山顶的白雪，感受名山的灵气，时有雾气遮住山顶，形成神秘的面纱。接近湖面的地方渐渐地多起了树木，阳光把山间和湖面的水气蒸腾，形成一团团稀薄的雾气，山、树、花、草倒映在湖水里，景象迷人。空远处还有飞鸟掠过湖面，留下一圈圈波纹，尽显富士山脚一片空灵与宁静。

浮光掠影地行走，未能一一记下一路所见所闻的海边城市文化，还有那些古老建筑与深深浅浅的历史事件。

匆匆，匆匆，惜别樱花与海蓝，待他年重返。

旧时下午

我的童年在少许欢乐和穷苦中度过，两者加起来似乎等于莫名的孤独和忧伤，在我的印象中童年恰是如此。我认为那是贫穷乡村特有的生长环境给我儿时的身心感受，不可抗拒的孤独时常侵袭正在成长的我，仿佛我出生的村庄突然只剩我一人，孤立无援。贫穷之外的欢乐仅是一种点缀，那时的欢乐也像一种特制的忧伤或无限的迷惘，因为它来去匆匆，只有贫穷和孤独如影随形地跟着我。故我担心的是莫名的恐惧，恐惧来自天逐渐变黑之后，去田地里干活的大人们还没回来的那段时间，而孤独也始于大人们离开我的那一刻。

孤独和忧伤的始因可能是我大约 5 岁那年，遭遇了一场恐惧和孤独的双重打击，天接近黑时，我蹲在院子里的石条上盼望父母和哥姐们回来。突然，离我五米远的家门槛上爬着一只不知从哪来的黑猫，发出凄凉的叫声，吓得我毛骨悚然，我差点哭出声来，急忙跑到对面的大路上，从过路人身上借一点胆量。我看着不太清晰的黑猫和黑乎乎的家门口，越发害怕，屋里没有灯火照亮，家一时变成深邃的世界，我不敢回去。过会儿，黑猫不见了，我还是不敢回家，一直在路上等着大人们回来。在我的村庄，黑猫本是孩子们的敌人，它常与鬼怪故事关联，给孩子们带来惧怕，是不吉祥和恐惧的象征。所以，我只喜欢白猫、黄猫或其他猫，它们的任何动作都可爱和滑稽，而对黑猫则有一种不祥的感觉，像幽灵阴深不可测。从那时开始，我害怕独自待在家里，特别是天黑的时候。

那个难忘的下午，父母和姐姐们背着未满 4 岁的妹妹一早就出工去，留下我守在家里。意味着一整个白天我只能在孤独中度过，我家的小黄狗蜷睡在我脚边，它也孤独，没有它的狗伴。李子树上的蜘蛛和立在芭蕉芋花尖上的红蜻蜓和我一样孤独，我摸着小黄狗滑溜溜的背，仰望天上飞过的小鸟和鸽子发呆。整个村子十分安静，没有人跟我讲话，只有急切地盼着父母哥姐们什么时候才能回来。

很快，太阳落到村子头那片森林里去了，隔壁的爷爷，赶着他的鸭群回来，他没跟我讲话，好像没我存在，然后边拿铝瓢咣当咣当地刮他的猪槽边骂贪吃的猪。我家院子对面的大路上偶有从田地里回来的妇女和老人，我看着他们急盼大人们赶快回家。大哥上学去还没回来，他经常是放学后跟同学们跑去河边或山坡上游玩，有时候带着一些泥鳅黄鳝或野果什么的回来。他年纪大些，故有他的一帮同学朋友，整个村庄山野都是他们游乐的天地，我时常羡慕他们。

暮色四合时，村子里的各种响声随天色愈加频繁，包括人的说话声，我感受到一丝温暖，虽然家里还没亮起煤油灯。就在思量那只黑猫时，听到了大哥跟人说话的声音，我的心才放松了对黑猫和黑夜的警惕，往前走去拉大哥的手，跟他说黑猫的声音，他才不当回事，拉我往家里走。这时，姐姐和父母亲也回来了，彻底打消了我的恐惧心理，那时我还不会思考没有家人在身边的失落或空荡的深刻含义。

自那次黑猫事件后，我害怕一个人留家里，害怕天黑，所以跟父母说我也要去田里，但父母说我要守家不准去田里。一到天黑，即使没有黑猫叫，我都心存余悸。没上学又不能去田里的童年，在担惊受怕和孤独中的童年变为多么艰难的成长，以致在以后漫长的岁月里，梦中还会出现有关黑猫的景象。那场景不像一只猫，是一个畸形怪诞的动物，在颠倒变形的黑夜里游动。那个怪物会膨胀，用恐怖的眼睛直瞪着我，令我心跳加速，有时会在梦中惊醒。

旧时的村庄，旧时的下午，我多么希望有小伙伴或大人们陪在我身边。如果遇到节日，盖房子、或办丧事，特别遇到天气晴好，每逢村里办什么重大活动时，是我开心和欢乐的时候，伙伴们就会聚拢在一起。那是村里最幸福的日子，把黑猫的叫声和黑夜忘得一干二净。我像小狗一样单纯无知，不会思考热闹和幸福会突然消失。所以，孤独和恐惧常常在毫无防备之中侵袭单薄年少的我。

我的村庄很奇怪，我不知道那些热闹的节日或重大活动，何时会突然消失，热闹之后我面临的又是莫名的孤寂，孤寂中隐藏一丝恐惧，直到今天我还不知道是什么原因。那时，我一个人留在家里，哪怕是白天，我也会感到孤独或不安全，总觉得村子一下子变空了，变得毫无生机，寂静得连公鸡也不叫一声，老老少少的都去哪儿了呢？我拿着一根芦苇秆在墙壁边的小水塘里这里插插那里插插，或追赶颜色美丽的蜻蜓，或去打洋瓜架下沉睡的彩蝴蝶，一玩就是一个下午。几只凌乱的麻雀在院子里跳来跳去寻找食物，但它们在你不经意间会突然消失到天上去。傍晚来临，蜻蜓和黄蝴蝶不见了，也不见大人们的身影，孤单随天色来到我身边，心中又产生了黑猫的影子。

令我感到安全和幸福的只有夜晚睡在父亲或哥哥身边和一家子集中吃饭的时候。那是一个特殊的成长阶段，年幼无知，不会去找伴，也没去学校里读书，守家变成一项痛苦的工作。一个人的下午，我孤独地坐在洋瓜架下数那些颜色各异的蝴蝶，用芭蕉芋叶子盛冷饭吃，一坨咸卤腐和一些冷剩菜，直接用手抓着吃。用芭蕉芋叶盛冷饭是我村庄相当流行的一种吃法，大人小孩都如此，当然那时会有一两只狗来到我的身边观望我吃饭，一只母鸡带着十几只雏鸡在我的脚边啄食掉地的饭粒。它们成了我一时的朋友，但它们来去匆匆，毕竟我不是它们的同类。

村子脚高大的榕树上的高音喇叭平时又唱又叫，突然间变得哑巴一样安静，没有音乐的村庄也会失去一份生机。它通常是村里人干活计回来后或出工之前胡乱高歌一阵，一般是播放具有时代特色的流行音乐，然后是会计员拖声拖气地通知村里的事务。高音喇叭一辈子响的就是那几首歌，所以一开始听就会哼到歌尾，那些音符已经溶进我的血液里，还在我多年后的乡愁之中跳荡不停。连我家隔壁那个下肢残疾和智障的比我年长的聋日也会哼得滚瓜烂熟，每当榕树上的高音喇叭响起时，残疾伙子就爬出家门来到路边蹲下，看过路人就发笑，有时路人也逗他开心。有些时候，有些下午，他就是我的忠实伙伴，我常跟他讲话，但他不太听懂我说什么，不过哪怕他再听不懂，也依然是我倾诉的对象。有了他，总比没人好，但他的奶奶常常“吆喝”或“赶”他回家，他像一头小牛跟随奶奶爬回去，路边只剩下我，我的失落和孤独又开始。

我想念那残疾的伙伴聋日，他患的是小儿麻痹症，双脚严重失灵，还智障，身子难以直立。他是高个子，所以，他站起来或做出本能的行走动作时，像弹簧一样一升一降，然后在风中摆动，不到两分钟难以支撑上身而不得不蹲下。因长期蹲着不动，两只脚愈加萎缩变形。他自己不能处理个人卫生，身上随时散发着浓重的汗臭味和尿臭味，旁边的人都离他离得很远。我吃中午饭时，用手抓一点菜给他吃，他有时接受，有时摇头。早上合作社要分苞谷的时候，榕树上的高音喇叭先唱一阵高亢的歌，引发村民们的美好向往。这时聋日就会爬出门槛，照样来到路边蹲下，跟高音喇叭一起大声地唱，或模仿会计员的叫声，那是他宣泄和表达高兴的时候。但很多人会像看一头怪物看他，他却永远不知道别人的同情、可怜、歧视混杂的心理。虽然他身上有尿臭味，在孤独的下午，我还是会想起他，希望他爬出他的家门来到路边。如果不是他主动出来，或家人把他放出来，我是不敢去叫他的，他家大门口常年拴着一只恶狗。

多年后，我读初中二年级那年，听说聋日死了。我村庄的下午肯定和往常不一样了，没有他附和榕树上的高音喇叭，没有像古董一样的他蹲在路边逗人开心和好奇。我不知道我离开村子读书的那些年，他是怎样的痛苦和孤独。

其实，儿时的某个下午，一定程度上就是整个村庄的所有下午，黑白式的存在，空荡而孤寂。在一个落后的村庄，它的生机和沉寂近乎于出自本能，干活的人去干活，读书的人去读书，留守的极少。连“三电”都没有的村庄，没通公路的村庄，人们只有遵循古老的生存方式，思想守旧和本分，甚至有些愚昧，过着简朴的日子。哪里发生牛滚坡或破个鱼塘什么的集体性事件，整个村子的男人都会跑出村子去围观。为了生存，为了面子，为了挣工分，人们集散无定，村子会突然空荡起来已不足为奇了。那时人们都在生存问题上费尽了精力，一个五六岁孩童的孤独能算得上什么。

春意文山

我打算去文山，出于公事，出于四年前的一次短暂相遇。

刚踏上车那一刻起就一直想着走完蒙自大坝后山那头的种种景象，还把四年前去广南县坝美看到的山水图像从脑中搜索出来，细细品味，让思维扩展开去。很多人说文山美，尤其山水的别样，这使我不敢闭上眼睛，生怕错过路边的一点点景色，所以一路上警惕始终。此行，我一定要饱览文山的特别春色，包括一只小蜜蜂、一朵野花和毫无修饰的农家菜地。

司机说，再过一个隧道后走几公里就进入文山地盘了，文山的地形确实不像红河州的，尤其小山丘很特别。小山丘别致得像一个个巨型包子，也可隐约看到桂林山水的风韵。在我们的谈话间，汽车已驶入文山境地，每个人都忙着睁大眼睛看车窗外的景色。到底是春天，阳光大面积洒在大小山梁和村庄上，斜坡上野樱花、桃花、迎春花在相互呼唤，青菜花、白菜花、油菜花不时这里一片那里一片地铺在山脚或山腰间。远山上那些分不清是什么花的春天的子民们，在风中此起彼伏地歌唱。

不光如此，文山美，美在遥望中那层郊野的绿意，美在田畴、小河，还有不时裸露的山丘；美在阡陌连接着田地和村庄，牛马和农用小型车在道路上往来；美在河边一片菜园的油菜花金黄得安静，没有游客去打扰。小河旁的菜地里，谁家姑娘在躬身采摘，她的劳作姿态使春景立马生动起来。还有些零散的牛群在忽高忽低的田阶上悠闲，有的公牛管不住自己，毫无章法地向母牛炫耀。路边的桃花、李花、染饭花倏地闪在车子后面去。越是用心读一幅幅清丽的画卷，越是令人迷幻，仿佛一缕缕泥土的芳香扑鼻而来，甚至怀疑眼前景象的真实性。可我知道，这一切皆缘于春天的用心安排，把赏心悦目的生命色彩涂抹在文山大地上。当车子进入文山腹地，放眼望去，小城落进两座起伏如浪的山脉间，向南北顺势延展。盘龙河刚好在城中间悠然而过，成了天然的点缀，文山城的美就在于盘龙河的灵性。一江春水向北流，两岸垂柳拂春风。河边不知名的树也开始萌动，盘龙河的水声与它们一同奏响了文山春天的旋律。万象迎新，人与自然相融，是不是把“文山”两字解读成人文与山水呢，我认为不错，人文与山水和美共荣，尽显文山春意。

我被美全面包围，在驻足呆望远山之际，小太阳通过电波传来一条信息，讲关于朋友约她去赏花的事。她说：“我不想跟别人一起去看春天的梨花，和你一起看到的才是最美的春天。”我低头细读每个字，使我内心发热，我还没领略够文山大地远远近近的春色，连因一片水草或一条叮咚作响的水沟而诗兴作浪的余地都没有，就被她的话语击落了我如烟高飞的思绪。我突然兴奋和幸福，我的初心未泯，我的生活如歌！想想人与春天共同引发的诗意，怎不激发人内心的力量？这般心境下，看什么都是通透明亮，脚步自然地轻快起来。我本打算从那个田间劳作的农家姑娘写点薄文，碎片地说些春天与生活的话。可现在，一切又回到她的话意里去，我容易被打动，一时自我沉醉起来。她的话，于我而言，本是一次深刻的春天。

想想当下的生存境况，生活速度是多么的快，常使人忘了为什么而往前追赶，前方到底在何处？有时确实令人疲惫，能在春天里感受意外的惊喜，算是胜利了。你就可以猜想到，在如此美好的心境下，文山的山水树木，花花叶叶的形式会愈加丰富起来，仿佛伸手到车窗外就可一把抓住春天的手。其实没必要抓到春天的手，只要按下车窗，暖风送来，它分明是春天温柔的脸庞，让你亲个够。我想，这也是我来到文山得到的特殊待遇了，要十倍地珍惜。

文山大地上到处是闹春的繁景，包括城郊的公路边上大朵的樱花也穿上盛装轻舞，迎接远道而来的游客。当然，较之于野外的花草，人工栽培又修整过的花草要逊色得多。野外花丛中有蜂蝶嗡嗡忙碌，那些硕大的昆虫像民航客机直线飞过眼前，飞去遥远的地方。震撼人心的是一针尖大的嫩芽破土而出，看到那种无声的力量，人近乎无语。你站在路边观望远近春色，你会变得多余，因为你是出家人，所以不属于春天。你不能像一只蜜蜂与无数鲜花是一个世界的公民，它们的语言你是永远不懂的。在自然面前，人的一切所思所想，包括人类本身都显得如此之渺小，人类喜欢春天是因为毫无粉饰的自然，没有人为她涂脂抹粉，大地的美永远都是质朴的。

春天的力量是来自地球一次次艰难长途跋涉中展现的本色，一年才一次。一片新绿，一声鸣叫，一次花开，全属自然之内力使然，神奇到令人为之动容。看看眼前片片春色，看看动植物的新气象，感慨也是多余。我知道，文山的春天去得快，它步履匆匆，随时准备赶往别处，年年如此。当然啦，文山的大地会欣然抓住春天的任何一丝气象，当你看到干裂的土地迎接丝丝细雨，庄稼和草木蓬勃地生长，你就会明白春天在文山大地上掠过的深刻意义。

一群苗族妇女穿着春花一样艳丽的传统服饰，荷锄款款走进田间，走进那些青菜花蚕豆尖里，菜花淹没了她们的大半身。在远处眺望，仿佛是一场大型情景剧，如果她们再往远处走，一个个躬身挥锄，在融融泄泄的春色中，劳动与美的深层内涵立即铺展而来。在文山的春天里，让我深刻感受到人与土地是一种家人的关系，这般景与意，令人欣喜又振奋，生活的图景明亮无边。趁这大好春色，我多想成为一只勤奋的土狗钻进泥土里为梦想劳作，多想成为一片花瓣落进春天的沃土里迅速融化。

来到被春色填满的文山，除睁大眼睛贪婪地欣赏春天的姿色外，我能做什么呢？我突然想起了一位在文山生活的老同学，我们多年未见，于是打电话给她，她说："啊，自牧，你怎么会来文山？"我告诉她出差来的。她爽朗地说要请我和我的同事吃饭，强调一定要见个面，我欣然答应了。除了她，文山学院的好友们也不会放过与我们小聚的机会，他们的诚意强烈地证明必须小酌几杯，我们才算到过文山。我肯定不能谢绝他们的诚意，一一答应。人出门在外，朋友是一道温暖，一份寄托，一份安全，文山的同学和朋友的热情与春天同步，这大抵是前文所说的人文了。

在春意的文山，我深刻感受了文山的春意。

从苍凉的歌声想起

立夏之夜，我在林间小道上独步，感受静谧夜晚中一个人的世界。这几天我和一百多名高校教师因完成一项特殊公务被封闭在滇池边一家温泉疗养酒店里，已有十多天了，还不能离开酒店返回学校。在远离闹市的地方，我重获一片安静的空间，每天紧张繁重的工作之余，我尽量使自己舒松和自由。最好的方式是在酒店花园的小道上一个人独步，想起来，好多年没有过这种连续几天独自走路的日子。

今夜的风没有强烈地摇动路边的合欢树，我仍在酒店外小道上反复地走，夜风清凉，昆明的天空没有雾霾，没有阴云。月色极好，虽是半弦月，却洒下万亩清辉，树林之外有辽远的星星灯火，偶有夜鸟"呱"地一声从头顶飞过。没有灯光的树阴处，漆黑一片，渐渐的，酒店窗户也熄了不少灯。夜色中唯我一人走路，头脑中有些忽远忽近的事接踵而来，在远离闹市的滇池边，在难得的清静中我想着与近期工作和教学无关的事。

慢慢碎步，偶尔刷一下手机，看着光鲜亮丽的图片或新闻，却偶然翻到了姚贝娜唱的《鱼》，好奇后点击倾听，她那不凡的歌声使我深深震撼。想起舞台上的她那么纯美，蓬松短发，歌声回肠荡气，而荡气中略带伤感，唱出了人情与情爱苍凉的一面，我反复听了几遍。歌声停止，令我回味无穷，脑海里再次浮现姚贝娜生前舞台上的形象和歌声。她离世已四年多，而我还在为她的短暂生命和美丽歌声思考，回味她的歌声与青春形象。我胸口堵塞了什么东西似的难过，为了她的才艺和年轻的生命，以及两者之外难以言说的感人魅力。

这夜我陆续听起了很多歌，包括姚贝娜的歌，她唱的每件作品，无论是翻唱或是个人新曲，似乎都在她体内最隐秘深邃的地方精妙地处理过，然后通过自然之灵气奇妙地传出天籁般之声。更胜出淤泥之荷，荡气、凄婉、苍凉和伤感，甚至令人眼睛发潮。她给听众唱出一个清丽又苍凉的世界，那是来自她内心像花朵一样迎接春天的那份纯美，歌声就是她内心的真情，是一种毫无修饰的倾吐。而风月无边的今夜，我偏偏去想另一个问题——生命的无常与死亡。为什么在人们毫无心理准备的时候，灿若春花的生命会倏然消逝？就如万众期待的乐坛新秀，姚贝娜。

一位天才歌手陨落，再也听不到她的歌声，突然间的离世，很多听众难以接受残酷的现实。对于歌声、作品、唱技、演技等功力，作为外行的我用非专业的语言去评价一位歌手的水平和风格，似乎没有任何意义，我只好沉默了。可是“有价值的东西毁坏成了悲剧”的事就必须去想。基于此，我有理由说，姚贝娜是我喜爱的歌手，她的离去，悲伤是来自我内心的反应。

死亡是一件极其自然的事，可是被人类看成哲学乃至宗教的问题，无限的解读下去，越思越不能了悟。我推想，亲友或自己为喜爱的人的死亡而悲伤，缘由是再也见不到她，永远见不到。自然的现象看似简单，却是人不能把握掌控的，人最看重的是身体的健康，本质是看重生命的长久。而生命之旅上，每一个人的生命长度不一样，谁也决定不了谁先走谁后走。古人说的“黄泉路上无老少”道破了这一生死现象。其实死亡给人带来痛苦和悲伤的重点在于为什么年幼和年轻的人死去的问题，因为人类不甘心承认年幼的生命会过早夭折，不应当出现。悲伤、难过或惋惜恰是来自于这一固执的认知，这也是人的弱点。人应当清楚死亡不只是老人的事，要承认在生命的时间线上，任何人都有可能提前走出队伍。

有人曾经形象地说出这一不可违抗的现象，说所有人出生后都往殡仪馆方向排队，只是有些人偏要“插队”，有些人中途被医生拉了出来，按正常秩序排。既然是所有人，就肯定包括帝王将相和凡夫俗子，富翁和乞丐。我头顶的合欢树枝上彩雾般的花朵今夜还挂在枝头，明早来一阵风，很多注定要被吹落到地面，其余的也接着纷纷落地，因为它们的有形生命只属于一个季节，就如人的生命只有一世，而且这一世的长短是不可预测的。

不幸的不只姚贝娜一人，1995 年邓丽君的凄婉离世，震动了亚洲乐坛，伤痛了整个亚洲听众，尤其那些长期喜爱邓丽君和她的歌声的男女老少们，表现出了不可接受的哀叹，甚至掩面垂泪。事实确实如此不尽如人意，在二十世纪九十年代，国内外很多“邓粉”很长时间内没有了自己的偶像和精神支柱，只有在流行于大街小巷中的歌声里，寻找邓丽君的风采和音乐的甜蜜。其实在她离开人世之前的 1989 年就已经对外宣布除慈善义演外，不再公开演唱，也就是说，她不能像以往那样红红火火地把歌声献给所有听众，但这都能接受，不能接受的是她的永远离去。天有不测风云，1995之夏，一代歌后在泰国清迈告别了喜爱她的人们。

帝王和苍生都得死，死后，不过多久，在生者的记忆中如烟如雾。死后一切成虚无，而生者像蚂蚁一般生存，忙忙碌碌。

就这么回事，人类长河中，无数人离开，无数人悲伤，无数人来世，无数人欢喜。生命乃来来去去，来多少要走多少，只是迟早的事，这是天道。面对死亡，除悲伤之外，人还能做什么？姚和邓都处在人生事业的巅峰上璀璨闪耀，万众仰慕，可是辉煌的人生也好，暗淡的人生也罢，死亡是人类无法认知的现象，超微观下的生命本质究竟是怎么一回事，也许人类永远回答不上。

走着走着，下弦月已归西，明早还有繁重的工作要完成，不去想了。让我仰望夜空祷告：愿苍茫大地上的生者和死者都能得到上帝的照拂与恩典。

生命之旅

在这个世界上，不知是谁发明了旅游这项活动，又不知是在谁的指点下，浩浩荡荡的人流自觉地参与到这项活动中去，无数人寻魂一般南来北往。旅行其实是人在生计之外的一次奔波，一轮修行，一种洒脱，无论艰辛与愉悦，旅游途中所产生的感悟和体验都可提升人的精神高度。同时，它也是一次心灵的自由放飞，生命中一次短暂的迁徙，更是同自己长相厮守的家园作一次温馨的小别。旅游者去寻觅不曾相识的陌生世界，再以陌生世界中的所见所闻镜照自己的模样。

国庆节，难得的假日，一家人决定去一次远方：或西安，或丽江，或湘西凤凰古城。古都西安，我向往多年了，一直在等待时机。我曾与很多朋友讲过，省外的旅行一定从西安开始。可这次不行了，考虑到秋冬交替的时节，西北想必还处于没有雪花飘落而干涩的寒冷中，缺失了些许黄土高原雪景的韵味；丽江，去过了，加之无法确定玉龙雪山的雪是否已回来；候鸟估计也迁徙了，去年在茶马古道上认识的纳西女孩也不来电话告知一声，不知跟谁走了，或去忙什么了，把我这个容易当真的人给忘了。

最后，沈从文笔下的凤凰古城成了我们的最终选择，那里不远也不近。《边城》里那个叫“翠翠”的女孩该有个归宿了吧，我一直想念她，可怜她，真正的爱情还没开始就随着茶峒边的酉水流走了。湘西还有美得令人心碎的竹林和溪流，还有像山风一样质朴的苗家男女们，以及神秘古朴的风物，都感召我前往。

美在前方，把梦装进行囊出发。

出行，一改以往的空中飞行，换乘了火车，一来可亲近一路上的风景，二来可省下一些银子。生活和爱情是计划出来的，不知何时起，我把银子与自己的生活联系得非常紧密，当今的风景名胜都是为钱开放的，不是为你心灵之窗而开放的。

火车在滇黔大地上疲惫地行驶，经过一站站陌生的车站，下了无数的人，也上了无数的人，有和我们一样外出旅行的，也有回家的，也有去他乡谋生的。到底是深秋了，昆明之外的世界，秋意弥漫，从天空中飘落的凉意在沟壑纵横间流窜，不觉间让人深切地感受到另一个季节的到来。没有老鹰的天空，显得空寂和落寞，路边的树叶已衰老得发黄了，纷纷遵循叶落归根的生命规律，山间的溪流也消瘦了几许。此情此景，刚好与一个人离开故土，踏上旅途时的心境完全一致。有些光秃秃的山峦追上了冬天的影子，早已脱下了盛装，准备迎接初冬的来临。像哈尼古老神话中爬虫一样的火车带着上千人在滇黔山岭之间孤单地爬行，似乎漫无边际地游荡着，游向无限遥远的地方去，白天黑夜，走了息，息了又走。无论走到哪里，车窗外的景象大致相同——灰暗的天空下的城镇、乡村和萧条的草木，还有夜灯在吃力地发着光。悠远的天空漆黑无边，不知何故，星星全然退场。缺少月光的夜晚，路边无力的灯光不能够照亮一个人旅途中沉思的心境，只有火车与铁轨发出的声音穿梭于茫茫夜色，无限恼人。

此间，不觉想起诗人里尔克的话，他说："在时间的岁月里永远没有自己的故乡。"故乡在哪里？是不是在自己出生的地方？那为何每个人都最终没有守住自己的故乡呢？照里尔克的思辨，想必是：人生是一次短暂的旅游，在看风景中慢慢老去，也为寻找自己的故乡而奔波劳碌，还没来得及找到，就匆匆变成了凄凄芳草下的孤魂，最后剩下的是别人短暂的故乡。人生短暂，旅途短暂，一切拥有都短暂。

车窗外初冬的夜空，还有延绵黝黑的山脉，它们以自己的姿态存在了千年万年，无数大地上的苍生却如火车疾驰而过。想着这些，被火车吞进肚里的我，思绪万千，在为早已流逝的一段段经历而伤神。人短暂的迁徙目的是什么？是不是去填补一些前世留下的空白？是不是去找回上次丢失的人呢？或者都不是。正如有人感慨：一个人走的路远了，会忘记了出发前的目的。不是吗？一些人远游他乡，图的只是换回一次别样的心情，有的人茫然地走了一趟，更有人把心也丢在他乡去了，短暂的迁徙才开始，却被一个原因死死地拉住，然后一生守住一道风景。

固守还是离开，来来去去，都是生命的选择。当你离开故乡时，故乡也把你遗忘了。无论你是帝王将相，还是凡夫俗子，在你岁月的末端，成为一缕青烟飘到山的另一边去的时候，你曾经相好的或相识的人们，依旧为眼下的生计忙碌，不再与你同路。于他们而言，你真的成一缕青烟远去了。

人生本是一次旅途，最后除了自身的躯体，什么也带走不了，还需要拥有什么呢？在生命中，无论怎样的旅行，都是一次短暂的迁徙。

怀 想

对你的记忆，梦一样地悠长。时间以年为单元飞逝，多少往事漫过心头。慢慢沉思，二十几年前的一个身影悄然浮现于眼前。

就是这个梅雨般绵柔的季节，我在远山一隅，整天地盼着欣喜之事发生，太多希望却像飘撒的雨丝，最终消失在远远的天际，又像小孩子吹飞的彩色肥皂泡，美丽然而瞬间破灭，不给人一丝慰藉。日子只好在雨声中无奈地拉长，浑浑噩噩地过下去，心情如空蒙阴沉的天空，任凭怎样也亮丽不起来。哦，那是在山区生活时初夏常常出现的心景。不，是那长长的雨季降临时难以阻挡的失落。生活有些灰暗，只因现实无法使期望实现，守望不到令人欣慰的信息，有时仅是收不到一封薄薄的信，从远方一所大学里飘出来的信啊！它牵连着我所有的神经。没有手机，程控电话时断时续如小孩子的玩具。爱情只能在幻想中蔓延，望着大山守望青春的梦想。

每天至少四节课，得一一跑去教室完成，看着学生一个个背着书包出进校园，看着一张张淳朴的笑脸，教育者的责任直袭心头。我不时产生这样的念头：我要教好书，丰满学生的理想，让他们飞向目的地。然后，读书、爬山、打篮球、带学生野餐，还去一些自己不太熟悉的地方，不远不近，天黑前一个人也能走回来。这是思考后的全部生活方式了，回想起那短暂的几年，山区的生活清苦如一杯野山茶，把一个人的苦乐年华彻底融进缓缓流变的岁月里。

一场没有预料到的相遇在我平淡的生活里出现了。清纯、淡雅的你从学校里出来，飞到我生活的世界里来。恰好替补了野山花开败后一片荒落的空白。世界开始变得诗意，和你一起来的还有两位女生，她们都和你一样，随和又文静。你们在我们中学旁边的小学里做实习老师，几乎每天，我都可以近距离地看到你。在后来几天的一次饭局上，我们相识了，有人介绍你叫张一芝，你温柔地补充说“叫我一芝就好了”。那天你笑得腼腆，红着脸不敢直接看一个在场的男人。一个下午，你和小学的几位年轻女教师到中学球场边看我们打篮球，只记得当时你坐在旗杆下。再后来的一段时间里，学校里的单身男女端着碗去食堂打饭，我们见面的时间慢慢增多，交流的机会也增多了。

周末了，我们三五成群地聚餐，到小溪边洗衣物，进森林摘野果，还在空旷的山野里播放音乐跳舞。你的舞姿如水，像舞蹈专业出身的，跳舞时你的长发在风中飘散，轻扬的手在眼前摆动。直到今天，你仿佛还在映山红边跳舞。我那台半旧的录音机，似乎还在一块石头上不知疲倦地放着激昂的音乐。

“你打篮球真有看头哦。”有一天你悄悄地夸我，让我欣慰又好不自在。从此我记住了你对我的欣赏，然后一个人独处时，从脑海里搜索出你的夸奖细细品味。

有一天你说，想到我的课堂来听我讲英语课，我欣然应允。当你走进我的教室时，学生们齐刷刷的目光都盯住了你，让你脸红了一阵。一位坐在后面的女生低头说了句“老师的女朋友吧”。我看了她一眼，暗示不准乱说话。你自我介绍时，学生们既羡慕又好奇。那节课我讲的是语法，而你比学生们还认真，不时抬头看看我和黑板，又不时低头在笔记本里写下我所讲的一切。

五四青年节前的一个周末，我们一行五人又跑到不远的学生家旁的树林里玩。我爬到树丫上，摘下开得正旺的虎头兰。带着清香味的虎头兰被我们做成小花环，戴在你们几个女教师头上，你们照相时摆出的各种 pose 比花还好看。回来时，我们摘了些山茅野菜，大伙又展开了做饭比赛，比赛谁烧的菜最好吃。还在学校读书的你，厨艺身手却不凡，大家都夸你的手艺好。你说不会做什么，只是在家时自己学做的。

三个月过去了，你们越来越多地谈论起实习期满后回校的话题。我担心一觉醒来，你会突然消失在我生活的地方，淡出我的视野。你曾经说过，你会把人生所有的经历都视作美好的过程，然后把所有过程一一记录在生命里，感谢生活带来的一切苦与乐，因为生命的美好源于一切如意与不如意。直到今天，我记忆犹新。

你和另外一个实习女生喜欢到我的房间里看书听音乐。你说，在我的书架上，你最喜欢的一本书是《飘》。没有忘记吧？你是在我那条破旧的沙发上读完了那本世界名著。不是吗？是我让你结识了一位精明能干、对爱情执着却又迷失于爱情的美国动荡年代出生的绝色女子——斯佳丽。我还教你那本书里受世人铭记的“Tomorrow is another day”，“My life will go on”，这些话朴实，却珍珠般夺目，闪耀出斯佳丽对爱情和生活乐观自信的人生态度。

一个周末的上午，突然我找不见你了。整个校园空空荡荡，没有手机的年代，找一个人是多么地困难。情急之下，我在别人面前，从不同的角度打探你的去向，然而，没有什么可靠的消息可以证明你在何方。好在下午时分，在学校门口买零食的老妈不经意间提及你，她说你早上去了隔壁那个乡镇，是你告诉她，你要去找同学商量返校的事。这么丁点儿大的事就把我弄得忐忑不安，精神的天平产生了微微的摇晃，而这种摇晃给我带来的是隐隐的慌张。时近傍晚，你的身影又出现在学校门前，你笑着跟我讲话，我却掩饰内心的一点虚假，装着一切正常。你我之间没有相恋关系，可是，你在，我生活的荒漠里就会拓展出一片草长莺飞的景地。有时，人的精神像一棵龟裂大地上生长着的干枯的树，极其需要水分。这种体验，诗人或哲学家是说不清楚原由的。

窗台上塑料瓶里的兰花日渐长高，细而肥的叶片由黄变绿，长势喜人，这是你从老家那边带来给我的，足足有三个月了，我一直等待着她吐放花儿。并一直视其为精品礼物，爱不释手，仿佛它代表着你似的。

一个雨夜不约而至，雨打着窗外密密的玉麦林，杂碎的声音几乎掩盖了室内的音乐，满屋子年轻的心事让一个人辗转难眠。那就索性让室外的雨声代替音乐算了，任凭它下个透彻，下到天明，下个天昏地暗。恼人的夜、恼人的雨、恼人的声音，还有那张甜美的笑脸，夜晚越发虚幻美妙。你的照片在灯光下鲜活起来，似笑非笑的脸，几许陌生，又是那样的清甜可人。这一切早已成为我屋舍的一部分，成为我梦的一段动人章节。

老天有眼，一个没有雨的夜晚终于到来，月光极其珍贵地飘落而下。你约我到镇边的小河旁散步，一路上我一直倾听你讲话，那是认识你以来，你讲话最多的一次了。你说了学习、生活、青春、梦想、就业……谈到未来时，你抑制不住内心的一丝忧伤，说你不知道分工会分到哪儿去。我说无论你分到哪儿，我都会去看你的，并祝福你拥抱美好的前程。你略带娇气地甩甩手，抬起头望着夜空长叹：由命吧，谁也说不清自己的前程会是怎样，只要用心地面对就是了。我从草棵里捉了一只闪亮的萤火虫，让你摊开手掌，然后把萤火虫放在你的手里，再握起来又放开，珍珠般闪亮的萤火虫飞了起来。我说你的未来就像这只萤火虫，将会闪闪亮亮的，越飞越高，越走越远。而你没有出声，只管好奇地看着我。乡村的夜晚因你的表情成为一场梦境。

一天中午，放学后我回到宿舍，门上的纸袋里塞了一张纸条。“我要回学校去了，坐同学姐夫拉货的车，对不起没有亲自道别，我们今后会见面的。窗台上的兰花快要开花了吧？好好照顾它。一芝。”我轻轻打开门，房间是从未有过的空荡，安静，书架上的照片和兰花变成了没有离去的你，看着它们我默默站了好久好久。

我们有过几次书信往来，谈了很多各自的学习和生活。岁月像一位魔术师，变化多端的生活和事业由不得一个人不去精打细算。你要它从左走的时候，它有可能从右走去，而你却不得不跟从它。后来听说你已踏入社会，走上你热爱的岗位。又一年过去，我已调往县一中。让我遗憾的是，没能兑现我当初的诺言，一直没有去看你，至今也不知你在何方。

读过无数月夜怀人的文章诗词，却从未像今夜这般管不住自己地想起一个人来。纳兰容若吟过：月似当时，人似当时否？城市的月夜是最容易使一个人迷失的。站在房顶望月，我多像一个疯子。如果真是这样，今夜我宁愿成为一个疯人。月色淡淡，没有任何原因地想起遥远的人和事来，三百多年前纳兰的吟唱最能代表我今夜的心思了。

一芝，你生活得怎样？

又见荞麦

蒙自西北勒的笔会时日不算好，原因是时雨时雾，山底坝区还是热气腾腾的早晨，高原的西北勒山路迎来的却是阵阵寒风，除了当地乡政府迎接我们时带来的欢笑，老天还送来了一阵瓢泼大雨。在冷风里，大雨劈头盖脸地打来，使人提前回到冬天的寒意里去了。但这似乎也没有大扫二十几位笔友的兴致，大家一路说笑，走走又停停，明知拍照的效果不佳，还是要努力地东拍西拍，过把瘾，算是来过。当地政府工作人员为我们作导游，介绍这里栽什么新品种，那里有什么特产；说“山里红”苹果是本地的经济主打产业，除了一些农民的果林，当地较少种植农业经济作物等等。起伏的山脊上建着很多高大的风力发电装置，似乎要把山与天连接处刮通一个洞，巨大的扇叶在雾蒙蒙的空中魔幻地转动。

行了一段路，人和车停下了，大家纷纷用镜头代替眼睛，瞄准一座奇特的、酷似人形的石峰，叽叽喳喳地评论着山像什么。我却发现路边离我不远处有一片荞麦地，密密的，齐齐的，但花正要败，少了阳光的投照，荞麦地也缺少了蜂蝶的嗡鸣景象。也许是在高寒地带，荞麦的茎叶都比通常的荞麦瘦小，长势不够茁壮。这是我一路走来见到的唯一一片荞麦，遇上花败时，也就谈不上好看了，我伸手轻轻摘下一颗暗色的荞粒，手指一捻，黏稠的白色浆液冒了出来，快要饱满了。又小又细的荞株上还开着白色或粉红色的花，绽放的形状有点像樱花，只是小了些。

荞麦花开，是低调娴雅的美，黄色的杆茎，绿色的叶子，白色或粉红色的花，夏天七八月间，融融泄泄，可以把一座山坡变得浪漫、迷人。而这片荞麦没有美到让我沉醉，却使我想起了三十几年前上学时路边的那些荞麦地来。

读初中那些年，我就读的学校在离村子三十公里开外的乡镇上。我们这些学生没有钱坐货车，班车更是没有的，周末往返都得走路回家。绕公路太远，大伙就结伴抄直路回家，上坡又下坡，过河又穿林。因此，每到夏天都可以看见沿路山坡上栽满的荞麦，一片连着一片。那是二十世纪八十年代末期，作为老百姓的主粮之一，荞麦种满了山野。而那时的我们只会说“好看好看”，不会深入地去考虑它的现实意义。等到过完周末回学校时，通常我们早上就出发了，天气晴好的时候，我们路过一处处村寨，翻过竹林和大山，半山腰上尽是成片成片的荞麦地，发青的时候也好看，开花的时候更迷人，像宽广的彩色地毯，随地形起伏绵延。阳光照耀下，夏风一吹，麦浪起伏如波。偶有调皮的红翅鸟轻盈地停在最高的那株荞麦尖上，鸣叫扇翅。长形的荞麦地一块一块地向远方延伸，遮挡阳光的云彩一过，风中各色的荞麦花带变成流动的彩虹。事实上，我人生中第一次见到真正的荞麦浪就是在那时。

上学途中的山野空旷，除风声、鸟叫声和流水声，一片幽静，远处，山脚下林木掩映下的村庄，不时传来几声零碎的狗叫。成片的荞麦花在目光所及处铺展开来，令人陶醉。荞麦地边的小河清悠流淌，山泉从原始森林深处叮咚叮咚地一路流淌到山脚下的村庄里去了。我们就在那样清丽的山野之间上学、奔放、嘻笑，在荞麦地边的土路上追赶女生，有时反被躲在河里草窠间的女生泼了一身冷水。玩累了大家伙就坐在河边的大石头上，把鞋扔在一边，脚伸进水里，让河水沁凉全身，再拿出自带的炒豆、花生、糯米饭和腊肉共享。有时说说班主任老师的脾气和爱好，有时聊聊学习和考试，再双手捧起水来喝个够，洗洗脸，又在嘻笑声中继续赶路。到学校时，常常已是暮色四合、教室灯火通明的傍晚时分了。人都坐进教室了，心还挂念着荞麦地边的快乐，生怕下次回家时再也看不到荞麦花海。

谈起荞麦，又想起小时候吃过的荞麦饭。我吃的荞麦饭不算多，只觉荞麦饭不好吃，但像蒸糕一般又泡又软的荞粑粑就可口多了。小时候家里也不栽种这种农粮，主食主要是苞谷饭。我们村子里的人不习惯栽种荞麦，也许他们不知道荞麦的价值吧。我听说荞麦对人体有很多益处，比如荞麦茶具有实肠胃，益气力，续精神，能炼五脏滓秽，压丹石毒，消热肿风痛，治绞肠沙痛等功效。我还听说荞麦中含有丰富的磷、钙、钠等微量元素，能够起到健身减肥作用，并对脑中风、高血压、高血脂、糖尿病、肝病等疾病均有一定的预防作用。看来荞麦一身都是宝，每个人都应该多亲近荞麦。

今天，人们的生活改善了，四季都有白米饭吃，上山的时间越来越少，进城的日子却越来越多，恐怕那些山坡上不再有热烈开放的荞麦花了。偶尔地，我在茶室里品苦荞茶，或在宾馆里吃着精致的荞麦饭，就会想起当时的那片荞麦地来，一直向往再次去赏赏广阔的荞麦地绿田和花海，想去看看当年走过的路和山水树木。这次在西北勒见到一小片荞麦，也算我重回已故的时光，也算拥有了曾经的荞麦心境。虽说只是回忆，脑中的荞麦花还是那样的鲜明，以闪烁的图景在脑中铺展开来。

我常常想，如果真的看不到像过去那样的荞麦花海，就只能寄托于影视剧里黄土高原上的荞麦地了。我曾见过几次，西北一望无际的荞麦花田，那里的人们与荞麦有着更深浓烈的情感。当人们听到“荞面饸饹羊腥汤，死死活活想跟上”，“三十三颗荞麦九十九道岭，小妹妹就是哥哥的人”的时候，一定会明白黄土高坡的农人，他们的荞麦情结是何等地深与浓。

三十几年一晃而过，眼下的一片荞麦，勾起我难以磨灭的记忆，连接过去与现今的悠悠岁月。